어쩌다 너랑 가족

출판은 '사람과 나무 사이에서' 이루어지는 가치 있는 일입니다.
도서출판 사람과나무사이는 의미 있고 울림 있는 책으로 독자의 삶을
좀 더 풍요롭게 만들기 위해 최선을 다하겠습니다.

츠지무라 미즈키 지음 ― 서수지 옮김

어쩌다
너랑
가족

신미리(샌드아티스트) 그림

사람과
나무사이

차례

'여동생'이라는 축복

가족석은 연회장 왼쪽 끝에 있었다. '이노우에가, 야마시타가' 결혼식장.

예식장 미용실에서 머리 손질을 마친 언니가 사진 촬영을 위해 신랑과 별실로 이동한 뒤였다. 식전에 피로연이 열리는 연회장에 들어갈 시간이 생겨 내 자리를 확인하러 갔다. 깔끔하게 접어놓은 냅킨 앞에 봉함한 편지처럼 보이는 물건을 기대 놓았다.

가족 이외의 하객들은 아직 보이지 않는다. 결혼식이라는 특별한 날에 걸맞은 새하얀 봉투에 반투명한 장미 무늬. 겉에 언니 글씨로 '소중한 동생 아키!'라고 적혀 있다.

손에 들고 뒤집어 보니 내 자리뿐 아니라 다른 자리에도 편지가 놓여 있었다. 오늘 초대한 하객은 백 명가량이라고 들었다. 언니가 편지를 쓰는 데 들인 시간을 생각하니 악 소리가 절로 나올 지경이다. 카드 정도는 준비하겠지 싶었더니, 설마 편지라니. 언니의 정성에 절로 고개가 숙어진다. 짐작건대, 신랑 측 하객한테도 형부가 언니한테 맞춰 주느라 편지를 썼을 것이다. 문득, 형부가 딱하다는 생각이 들었다. 하지만 참으로 언니답다. 정말로 언니다운 행동이다.

풀로 붙여 둔 봉투를 뜯었다. 안에는 편지지 두 장이 들어 있었다. 편지 첫 줄을 읽고 깜짝 놀랐다. 말 그대로 충격을 받았다.

소중한 동생 아키!
중학교 시절의 나, 야마시타 유키에의 유일한.

생각도 하지 못했다. 동시에 당시 중학교 이 학년이었던 내가 이 편지를 읽었더라면 어땠을지 상상해 보았다. 그 무렵 내 가슴을 답답하게 하던 언니에 대한 수수께끼의 답이 십 년이나 세월이 지나 마침내 밝혀지려 한다니. 그런 날이 올 줄은 꿈에도 몰랐다.

)

언니는 '반듯한' 모범생이었다.
'반듯하다'는 말은 상당히 편리한 말이다. 어른이 사용하면 칭찬처럼 들린다. 하지만 '반듯하다'는 말은 '비뚤어지지 않았다'의 다른 표현이다. 매력 없는 두꺼운 안경에 자를 대고 자른 듯한 앞머리, 가운데 가르마를 타서 쫑쫑 땋은 갈래머리를 늘어트린 언니는 실제로는 못난이였다. 여동생인 내가 다른 사람들한테서 '닮았다'는 소리를 들으면 충격으로 울음을 터트릴 정도였다. 우리 아이들의 세계에서 '반듯하다'는 말은 무대 중앙을 비추는 환한 조명에서 밀려난 그림자를 가리키는 말로, 나로서는 절대 사양하고 싶은 말이었다.

연년생은 때로 노골적으로 잔혹한 운명을 우리에게 선사한다. 초등학교도 중학교도 집에서 가까운 공립학교에 다녔던 우리는 같은 학교에서 항상 서로의 모습을 보게 되었다. 게다가 각자의 친구들한테 주목받아 우리는 학교에서 늘 '아키코의 언니'이며 '유키코의 여동생'이었다.

가령 초등학교 다닐 무렵, 한 학년 위의 선배들이 체육 수업하는 모습을 보게 된다. '야마시타'라고 나와 같은 성이 호명되고, 교정의 트랙을 꼴찌로 꾸물꾸물 달리는 언니를 목격한다.

그 무렵, 언니는 몸을 가누지 못하겠다는 듯 상체를 뒤로 젖히고 달리는 버릇이 있었다. 언니는 뚱뚱한 정도는 아니어도 제법 살집이 있었다. 아무튼, 공기 저항을 일부러 늘리려는 듯한 자세로 불끈 쥔 주먹을 흔들지도 않고, 옆구리에 팔을 찰싹 붙인 채 달리는 모습이 우스꽝스러웠다. 게다가 복고양이처럼 엉거주춤하게 내민 손 하며. 아무리 좋게 봐 주려 해도 꼴불견이었다. 며칠 후, 쉬는 시간에 한 남학생이

'야마시타 흉내!'라며 언니랑 똑같은 자세로 복도를 내달리는 모습을 보았다. 언니네 반 남학생이었다. 이후, 결심했다. '나는 언니와는 다른 길을 걷겠다'고. 환한 태양 아래, 시원스럽게 탁 트인 큰길을 걷겠노라고.

언니와 나는 어려서부터 쌍둥이로 착각할 만큼 닮았었다. 얼굴 생김새도 자세도 몸짓도. 위기감이라고 할 정도는 아니지만 본능적으로 알아차렸다. 내가 무엇을 해야 할지를 확실하게 깨달았다. 괜찮아, 어떻게든 될 거야. 같은 얼굴이라도 미인이 될 수 있어. 반에서 인기 없는 축에 속하는 남학생들을 보며 내가 여자라는 사실에 감사했다.

다이어트하고 화장을 배우고 외모 가꾸기에 공을 들이면, 방향만 잘못 잡지 않으면 여자는 노력 그 자체를 평가받을 수 있다. 쟤는 세련된 아이, 외모에 신경을 쓰는 아이라는 이미지를 획득할 수만 있다면 살아남을 수 있다. 여자의 운명을 쥔 열쇠는 그런 종류의 축복이거나 언니처럼 '반듯한 아이'라는 꼬리표에 뒤따르는 저주 중 하나다.

학교 공부와 피아노, 서예 등에서 좋은 성적을 거두던 언니. 그에 비해 나는 일찌감치 그 분야에는 가망이 없음을 깨닫고 깔끔하게 손을 털고 나왔다. 어차피 아무 의미도 없다. 여자의 가치는 얼굴이다. 예쁜 여자가 공부도 잘하면 좋은 점수를 받을 수 있겠지만 못난이는 빈축만 살 따름이다.

언니를 반면교사로 삼아 자란 나는 어린 시절 일찍이 깨달았다. 중학교에 들어갈 무렵에는 이미 '절대 자매로는 안 보여'라는 말을 듣는 경지에 이르렀다. 나는 예뻤다. 이목구비 문제가 아니다. 언니와 같은 바탕밖에 없다는 사실을 알고 있었기에 실패하지 않았을 뿐이다.

"아키야, 전화. 유카라는데. 너무 길게는 하지 말고."

우리 집에서는 중학교 시절부터 휴대전화 금지령이 내려졌다.

거실의 무선전화기를 들고 방에 들어온 언니가 부루퉁한 얼굴로 나를 노려본다. 음악을 듣던 나는 '알았어, 알았다고'라고 입만 움직여 언니의 손에서 전화기를 빼앗았다. 난폭한 동작에 순간적으로 언니의 눈에 노기가 번뜩였다.

벗어 둔 헤드폰에서 다카유키의 감미로운 노랫소리가 들려왔다. 수화기를 귀에 대자, 언니가 뒤에서 구시렁거리는 소리가 들렸다.

"너도 취미 한 번 특이하다. 그런 노래가 뭐가 좋다고. 소리 좀 줄여. 소리가 새잖아."

전화 속의 유카한테 말을 걸기 전에 먼저 맞받아쳤다.

"시끄러워. 저리 좀 가."

언니는 입을 다물고 책상 앞에 앉았다. 또 분풀이하듯 공부하든가 연습장에 만화 나부랭이나 그리겠지. 언니는 자기랑 똑같이 촌스러운 친구들과 우리 학교 애니메이션 일러스트부에 가입했다. 왕방울만 한 눈을 초롱초롱 빛내는 호리호리한 남자 그림을 그려 대더니 '작품'이라며 계단에 있는 게시판에 언니 이름과 함께 붙여진 모습을 보고 내가 얼마나 부끄러웠는지. 쥐구멍이라도 있으면 들어가고 싶은 심정이다. 생각만 해도 얼굴이 화끈거린다.

만화잡지를 펴든 언니가 내 쪽을 돌아보지 않은 채 말한다.

"완전 코맹맹이 소리지. 그게 노래야? 비주얼계인가 뭔가 모르지만. 자아도취 왕자병 환자야. 방에 붙인 포스터도 나는 맘에 안 들거든."

"만날 만화나 읽는 사람이 할 소리는 아니거든. 게다가 '세븐스 크라이시스'는 비주얼계가 아니라고. 어디까지나 곡으로 승부를 겨루는 그룹인데, 언론이나 뭣도 모르는 사람들이 비주얼계라고 떠들어 대는 거지."

"떠들어 대는 건 너겠지."

언니가 앉은 의자를 말없이 온 힘을 다해 걷어찼다. 어린 시절 우리 방이 된 좁은 방을 칸막이 한 장 없이 지금도 언니와 같이 쓰고 있다. 아주 작은 공간만 남겨 놓고 책상이 나란히 붙어 있다.

"여보세요. 유카야, 미안!"

"뭐, 됐고. 너랑 언니도 참 여전하다."

쓴웃음을 짓는 모양이다. 질렸다는 듯. 그러면서도 재미있다는 듯. 나는 "당연하지"라고 대답했다. 언니가 통화 내용을 듣는 게 싫어 방을 나왔다.

"저게 우리 언니가 아니라 같은 반 친구였다면 절대 상종도 안 할 텐데. 완전 짜증 난다니까."

"아키야! 걸어 다니면서 통화하면 못 써!"

"네."

거실 너머로 들려온 엄마의 잔소리에 또 한 번 얼굴을 찌푸린다. 아무것도 모르는 태평한 엄마는 언니를 몹시 귀여워한다. 공부 잘하고 독후감 대회나 그림 그리기 대회에서 상을 받아 오는 언니를 칭찬한다. 그때마다 내 걱정을 태산같이 늘어놓는다.

"아키는 뭐가 되려는지. 뺀질뺀질 놀 궁리나 하고, 공부는 뒷전이고."

그렇단 말이죠, 엄마. 나도 알거든요. 근데, 누가 더 자주 친구를 집에 데려오나요? 게다가 내 친구들은 하나같이 어두운 분위기를 풀풀 풍기는 왕따 분위기의 언니 친구들과는 정반대라고요. 어느 쪽이 더 문제일까요.

공부 좀 못 해도 사는 데는 지장이 없다. 나는 다 같이 즐거운 추억을 만들어야 할 구기대회나 마라톤 대회에 꾀병을 핑계로 줄줄이 기권하려는 한심한 인간들이 훨씬 문제라고 생각한다. 그런 애들은 반 친구들과 어울리지 못하고 소문도 나쁘다.

"미안, 유카야. 그건 그렇고. 다음 달 라이브 같이 갈 수 있어?"

"그게 말이지. 미안! 나는 힘들 것 같아. 대신, 아키 니가 기뻐 날뛸 만한 소식이 있거든."

"뭐? 뭔데? 라이브야 혼자 가면 그만이지. 다카유키 생일이랑 겹치니까 뭔가 특별한 이벤트도 있을 것 같고."

"어쨌든, 아키. 너 니 티켓 있으면 엔도 줘라."

"왜?"

"요전에 동아리 활동 끝나고 들었거든. 엔도도 세븐스 크라이시스 좋아하더라고. 알고 있었어? 기회다 싶어서. 네 이야기 했더니."

엉겁결에 새된 비명이 나왔다. 엔도라니. 그 엔도 다쿠토? 사 반의, 농구부의, 훤칠하게 키가 커서 한눈에 들어오는, 그.

엔도 다쿠토가 마음에 든다는 이야기를 유카한테 한 적이 있다. 서로 좋아하는 사람 이야기하며 수다 떨던 방과 후 내가 확실하게 이름을 꺼냈다. 얼굴을 떠올리자 멍해졌다. 일학년 때 같은 반 옆자리였다. 곧잘 이야기도 나눴지만 그때는 밝고 약간 시끄러운 녀석이라는 생각밖에 들지 않았다.

그러다 이 학년이 되어 반이 갈리자마자 훌쩍 키가 크더니 인기를 얻기 시작했다. 그러자 나는 갑자기 엔도를 의식하게 되었다.

하지만 내가 가입한 육상부와 엔도가 가입한 농구부는 활동 장소도 다르고 접점이 전혀 없었다. 결국, 아무것도 해 보지 못한 채 어영부영 가을이 되고 말았다. 같은 농구부인 유카가 부러웠다. 대화 속에 엔도의 이름이 나오면 애가 탔다. 엔도는 나 같은 건 벌써 잊고도 남았을 것이다.

"라이브가 있으면 같이 가고 싶었대. 근데, 니가 같이 가자는 말을 안 하니까. 혹시, 엔도가 너 좋아하는 거 아니야?"

유카의 목소리가 꿈결처럼 들려왔다. 믿을 수 없다.

"거짓말."

일부러 튕겨 본다.

"나야 어디가 좋은지 모르겠다만. 좋다는 걸 어쩌겠니."

금세 예상한 답이 돌아와 나를 격려해 준다.

"니가 어때서? 아키 너 정도면 세련되고 예쁘잖아! 다리도 완전 가늘고. 성격도 재밌고."

"비행기 태우지 마. 그러는 유카 니가 훨씬 예뻐! 우리 학년에서 최고야! 어쨌든 유카, 고마워! 사랑해!"

전화를 끊고 잠시 여운을 즐기며 복도에 서 있었다. 거실 장지문이 열리더니 상황을 살피려는 듯 엄마가 고개를 내밀었다.

"거기 멀뚱멀뚱 서서 뭘 한다니? 복도 썰렁하다. 어서 전화 제자리에 갖다 놓고."

"네에-."

"대답은 잘도 한다. 전화 좀 적당히 하고."

"네에-."

엇갈리듯 전화기를 엄마 가슴에 맡기고 건너뛰듯 계단을 오른다. 기쁘고, 즐겁고, 앞으로 일어날 일을 생각하니 가슴이 고동쳤다.

그 무렵, 나는 다른 사람한테 '별일 아니야'라는 말을 듣는 게 두려웠다.

"뭐가 즐거워서 사는지 모르겠다."

유카가 불쑥 말했다. 교실 구석이 지정석인 따분한 반 친구가 어울려 지내는 무리 안에서는 대장질하는 모습을 보고 한 말이었다. '그러게. 우리 앞에 오면 입도 뻥긋 못 하는 주제에. 진짜 왜 사는지 모르겠다.'

나는 다르다. 친구가 있고, 몰입할 수 있는 취미도 있다. 무엇보다 이제 곧 남자친구가 생길지 모른다.

방으로 돌아오자, 언니가 내 책상에서 허둥지둥 자기 책상으로 돌아갔다. 책상 위에 꺼내 둔 잡지 《세븐틴》의 위치가 미묘하게 달라졌다. 흔히 있는 일이지만 지긋지긋했다.

"멋대로 읽지 마."

언니의 다듬은 흔적이 없는 눈썹과 머리카락, 두꺼운 안경으로 이 잡지의 무엇을 보고 즐길 수 있단 말인가. 언니한테는 세련된 옷도 가방도 어울리지 않는다. 잡지를 손에 들고 세븐스 크라이시스가 나오는 페이지를 팔랑팔랑 넘겨본다.

다카유키의 가늘고 긴 눈. 보고 있으니 빠져든다.

예전부터 학교 복도를 걸으면 언니네 반 사람들과 동아리 활동 친구들의 시선이 느껴졌다. 언니와 비슷한 안경을 쓰고 촌스럽게 머리를 땋은 그녀들한테 나는 속으로 '갈래머리 군단'이라는 별명을 붙였다.

"내 여동생 말이지. 완전 막 나가는 애라니까. 얼마 전에는 남자애랑…….''

아직 초등학교 때였나. 언니가 드물게 큰소리로 떠들어서 내 귀에까지 들려 왔다. 그 무렵만 해도 아직 언니와 사이가 좋아 주말에는 둘이서 영화 보러 가거나 쇼핑을 가곤 했다. 그 말을 듣는 순간, 깜짝 놀라 자리에서 벌떡 일어났다. 충격이었다!

중학교에 올라온 지금도 같은 일이 되풀이되고 있다. 언니가 뭔가 말하고, 다른 갈래머리들이 웃는다. 눈이 마주치면 그때까지 수다스럽던 언니가 움찔하고는, 그 뒤로 거북하다는 듯 눈을 내리깐다. '뭐야.' 나도 눈을 내리깔고 절대로 언니 쪽을 보지 않으려 한다. 할 말이 있으면 확실하게 하라고.

고개를 숙이자마자 언니의 화제는 다시 나로 돌아간 모양이다. 나지막하게 웃는 소리가 스멀스멀 정수리를 타고 올라온다. 언니가 데리고 온 얌전한 갈래머리 군단은 나와 일대일로 만나도 고개를 숙이고 말도 걸지 않는다. 그러다가 조금만 멀어지면 남의 이야기는 누구 못지않게 재잘재잘 떠들어 댄다.

언니가 없는 곳에서 언니의 친구들만의 시선을 느낄 때 그녀들의 눈은 한층 노골적으로 불쾌한 느낌이다. 나는 마주 쏘아보는 것도 우스운 것 같아 지금은 완전히 무시한다.

2

"고맙다, 야마시타. 나도 세븐스 크라이시스 엄청 좋아하거든. 티켓 나 줘도 괜찮겠어?"

"응. 근데 나는 엔도 니가 음악을 좋아하는지 전혀 몰랐거든. 세븐스 크라이시스에서는 누가 좋아?"

"드럼 치는 유키."

동아리 활동을 마치고 막 세수를 마친 엔도에게서 희미하게 비누 냄새가 난다. 얼굴에 웃음이 가득한 모습을 보니 아찔하다. 기쁘다. 지금 나는 엔도랑 나란히 걷고 있다. 같이 집으로 돌아가는 중이다.

"완전 멋지잖아! 프로모션 하는 걸 들었는데. 입에 담배 물고, 재도 털지 않고, 드럼을 막 치더라니. 온몸에 찌르르하고 전율이 오는데……. 나도 그렇게 치고 싶더라."

"정말? 그럼 엔도 너는 나중에 밴드 하면 드럼 치고 싶어?"

"뭐, 좋아하기는 하지만. 그래도 눈에 덜 띄잖아. 원래 밴드에서 제일 인기 있는 포지션은 보컬이나 기타니까."

"아니야, 아니야. 드럼이 얼마나 멋진데."

이야기하며 내가 긴장하고 있음을 알아차렸다. 독감에 걸려 열이 났을 때 같다. 귀까지 뜨거워지고, 숨이 가쁘다. 죽을 것 같다. 그렇지만 행복하다.

"정말? 너, 다카유키 좋아한다고 들었는데. 그 녀석은 보컬이잖아."

꿀꺽 숨을 삼켰더니 목소리가 나오지 않았다.

"상관없어."

엔도가 대수롭지 않다는 듯 말했다.

"그래도 기쁘다, 야!"

엔도는 애간장이 녹을 정도로 달콤한 미소를 지으며 나를 바라보았다.

"같이 가자고 해 줘서 다행이야! 나는 티켓 구하는 법도 몰랐거든."

"다음 달 일요일에 동아리 모임 있어? 농구부는 매주 연습인가?"

"그까짓 거 땡땡이치면 그만이지. 아, 그래도 고문인 다카다한테는 비밀이다. 사실, 내가 농구를 좋아해서 웬만하면 빠지고 싶지 않은데."

"알았어. 그럼, 농구부 애들한테는 비밀로 할게."

엔도가 나를 똑바로 마주 보았다. 수줍음에 얼굴이 딱딱하게 굳어졌다.

"다카다 빼고 다른 애들한테는 말해도 괜찮아. 너하고 라이브 보러 간다고 벌써 애들한테 말했거든."

"아. 그랬구나!"

가슴이 쿵, 쿵 울렸다. 농구부원인 자기 친구들한테 말했다. 나랑 데이트한다고.

"진짜 기대된다!"

엔도가 말하는 동안, 나는 입도 뻥긋하지 못하고 고개만 끄덕였다. 얘랑 같이 돌아가는 모습을 누군가 보고 있지 않을까. 내가 이렇게나 행복해하는 모습을 누군가 보고 부러워해 주기를.

그렇게 생각한 바로 그 순간. 기다렸다는 듯 길 반대편에서 교복을 입은 무리가 보였다. 발걸음을 멈췄다. 언니와 갈래머리 군단이 이쪽을 보고 있다. 자동차가 오가는 큰길을 사이에 두고 있어 목소리가 들릴 정도로 거리가 가깝지 않다.

엔도는 여름에 삼 학년 선배에게 고백을 받고 거절한 참이었다. 언니네 학년에서도 유명했다. 그녀들이 시선을 교환하고 언니를 보았다. 도로를 사이에 두고 언니와 내 눈이 마주쳤다. 언니가 당황한 듯 고개를 까딱하더니 평소처럼 시선을 피하며 친구들한테 무언가 속삭였다. 그대로 멈춰선 내게 엔도가 물었다.

"무슨 일이야?"

"언니."

"그래, 어디?"

"저기. 상관없어. 친구들이랑 같이 있으니까. 그만 가자."

"너한테 언니가 있었구나."

"응."

내가 행복의 절정에 올라 있어서 그랬는지 고개를 푹 숙이고 도망치듯 멀어져 가는 언니의 모습이 평소보다 작아 보였다. 딱하다는 생각도 들었다. 한편으로는 기뻤고 우쭐했다. 봤어? 부럽지? 내 남자친구, 멋지지?

한 걸음 앞서 걸어가자 쫓아오던 엔도가 말했다.

"누가 언니야? 못 찾겠어."

그럴 줄 알았어, 라고 생각했다.

집으로 돌아와 방에서 헤드폰으로 음악을 들으며 오늘 일을 떠올렸다. 웃음이 나왔다. 행복한 한때. 제법 시간이 흐른 뒤, 언니가 돌아왔다.

방으로 들어와 자기 책상 위에 가방을 내려놓던 언니가 곁에서 무언가 중얼거리는 소리를 들었다. 헤드폰을 벗고 "왜?" 하고 되물었다. 짧은 침묵이 흐르고, 언니가 말했다.

"하나도 안 닮았더라. 니가 좋아하는 다카유키랑."

언니의 말을 듣는 순간, 오소소 소름이 돋듯 분노가 스르르 등줄기를 타고 올랐다.

"시끄러."

언니를 노려보았다.

"현실과 공상도 구분 못하는 인간한테 들을 소리는 아니야. 평생 끈적끈적한 게이만화나 보고 살아라, 이 범생아."

뭐라고 맞받아치리라 생각했다. 아니, 그래 주기를 바랐다. 말과 말이 뒤섞이고, 언니한테 상처가 될 말을 조금 더 퍼붓고 싶었다. 그러나 언니는 조개처럼 입을 다문 채 책상 앞에 앉아 있었다. 고개를 숙이고 가방에서 교과서와 공책을 꺼냈다. 집에 돌아오자마자 공부하나 싶었지만 다시 한 번 뱃속에서 분노가 치밀어 올랐다.

"억울하면 언니도 남자친구를 만들던지. 고백이라도 받던지. 나처럼 말이야."

언니는 대꾸가 없다. 헤드폰에서 들리는 평소와 다르지 않은 세븐 크라이시스의 노래만이 평화로웠다. 그런데 그 노래마저 아득히 먼 곳에서 부르는 것처럼 들렸다.

우리에게는 방이 하나밖에 없다. 내가 여동생으로 태어난 것도, 이런 집구석에서 태어난 것도 억울해 눈물이 나왔다.

언니는 여전히 말이 없다. 내가 방을 나오는 게 자연스러웠을 것이다. 그러나 그건 언니가 바라던 것이리라는 생각에, 무엇보다 달리 갈 곳도 없었기에 잠자코 앉아 있었다. 눈물이 흐르자 보란 듯 눈물을 훔쳐 가며 언니를 흘겨보았다. 얄미워서 말도 붙이기 싫다.

엔도가 동아리 활동을 마치기를 기다려 함께 집으로 가던 길이었다.

"나, 네 언니 봤다."

"근데, 하나도 안 닮았더라. 깜짝 놀랐어."

"그런 말 자주 들어. 언니랑 사이도 안 좋거든."

나는 웃었다. 빨리 봄이 오기를 기도했다.

연년생인 우리는 인생 대부분을 같은 학교에 다니며 보냈지만, 마침내 벗어날 수 있는 순간이 찾아오기도 한다. 예를 들어, 언니가 중학교 일 학년이고 내가 초등학교 일 반이던 해. 그리고 내년에 언니가 고등학교에 가면 우리의 진로는 더 겹칠 일이 없다. 언니는 학년에서 한 자릿수 성적을 유지하니 이변이 없는 한 내가 흥미도 없는 명문고에 진학할 것이다. 앞으로 반년만 참으면 그만이다. 언니도 언니대로 참고 있을 터이지만. 내가 훨씬 더 많이, 오랫동안 상처받고 있다.

요전에 갈래머리 군단과 엇갈렸던 길이 나왔다. 엔도의 강아지처럼 다정한 눈길과 끝이 뾰족한 스포츠머리가 바로 옆에 있다. 첫 날은 죽을 만큼 긴장했지만 두 번 세 번 횟수를 거듭하며 차츰 익숙해졌다.

인형처럼 단정한 다카유키의 얼굴과는 확연히 다르다. 그러나 현실에서 인기를 가르는 기준은 연예인을 볼 때와는 달라진다. 그 차이를 모르는 언니는 화면 속에서밖에 좋아하는 남자를 찾지 못한다. 엔도가 얼마나 멋진데! 알아보지 못하는 언니가 답답하다.

생각에 잠긴 내게 엔도가 말했다.

"다행이야! 니가 언니처럼 어두운 타입이 아니라서."

"어두워?"

움찔하며 되물었다. 이유는 모르지만 말이 빨라졌다.

"어둡다고? 하긴 우리 언니가 좀 포악하긴 하지. 나한테는 가차 없다니까."

어둡다는 말에 위화감을 느끼며 말했다. '어둡다'는 말은 '반듯하다'는 말 이상으로 심한, 부정적인 이미지밖에 없는 말이다.

언니는 누가 봐도 밖에서는 성실하고 얌전하다. 하지만 어둡다는 말은 어울리지 않는다. 어둡다는 말은 갈래머리 군단의 친구들에게나 어울리는 수식어다. 언니와는 다르다.

"확실히 우리 언니가 재미없는 사람이기는 해. 그래도 나름 머리는 좋아. 우리 언니랑 비슷한 부류이면서 딱히 성적도 안 좋은 애들도 있잖아."

"맞아. 우리 반에도 있어."

"그렇지? 그러니까 우리 언니는 그나마 낫다니까. 아마 언니네 학년에서 세이난에 갈 수 있는 성적은 언니뿐일걸?"

우리 지역에서 최고 명문으로 꼽히는 학교 이름을 꺼내자 속이 후련했다. 나도 엔도도 성적은 중간보다 아래다. 우리와는 인연이 없는 '세이난'이라는 단어를 입에 올리자 신선했다. 엔도가 흥미가 있는 것도 없는 것도 같은 말투로 '그래?'라고 말하며 고개를 끄덕였다. 그리고 무언가를 알아차린 듯 목소리를 높였다.

"미안, 잠깐 고개 좀 숙여 줘."

"왜?"

"앞에 오는 사람, 히로세 선배거든."

어색한 표정의 엔도와 눈이 마주쳤다. 나는 뾰로통하게 입술을 다물고 동요하는 기색을 감추며 고개를 앞으로 향했다. 빨간 입술, 짧은 스커트를 입은 히로세 유카리 선배. 불량학생이나 등교 거부를 일삼는 문제아들과 아슬아슬한 경계에 있는 선배. 중학교에 들어올 때 '저 선배한테 찍히면 끝이다'라는 소문이 돌았던 경계 대상 1호. 성미가 사납고 고약하기로 유명하다.

대개 상급 학년에 오빠나 언니가 있는 애들은 선배들 사이에 암묵적인 양해가 있어 따로 불러 군기를 잡는 상황을 모면할 수 있지만, 언니한테 그런 호사를 기대할 수는 없다. 히로세 선배와 언니는 사는 세계가 다르니 말이다.

스스로 내 몸을 지킬 수밖에 없는 나는 지금까지 히로세 선배를 만나면 안면이 없어도, 대답을 듣지 못해도, 심기를 거스르지 않도록 큰 소리로 "안녕하세요, 선배님!" 하고 고개 숙여 인사했다. 그런 히로세 선배를 당당히 차 버린 엔도는 우리 학년에서도 선배들 사이에서도 남자로서의 주가가 한껏 치솟았다.

침을 꿀꺽 삼켰다. 히로세 선배가 친구와 나란히 우리 쪽

을 보고 있었다. 나나 유카는 선생님이나 선배들의 눈을 의
식해 화장이라고 해 봐야 기껏 연한 색의 립크림을 바르는
정도였다. 그러나 히로세 선배는 벌써 삼 학년이라 무서울
게 없다. 가늘게 찢어진 눈 때문에 안 그래도 드세 보이는 인
상이 또렷하게 그린 아이라인 탓에 더욱 도드라졌다. 엔도는
아직도 눈을 내리깔고 있다.

"어이, 엔도. 그쪽은 여자친구?"

입을 다물고 있었더니 갑자기 말을 걸었다. 등줄기가 서
늘해졌다. 히로세 선배가 도끼눈을 하고 우리 얼굴을 노려
본다.

"……어쩌라고. 그쪽이랑 상관없잖아."

엔도의 목소리는 불안할 정도로 작았다. '아, 그러셔?'라
고 콧방귀를 뀌던 히로세 선배가 이번에는 나를 바라보았다.
차가운 목소리로 말했다.

"어이, 이 학년. 인사는?"

"……안녕히, 가세요."

목소리가 갈라졌다. 내가 어떤 표정을 하고 있는지 짐작
도 가지 않았다. 엔도에 끌리듯 빠른 걸음으로 걸었다. 등 뒤
에서 히로세 선배가 일부러 목소리를 키워 을러대는 소리가
들렸다. 머릿속이 새하얘지고 히로세 선배의 말을 바로바로
이해할 수 없었다.

"미안!"

엔도의 사과와 히로세 선배의 목소리가 동시에 귓전을 울렸다.

"재수 없어!"

힘껏 내지른 그 목소리는 분명 선전포고였다.

어떻게 될까. 아마 나는 불려가서 한바탕 호된 신고식을 치르겠지.

3

학교에 가는 게 싫고 우울했다. 유카와 친구들에게 '신경 쓸 거 없다'는 말을 들어도 위로가 안 되고 불안은 잦아들지 않았다. 히로세 선배와 같은, 배구부에 들어간 친구들이 한 발 늦은 '히로세 선배 공략법' 따위를 조잘조잘 가르쳐 주었다. 히로세 선배가 어떻게 하면 기뻐하고, 어떻게 하면 화를 내는지 따위. 가입 직후 봄에 매일 동아리 활동이 끝나고 한 사람씩 화장실로 따로 불려갔다는 이야기도 들려주었다. 들으면 들을수록 가슴이 답답해졌다.

유카와 친구들은 괴물 같은 히로세 선배와 대적하는 나를 걱정하면서도 대단하다는 눈길로 바라보았다. 그런 친구들이 내 이야기를 자기 자랑처럼 다른 반 친구들에게 퍼트렸다는 사실을 알게 되자 짜증이 났다. 엔도도 나를 배려한다며 '매일 집에 바래다주겠다'고 나섰다. 그런데도 솔직히 히로세 선배 일을 계기로 사랑을 불태운다기보다 공포감이 압도적으로 커서 하루하루가 가시방석이다. 왜냐하면, 아픈 건 딱 질색이니까.

아직 내 주위에서는 구체적으로 아무 일도 일어나지 않았다. 그렇지만 최소 한 번은 히로세 선배에게 불려 나갈 각오를 했다. 순순히 복종하는 모습을 보이면 한 시간 정도로 끝낼 수 있다는 이야기를 들었다. 빗자루 같은 흉기가 있으면 아프지만 빨리 끝난다고도 했다. 길고 가늘게, 짧고 굵게. 어느 쪽이 나을까. 결정할 권한조차 없지만 멍하니 생각했다.

어느 날, 저녁 식사를 마치고 언니가 방에 돌아온 후 텔레비전을 보던 엄마에게 기습공격을 당했다.

"요즘, 무슨 일 있니?"

"왜요?"

힘들어하는 모습을 들켰나. 등을 바로 펴고 엄마를 마주보았다. 엄마, 눈치챘어? 하지만 이어진 엄마의 말은 나를 낙담시켰다.

"언니 말이야. 요즘 부쩍 기운이 없어 보이지 않니? 오늘 마트에서 장을 보다가 언니네 담임선생님을 우연히 만났거든."

"그래서요? 그게 나랑 무슨 상관인데."

뭐야, 내 이야기가 아니었어? 차를 우리던 엄마가 내 앞에 찻잔을 내려놓는다.

"선생님이 그러시더라. 니 언니가 친구들이랑 다퉜다고. 학교에서도 매일 혼자 있고. 어쩐지 요즘 언니 친구들한테 통 전화가 안 오더라니. 너, 학교에서 언니 못 봤어? 너도 몰랐어?"

"어쩌다 마주칠 때도 있지만, 몰라요. 그건 그렇고, 싸우다니? 언니 친구들은 하나같이 얌전해서 싸움과는 거리가 멀어 보이던데. 초식동물처럼 맹하니 얌전한 애들이라 왕따 같은 건 할 줄 모를걸요?"

갈래머리 군단에 내부 분열이 일어나리라고는 상상도 하지 못했다. 남자 문제로 다툴 염려는 절대 없고, 애초에 왕따 클럽에서 왕따를 당하다니 혀를 차고 싶은 심정이다. 현실감이 없는 이야기다.

엄마가 한숨을 내쉬었다.

"엄마도 모르겠다. 니 언니가 워낙 씩씩해서. 무슨 일이 있어도 참기만 하고 말을 안 해 주잖니. 그래서 걱정이야."

"언니보다는 내가 더 씩씩할걸요."

"너랑은 다르지. 언니는 심지가 굳은 아이라. 그래서 더

안됐다니까."

엄마의 말이 신경을 건드렸다. 모락모락 김이 나는 차를 한 모금도 마시지 않고 거실을 나와 화풀이하듯 거칠게 장지문을 닫았다.

방으로 돌아오자, 언니는 책상 앞에 앉아 책을 읽고 있었다. 음악도 듣지 않고 내 쪽을 보지도 않는다. '따돌림당한다고?' 혼잣말하듯 같은 말을 되풀이했다. '언니'라고 부르려다가 허겁지겁 입 밖으로 나오려던 말을 삼켰다. 무엇을 어떻게 물어야 좋을지 몰랐다. 혼자서 교실을 이동하고, 혼자서 화장실에 간다. 상상만 해도 끔찍하다. 나라면 절대 사양하고 싶은, 참을 수 없는 상황이다. 어쩌면 저렇게 요령이 없을까.

참을 수 없는 기분으로 책상 앞에 앉았다. 언니도 언니의 세계에서 표류하고 있다. 내가 말려든 소동에 비하면 한심할 정도로 아무것도 아닌 문제지만. 태도를 바꾸면 좋으련만. 나라면 절대로 언니 친구들 같은 못난이들과는 어울려 다니지 않을 텐데.

돌이켜 생각해 보니, 언니는 항상 혼자였다. 자신을 따돌린 친구들과 얼굴을 마주해야 하는 동아리 활동에까지 꼬박꼬박 얼굴을 내미는 언니를 이해할 수 없었다. 마라톤 대회나 구기 대회처럼 기권해 버리면 그만일 것을. 따로 앉은 예전 친구들이 쑥덕쑥덕 자기 험담하는 곳에서 책을 읽는 척하며 모조리 듣고 있다. 잘난 척하는 모습이 마음에 들지 않는다고 갈래머리 군단에서 소문을 퍼트렸다고 들었다. 아마 언니 성적이 워낙 좋아서 아니꼬웠던 모양이다.

슬슬 입시가 다가와 다들 신경이 날카로웠다. 고리타분한 애들과 어울리다 보니 언니는 세상 물정을 몰라도 너무 몰랐다. 인생을 살 줄 모르는 데다 처세술도 모른다. 언니를 보면 가슴이 답답해져 울컥 짜증이 치민다. 예쁘지 않으면 예쁘지 않은 대로 적어도 겸손해야 한다. 언니는 요령이 없어 늘 제비에서 꽝만 뽑는다.

신기하게도, 일주일이 지나고 두 주일이 지나도 히로세 선배는 나를 불러 내지 않았다. 가슴속의 조마조마함이 상당히 가라앉아 있었다. 이번 주말에는 드디어 엔도와 세븐스 크라이시스의 라이브를 보러 가기로 했다. 하필 그날, 유카가 호들갑스럽게 나를 불러 세웠다.

"큰일 났어, 큰일."

"무슨 일인데?"

"삼 학년 선배한테 들었는데, 너희 언니가 히로세 선배랑 싸웠대."

까무러치게 놀라 말도 나오지 않았다. 영문을 알 수 없어

눈만 끔뻑거렸다. 금붕어처럼 입만 뻐끔거렸다. 만화 같았지만 정말로 목소리가 나오지 않았다. 겨우 목소리가 나왔다.

"……언제?"

"제법 됐다던데. 청소 시간에 히로세 선배가 너희 언니한테 시비를 걸었대. 우리 클럽 선배가 봤다더라."

"시비를 걸었다니? 뭐라고 했대?"

"나야 모르지. 히로세 선배 쪽에서 먼저 시비를 거니까 너희 언니가 뭐라고 맞받아쳤대. 그랬더니 히로세 선배가 친구도 없는 게 입만 살아서 잘도 떠든다고 마구 쏘아붙였대."

언니는 아직도 갈래머리 군단에서 제명된 상태다. 언니가 학교에서 따돌림당한다는 사실을 엄마와 내가 알아 버렸다는 걸 직감한 언니는 요즘 집에서도 말수가 눈에 띄게 줄었다. 인간은 상대방이 가장 두려워하는 것을 본능적으로 간파해 조롱하는 고약한 생물이다. 히로세 선배는 특히 그 분야에서는 전문가다.

언니는 상처받았을 것이다. 하지만 아무리 생각해 보아도 어제도 그 전에도 언니는 내 앞에서 평소와 다른 모습을 전혀 보이지 않았다. 히로세 선배와 싸웠다는 말은 입도 뻥긋하지 않았다.

유카가 걱정스럽다는 듯 내 얼굴을 뚫어지게 바라보았다.

"언니가 뭐라고 안 하든? 히로세 선배, 어쩌면 니 일로 언니한테 따진 거 아닐까."

"몰라."

더 듣고 싶지 않았다. 머릿속이 복닥복닥 혼란스러웠다.
왜, 도대체 왜 그랬어 언니. 한마디 상의도 없이. 왜 히로세
선배와 각을 세우는데. 왜 요령 없이 덤비고 그래. 게다가 책
임이 내게 있을지 모른다고 생각하니 마음이 불편해졌다. 언
니와 나는 관계없다.

집으로 돌아와 언니한테 물으려면 용기가 필요했다. 지금
까지 경험하지 못한 불편함이었다. 요즘에는 '나 왔어', '어
서 와'처럼 간단한 인사말조차 뜸해졌다.

"왜 히로세 선배랑 싸웠어?"

내 물음에 언니가 천천히 나를 바라보았다. 딱히 놀란 기
색도 불편한 기색도 없다. 지극히 자연스럽게 내 쪽을 보는
시선에 못 박힌 듯 움직일 수 없었다. 다시 한 번, 이번에는
말을 바꾸어 물었다.

"왜 내 편을 들었냐고."

"몰라."

언니가 희미하게 미소 지었다. 은혜를 베풀었다는 낌새도
없이 몹시 침착하게.

그 모습을 보자마자, 순식간에 이해가 갔다. 나는 어쩔 수
없는 여동생이라는 사실을.

"할 말, 그게 다야?"

언니가 묻는 소리에 나는 충격에 휩싸인 채 고개를 끄덕였다.

"신경 쓸 거 없어."

언니가 거듭 말했다.

"히로세 하고는 앞으로 더 얽힐 일이 없으니. 아키 너는 신경 쓸 필요 없어."

누가 신경 따위 쓸까 봐. 맞받아치려던 말이 목구멍에 걸려 나오지 않았다. 무슨 말을 어떻게 해야 할지 아무 말도 생각나지 않아 입을 다물고 자리에 앉았다. 그때까지 히로세 선배가 두려워 떨던 공포에서 해방되었다는 안도감과 언니의 어깨에 내가 얹은 짐, 언니의 머릿속에서 오가는 생각이 차례대로 머릿속을 스쳐 지나가 목구멍이 바짝바짝 타들어 갔다.

"언니, 요즘 친구들이랑 별로라며?"

질문이 입 밖으로 나온 건 머릿속이 혼란해진 탓이라고밖에 생각할 수 없다. 언니가 다시 나를 바라보았다. 말하지 않으면 떨려서 눈물이 나올 것만 같다.

"무슨 일, 있어?"

할 수 있다면 모든 걸 털어놓아 주기를 바랐다. 나한테 기대어 주기를 바랐다. 그 촌스럽고 답답한 범생이 무리에 함

께 맞서 달라고 하면, 내가 두 팔 걷어붙이고 나서리라. 험한
말로 퍼부어 줄 수 있다. 나는 그 사람들의 천적이다.

"내가 못나서 그래."

언니가 대답했다. 그 한마디로 우리는 정말로 할 말을 잃
어버렸다.

"걱정했어?"

대수롭지 않다는 듯 언니가 말했다.

4

주말에 세븐스 크라이시스 라이브에 가는 길이었다.

엔도와 첫 데이트, 공연장으로 가는 길. 히로세 선배와의
일을 더는 화제에 올리지 않았다.

언니와는 그 후 아무 말도 하지 않았다. 아침에 어딘가 나
가는 눈치였지만, 서로 말없이 각자의 시간대에 집을 나섰
다. 혼자서 도서관에라도 갈 생각인가 싶었더니, 공연장이
있는 역 근처에 있는 백화점 앞에 갈래머리 군단이 모여 있
는 게 보였다. 그중에 언니 모습이 섞여 있는 걸 발견하고 내
눈을 의심했다. 멀리 떨어진 곳에서 의심을 사지 않을 정도
로 조심스럽게 관찰했다. 험악한 분위기는 없었다. 싸우기

전처럼 웃고 떠들었다. 갑자기 어깨에서 풀썩 힘이 빠졌다. 한시름 덜었다. 지금이라도 집으로 돌아가 엄마한테 보고하고 싶은 충동에 몹시 시달렸다. 엄마, 언니가 친구들이랑 화해했나 봐요.

그 순간이었다.

"쟤들은 사는 낙이 뭘까?"

눈을 깜빡이고 숨을 쉬는 것도 순간적으로 잊고 말았다. 고개가 돌처럼 딱딱하게 굳은 듯했다. 그 바람에 바로 목소리가 들리는 쪽으로 돌아볼 수 없었다. 엔도가 말했다.

"너희 언니 말이야. 너를 조금이라도 본받으면 좋을 텐데. 공부 말고도 이 세상에는 즐거운 게 얼마나 많다고. 게다가 동아리도 애니메이션 일러스트부였지?"

언니가 웃으며 즐겁다는 듯 친구들과 백화점 안으로 사라졌다. 휴일이라고 해도 평소와 다름없는 안경에 수수한 차림. 그래도 어깨에 걸친 가방에 큼직한 하트 모양 열쇠고리를 달고 있었다. 평소 학교에는 달고 다니지 않는다. 휴일이니까, 친구들이랑 같이 왔으니까 나름대로 멋을 부린 모양이다. 가슴이 먹먹했다.

내 언니만 아니라면 엔도는 갈래머리 군단을 대수롭지 않게 보고 넘겼을 것이다. 눈길이 머무른 건 내 탓이다. 언니는 즐거워 보였다. 멀거니 보고 있자니 속이 상했다. 시시한

잡담으로 맞받아칠 기분이 아니다.

"좋은 고등학교에 들어가고, 대학교에 가고, 졸업하면 회사원이 되고. 그걸로 땡이잖아? 그러니까 중학교에 다니는 동안 운동부에 안 들어가면 손해라니까. 선배와의 상하관계나 인간관계 같은 기본을 하나도 배우지 못하고 입시만 치르면, 그럼 뭐해?"

"엔도, 미안!"

목소리가 커졌다. 놀란 듯 입을 다문 엔도가 눈이 휘둥그레져 나를 바라본다. 계집애처럼 찰랑찰랑한 머릿결을 자랑하는 연예인보다 스포츠머리 한 현실의 남자와 어울린다. 그것이 현실의 행복. 엔도, 멋져!

알고 있지만, 그 순간 모조리 잊고 말았다. 오는 길에 몇 번이고 가방 안에서 안부를 확인했던 티켓. 봉투째 꺼내 엔도의 가슴에 들이밀었다.

"미안, 너 혼자 가. 나는 못 가겠어."

"갑자기, 왜?"

"동아리 활동 빠지게 해서 미안! 그래도 오늘은 안 되겠어."

엔도의 안색이 눈에 띄게 변했지만, 옆에 있고 싶지 않았다. 다카유키의 노랫소리, 생일 이벤트를 저울질해 본다. 아무리 생각해도 엔도 옆에서 태연하게 앉아 있을 자신이 없다.

역 방향까지 아무 생각 없이 내달렸다. 어디로 가는지도 모르고 발길이 닿는 대로 앞으로, 또 앞으로 달렸다.

미안해! 이를 악물었다. 친구와 즐겁게 떠들던 언니. 미안, 나 때문에 험한 꼴 당해서.

캄캄한 방에서 무릎을 끌어안은 채 쪼그리고 있었다. 불을 켠 언니가 깜짝 놀라 숨을 삼키는 소리가 들렸다. 눈물이 마를 때까지 실컷 울었지만, 인기척을 느끼는 순간 어리광부리듯 눈 안쪽이 시큰하게 달아올랐다. 물어봐 주기를 바라며 입술을 달싹였다.

"무슨 일이야? 오늘 세븐크라 라이브 보러 간다며?"

어설프게 줄여서 부르지 말아 줘. 세븐스 크라이시스. 생일 이벤트. 다카유키. 정말로 보고 싶었는지 어땠는지는 중요하지 않다. 얼마나 손꼽아 기다렸는데, 그걸 내팽개친 내가 가엾어 집으로 돌아와서 여태 울고 있었다.

"남자친구랑 헤어졌어."

갈라진 목소리로 내가 말했다. 언니가 적잖이 당황한 듯 그 자리에 우뚝 섰다. 나는 고개를 앞으로 숙이고 큰 소리로 울었다.

어떻게 해야 좋을지 모르겠다는 듯 언니가 나를 바라보았다. 잠시 후, 언니가 주뼛거리며 내 곁에 앉는 기척이 느껴졌다. 마음이 통하는 자매라면 좋았겠지만, 불행하게도 우리는 앙숙처럼 으르렁거리는 사이였다. 주저하는 듯한 침묵과 거리감을 넘어 언니가 조심스럽게 입을 열었다.

"엔도라고 했지? 제법 괜찮은 애 같던데."

나는 숨을 삼켰다. 목소리는 나오지 않았다.

다카유키랑 하나도 안 닮았다고 지적당한 날의 분노. 엔도가 오늘 언니를 보며 했던 말. 주마등처럼 지나가 멈출 수 없다. 한숨과 함께 목소리가 돌아왔다.

하나도 안 멋져, 언니. 걔가 언니를 개무시했다니까. 그러니까 괜찮은 애라는 말 하지 마. 엔도라는 이름도 꺼내지 마.

자신을 연민하는 한계의 임계점에 도달했다. 엉엉 목 놓아 울었다. 충동적으로 잃어버린 것의 크기와 그렇게나 기다렸던 엔도와의 첫 귀갓길의 설렘을 떠올렸더니 가슴이 먹먹해져 울음이 나왔다. 짐승처럼 울부짖었다. 흐억, 흐엉, 흐어엉. 언니, 나 바보짓했어. 완전 바보짓.

엔도와 다시 잘해 보고 싶다는 마음도 없거니와 무엇이 그리 속상한지도 모르겠다. 감정이 격해져 소리를 내지르며 양손으로 얼굴을 가리고 천장을 보고 드러누웠다. 찝찌름한 눈물과 콧물이 입속으로 흘러들었다. 동시에 언니가 내 손을 잡았다. 난감한 듯 답답할 정도로 머뭇거리는 손. 잘 좀 해봐. 확 끌어안고 거리감 좀 줄여 보라고.

여전히 처세술을 모른다.

5

교회의 버진로드virgin road를 걷는 언니.

베일 아래의 얼굴은 나이를 먹을수록 나를 빼닮았다. 본래 내가 고집스럽게 지켜 온 장점은 엷은 화장으로 대변되는 세련된 감각이었기에 언니가 나이에 맞게 화장하는 법을 배웠을 무렵, 우리의 차이는 그다지 의미가 없어졌다.

언니가 고개를 들자, 아버지가 신랑에게 언니의 손을 넘겨 준다. 성실한 태도로 신부의 손을 건네받은 신랑은, 내 기억이 틀리지 않는다면 내가 예전에 열을 올렸던 밴드의 보컬을 닮았다. 다른 사람들은 눈치채지 못하겠지만, 나는 알고 있다. 아마 언니도 알고 있을 터다. 콧날이 곧고 찰랑찰랑한 머릿결. 안경을 썼지만 깊숙한 눈매가 날카롭다.

얼굴만 따지는 고집쟁이. 언니는 역시 나랑 닮은 구석이 있다. 형부가 될 사람이 학창 시절부터 언니에게 빠져 있었다는 이야기를 듣고 놀랐다. 악의는 없다. 형부는 나를 보자마자 "언니랑 똑같네!"라고 감탄했고, 나는 "당연하죠"라고 받아넘겼다. 만족스러운 목소리로.

찬송가를 부르고, 반지를 교환하고, 맹세의 키스가 이어졌다. 퇴장했던 언니가 교회 밖에서 부케를 던질 때 친구를 빼고 여동생인 나를 찾았다. 격식을 차리느라 신랑신부를 멀찍이서 바라보던 나를 향해 목소리가 날아들었다.

"아키, 받아!"

언니 가까이에 중학교 시절 같은 반 친구들이 즐거운 얼굴을 하고 나란히 서 있다. 중학교 시절의 다툼이나 따돌림은 돌림병 같은 법이다. 걸렸다는 사실조차 잊어버리는.

소중한 동생 아키!

중학교 시절의 나, 야마시타 유키에의 유일한 자랑거리는 예쁘고 인기 있는 여동생이 있다는 것. 친구가 적고 남자와 인연이 언 나를 대신해 내가 하고 싶은 일을 전부 대신해 주는 아키는 당시 내가 의지했던 가치의 전부였다. 언제까지나 그 시절의 모습을 간직한 아키가 되어 주길 바랄게.

잘난 척하느라 무리에서 소외된 언니의 여동생인 나. 고등학생 시절, 문득 깨달았다. 비주얼계 밴드 열풍이 상당히 식었기 때문이다. 고등학교 반 친구들이 나를 마니아라고 생각했다는 사실을 알게 되었다. 관심 없는 사람들 눈에는 음악을 듣고 티켓을 손에 넣으려고 투지를 불태우는 내가 못말리는 마니아로 보였던 모양이다. 마니아라는 말을 듣고 충격을 받았다.

하지만 언니의 편지를 읽고 지금에서야 깨달았다. 사는

낙이 무엇일까. 무엇을 가지고 있을까. 나도 언니도 다른 사람들 눈에는 별반 다를 게 없는 마니아였다.

그 후 언니는 많은 사람의 예상대로 순조롭게 우리 지역 최고의 고등학교에 합격했고, 이어서 명문대학교에 진학했다. 나는 어중간하게 공부할 바에야 아예 하지 않는 게 낫겠다고 생각했다. 덕분에 명문은커녕 미팅에서 이름을 내밀기에도 부끄러운 한심한 대학에 가까스로 합격했다. 지금은 딱히 결혼할 가망도 없다. 그렇다고 인기가 없는 것도 아니다. 사는 게 즐겁지 않다는 건 아니다.

"아키야, 여기."

활짝 웃는 언니의 중학교 시절 친구들이 옆자리를 비워준다. 당연한 이야기지만, 이제는 누구도 갈래머리를 하지 않는다.

"뒤풀이, 올 거지?"

간사를 맡았다는 친구가 말한다.

"아키처럼 어여쁜 아가씨가 온다면 신랑 측에서도 영광입니다!"

나는 웃으며 "정말요?"라고 가볍게 맞받아친다.

언니가 새하얀 장미 부케를 어깨너머로 던진다. 환호성이 울리고 분위기가 술렁인다. 나는 까치발을 하고 날아오른 꽃을 향해 손을 뻗는다. 가족이 받으면 손가락질받을 수도 있겠지만 언니는 개의치 않는다.

　언니의 멋진 여동생은 내 역할이며, 언니의 축복이다. 나쁘지 않다고 가슴을 편다.

야광봉

]

한 개에 280원. 한 다스를 사면 상자 당 17,800원. 공연장 옆의 사토전기 사 층이라면 할인 가격인 17,100원.

초록, 파랑, 빨강 세 가지 색을 각각 열일곱 상자씩 준비하면 이백 석에 골고루 돌아갈 터다.

이중으로 넣어 준 종이봉투를 껴안고 에스컬레이터에 오르니, 라이브 공연장 앞 카페에서 벌써 갓치랑 단자와 씨가 기다리고 있다. 갓치는 평소처럼 굽은 등을 한층 더 웅크린 채 초록색 크림소다를 홀짝이고 있다. 렌즈가 두꺼운 안경을 안경알이 닿을 정도로 바짝 당겨 쓴 채 손을 쓰지 않고 몸을 굽혀 빨대를 씹고 있다. 다박수염을 기른 단자와 씨는 갓치 앞에서 고개를 숙인 채 작업에 열중하고 있다. 갓치가 먼저 내 기척을 알아차렸다.

"왔구나, 나오."

나직한 소리로 말을 걸어 왔다. 테이블 위에는 알록달록한 색의 동그란 모양의 스티커 몇 가지와 B6 사이즈 종이 다발. 그 밖에 고무줄이 든 갈색 상자. 고무줄 상자는 전부터

죽 사용해 온 터라 모서리가 제법 둥글게 닳아 있다.

지난번 문서 담당은 단자와 씨였다. B6 사이즈 종이에 인쇄한 설명서를 한 손에 들고 빈자리에 앉아 주위를 살피고 있자니, 단자와 씨가 고개를 들었다.

"야광봉 설명, 이 그림이면 될까?"

"되고도 남죠. 단자와 씨는 역시 그림 그리는 재주가 있다니까요."

설명서에 눈길을 주며 대답했다.

♪ 기타자토 루미나 생일파티 관련 협조를 부탁드립니다. ♪

오늘은 오월 칠 일, 스무 살 생일을 맞이하는 '루미난', 기타자토 루미나의 생일입니다. 여러분께 협조 부탁드립니다.

● 배부물
    ① 야광봉(초록)
    ② 야광봉(파랑)
    ③ 야광봉(빨강)
    ④ 안내 말씀 설명서 ← 본서

● 기획 내용
    ① 오프닝곡 개시와 민트걸즈 등장에 맞춰 초록색 야광봉을 반짝반짝 흔들어 주십시오.
    ② 루미나의 솔로 파트가 있는 《바닷바람 왈츠》(아마도 일곱 번

째 곡)에서 파란색 야광봉을 반짝반짝 흔들어 주십시오(파랑
은 바닷바람의 '바다'를 상징합니다).

③ 앙코르를 요청하는 함성은 오늘은 '루미난'이라고만 외쳐
주십시오. 함성 신호는 생일파티 실행위원회가 안내합니다.
앙코르 이외의 곡은 모두 빨강 야광봉을 반짝반짝 흔들어
주십시오(빨강은 루미난의 행운의 색입니다).

④ 앙코르 이외에도 오늘은 '루미난'이라는 구호를 열심히 외
쳐 주십시오.

아래에는 야광봉을 꺾어 빛을 내는 방법을 그린 단자와
씨의 삽화가 들어 있다. 야광봉은 막대 모양의 일회용 조명
기구다. 이십 센티미터 남짓한 플라스틱 안에 형광색 액체가
들어 있어 가운데를 꺾으면 액체가 화학반응을 일으켜 빛을
낸다.

● 야광봉에 대해
  ▪ 한가운데를 딱 소리가 날 때까지 꺾으면 빛을 냅니다.
  ▪ 뜨거워지지 않고, 인화의 위험도 전혀 없습니다.
  ▪ 빛이 지속되는 시간은 약 2~3시간입니다.
  ▪ 나누어 드린 야광봉은 라이브 종료 후 출입구 근처의 실행위
    원이 회수합니다. 라이브 공연장 안과 화장실 휴지통, 귀가길
    이나 역 구내 쓰레기통 등에 버려 주변이 지저분해지지 않도
    록 협조해 주시기 바랍니다.

루미나의 추억에 남는 생일파티를 만듭시다. 적극적인 협조에 감사드립니다.

기타자토 루미나 생일파티 실행위원회

내가 야광봉 상자를 봉투에서 꺼내자 갓치가 야광봉을 옆에 두고 곧바로 동그란 스티커에 설명서대로 ①, ②, ③을 유성 매직으로 써 나간다. 각각의 색에 맞추어 스티커를 붙여 초록, 파랑, 빨강 세 개를 한 묶음으로 정리한 다음 반으로 접은 생일파티 설명서를 위에 얹어 고무줄로 묶는다. 손에 익은 작업이라 호흡이 척척 맞는다. 야광봉이 서로의 손에서 손으로 말없이 건네진다.

"《바닷바람 왈츠》가 아마 일곱 번째 곡이 되겠지만, 아직 확정된 건 아니죠?"

"어제 라이브 순서를 스태프에게 받긴 했는데, 오늘 변경될 가능성도 있다더라고요."

단자와 씨가 담담하게 대답했다. 입고 있는 체크무늬 셔츠 겨드랑이에 땀이 배어 나와 체크무늬가 그 부분만 다른 천처럼 변했다.

민트걸즈는 올해로 데뷔 오 년 차인 아이돌 그룹이다. 그룹 콘셉트는 '주오선을 사랑하는 나카노 지역 서민 아이돌'.

나카노를 중심으로 활동하고, 서브컬처의 성지로 일컬어지는 쇼핑빌딩 맨 꼭대기 층에 있는 라이브 하우스에서 일주일에 한 번 정기 라이브 공연을 연다. 라이브 하우스는 민트걸즈 데뷔에 맞춰 지어진, 말하자면 민트걸즈의 홈그라운드인 셈이다.

작년에 그토록 염원하던 오리콘 차트 톱텐 진입을 달성하고 음반 판매도 가파르게 상승해 수십만 장이 팔려 나갔다. 데뷔 당시는 아는 사람만 아는 무명 아이돌 그룹에 지나지 않았지만, 서서히 세간의 화제에 올라 지금은 톱 아이돌들과 어깨를 나란히 하고 있다.

그래도 '서민적'이라는 콘셉트를 고집하며 아무리 바빠도, 심지어 멤버에 결원이 생겨도 본거지인 나카노에서의 라이브를 빼놓지 않고 열어 왔다. 초기 멤버의 은퇴와 추가 모집 등을 거쳐 지금은 전부 스물다섯 명의 멤버가 있다. 그중 실제로 무대에 오르는 멤버는 고작 여덟 명. 결원이 생겼을 때만 2군 멤버에 자리가 돌아간다.

기타자토 루미나는 3기 멤버로 지금까지 한 번도 대타 이외에는 고정 멤버로 무대에 오르지 못했다. 열아홉 살의 여고생 아이돌. 나와 동갑.

"얼마 안 있으면 저도 스무 살이네요. 이대로 제 십 대가 끝나는 걸까요?"

얼마 전, 라이브에서 한 발언으로 객석에서 "아니야", "괜찮아, 루미나"라는 팬들의 격려를 받기도 했다.

"있잖아요, 단자와 씨."

"왜? 무슨 일인데, 나오?"

갓치 정도는 아니지만, 단자와 씨도 웅얼거리며 속삭이는 목소리라 귀를 기울이지 않으면 잘 알아들을 수 없다. 덩치가 큰 탓에 호흡이 가빠서일 수도 있다.

"모처럼 루미나 생일파티에 왔으면서 왜 수염을 안 깎고 오셨어요. 앙코르 함성 신호를 줄 때 루미나가 우리 쪽을 볼지도 모르잖아요."

깊이 생각하지 않고 문득 떠오르는 대로 물은 질문에 단자와 씨는 얼굴이 벌겋게 달아올랐다. 그 반응을 보고서야 깨달았다. 단자와 씨의 다박수염은 자세히 보면 루미난이 좋아한다고 말했던 할리우드 배우의 것처럼 보이기도 한다.

"뭐예요! 혹시 일부러 기른 거예요? 일부러 기른 거죠?"

"아니, 그게 아니라……."

고개를 숙인 채 들지 못하는 단자와 씨를 보며 마음속으로 쓸데없는 소리를 해 버렸다고 후회했다. 갓치가 옆에서 푹푹 한숨을 내쉬며 빨리 좀 하라고 잔소리를 해 댔다.

"여섯 시까지 행사장에 가져가야지. 안 그러면 스태프가 안 받아 준다니까."

"알았어."

상자째 산 야광봉을 풀고, 이미 산더미처럼 쌓아 둔 고무
줄로 묶어 놓은 야광봉을 종이봉투에 챙겨 넣었다.

소꿉친구였던 갓치에게 끌려가 처음으로 민트걸즈의 라
이브를 보러 갔다. 오 년 전, 민트걸즈가 갓 데뷔했을 무렵이
다. 덕분에 내 '공식 팬클럽·나카노 민트카페' 회원 번호는
상당히 앞 번호다.

"절대 후회 안 한다니까. 같이 가자. 민트걸즈는 다른 아
이돌이랑은 차원이 완전 다르다니까!"

본래 나카노에서 태어나 나카노에서 자란 나는 우리 동네
에서 활동하는 민트걸즈의 존재는 알고 있었지만 직접 보러
간 적은 없었다.

첫 번째 라이브의 충격을 잊을 수 없다. 오프닝 막이 오를
때까지 형광 초록색이 암흑에서 마치 반딧불이처럼 춤을 췄
다. 초록색은 민트걸즈의 테마 컬러다. 야광봉 빛을 그때 처
음 보았다. 팬들이 합심해 하나가 되어 같은 방향으로 빛을
흔들었다. 사랑하는 아이돌을 향해 일사분란하게. 빛의 바다
라고 생각하는 순간, 소름이 돋았다.

막이 올랐다. 첫 곡이 시작되고 최선을 다해 추는 춤과 노
래를 보며 마지막까지 눈을 뗄 수 없었다. 열기와 함께 공연

장에 가득 찬 초록색 빛의 속도가 빨라졌다.

"감사합니다, 민트걸즈입니다!"

오프닝 첫 곡을 마치고 고정멤버 중 가장 인기가 좋은 요시무라 아야, 통칭 아야 쨩이 인사했다. 텔레비전에서 봤을 때는 다른 연예인에 비해 어린 탓인지 풋풋한 인상밖에 없었던 그녀의 어깨에 멤버 전원을 책임지고 있다는 당당한 기운이 서려 있었다.

나카노의 라이브 공연장은 이백 석 남짓한 작은 규모다. 작지만 공연장을 채운 관객 전원이 그녀에게 빠져들었다. 매번 이렇게나 많은 사람을 열광의 도가니에 몰아넣을 수 있다니, 참으로 존경스럽다. 갓치가 말한 대로다. 민트걸즈는 다른 아이돌과는 차원이 다르다.

2

첫 라이브의 충격 이후, 오프닝 막이 오를 때까지 아무리 횟수를 거듭해도 늘 미묘한 긴장감에 흥분한다. 내가 가장 사랑하는 시간이다.

스태프에게 건넨 우리 야광봉이 이미 객석에 나누어졌다. 자리를 확보하려고 걸음을 떼던 내 눈에 좌석 위에 하나 더,

우리가 준비한 것과 다른 야광봉 두 다발이 놓여 있는 걸 보고 아차 싶었다. 가끔 있는 일이다. 연락이 꼬여 다른 팬클럽에서 준비한 생일 준비와 겹칠 때가 있다.

갓치와 단자와 씨도 눈치챈 모양이다. 자리에 도착해 바로 고무줄을 벗겼다. 다른 카페에서는 초록과 하양 야광봉을 준비했다. '협조와 당부의 말씀'을 읽자 오프닝에서는 똑같이 초록 야광봉을 흔들지만, 루미난의 솔로 파트가 있는 〈바닷바람 왈츠〉에서 흔드는 색으로는 하양이 지정되어 있었다.

옆에서 마찬가지로 설명서를 읽던 갓치가 크게 한숨을 내쉬는 소리가 들렸다. 갓치의 생각은 짐작이 갔다. 〈바닷바람 왈츠〉에 맞춰 바다를 연상시키는 파란 빛으로 덮으면 차분한 발라드에 무척이나 잘 어울릴 것이다. 거기에 다른 색이 섞여든다.

"두 개를 같이 쥐고 흔들면 괜찮을까?"

단자와 씨가 말한다. 모처럼 생일파티에 팬끼리 부딪히는 상황은 피하고 싶다. 아마 다른 팬클럽도 마찬가지이리라. 신사협정을 맺는다는 기분으로 나도 단자와 씨의 말에 동의했다.

하나, 둘, 셋, 넷! 준비, 시작!

터질 듯한 함성과 함께 박수가 울려 퍼지고 초록 야광봉을 꺾어 준비한다. 환호성 속에서 누군가 주저하는 목소리로 말을 걸었다.

고개를 돌리자, 민트걸즈 라이브에서는 그다지 볼 일이 없는 안경을 쓴 정장 차림의 여성이 초록 야광봉을 손에 들고 있다. 동그란 스티커가 붙은, 우리가 나눠 준 야광봉이다.

"이거 어떻게 써요? 꺾으라고 하는데, 여기 앞부분을 꺾는 건가요?"

"아, 거기 윗부분이 아니라 한가운데를 뚝 소리가 날 때까지 꺾으세요."

제가 해 드릴까요? 하고 물으니 순순히 야광봉을 내민다. 그걸 받아들고 대신 꺾어 그녀에게 돌려주었다.

"그다음, 이렇게 흔드세요. 그래야 빨리 섞이거든요."

"이렇게요?"

아래위로 흔드는 그녀의 재빠른 손놀림에 초록빛이 점점 진해졌다. 라이브에 익숙하지 않은 사람일 수도 있다. 나에게 고맙다고 말하며 단자와 씨가 쓴 설명서를 읽는다.

오프닝이 끝나고 다음 곡으로 넘어가도 눈치 없이 계속 야광봉을 흔드는 그녀에게 쓸데없는 오지랖인지 모른다고 생각하면서도 "이제 그만 흔드세요"라고 말을 걸었다.

"초록색은 이번 곡까지만. 다음에 언제 흔들지 다시 가르쳐 드릴게요."

　나이는 나보다 제법 위로 삼십 대 중반처럼 보였다. 요즘 민트걸즈는 여고생들에게도 인기가 있지만, 이 정도 연배의 여성 팬은 드물다. 그쪽에서 "다들 일어나질 않네요"라고 말을 걸어 왔다.

　"다 같이 일어서서 춤도 추고 그러는 줄 알았어요."

　"아, 여기 공연장이 좁기도 하고 지정 좌석제라서요. 앞사람이 일어서면 뒷사람이 보이질 않거든요."

　다른 아이돌 라이브나 성우 관련 이벤트에서는 다 같이 자리에서 일어나 춤을 추거나 일사분란하게 미리 준비한 응원 동작을 선보이기도 하지만 민트걸즈 팬은 관람 예절을 철저히 준수한다. 더 큰 공연장을 가득 채울 수도 있는 그녀들이 이렇게 작은 라이브 하우스에서 손을 뻗으면 닿을 만한 지척의 거리에서 퍼포먼스를 선보이는 이상 팬인 우리도 기대에 부응해야 한다.

　라이브가 끝나고 그녀들이 대기실로 돌아간 다음, 앙코르 함성 신호를 주기 위해 단자와 씨가 일어났다. 다른 팬클럽의 생일파티 실행위원도 일어나 단자와 씨와 그 사람이 그 자리에서 짧게 의논한 뒤 두 사람이 "오늘의 응원 문구는 루미난으로 통일하겠습니다"라고 말한 뒤 객석을 향해 머리를 숙였다.

"제가 신호를 한 다음 다 같이 외쳐 주십시오. 시작! 루·
미·난!"

단자와 씨의 목소리에 이어 객석이 들썩이도록 함성이 터
져 나왔다. 단자와 씨 다음에, 이번에는 다른 팬클럽 사람이
선창했다.

십 분 후 민트걸즈가 음악과 함께 등장하자, '우와' 하는
환호성이 파도처럼 퍼져나가더니 빨간빛이 순식간에 공연
장을 뒤덮었다. 무대 위에서 마이크를 쥔 루미난이 "여러분,
감사합니다! 저도 이제 스무 살입니다!"라고 높은 톤의 목소
리로 인사한다.

"저기, 이 라이브는 누군가 자비로 부담하는 건가요?"

앙코르가 끝난 후, 자리를 떠나려던 차에 조금 전의 그 여
성이 말을 걸어 왔다.

"맞아요! 팬카페에서 주최해요. 입구 근처에 늘어서 있는
생일축하 화한도 팬클럽에서 보냈거든요."

새로 개업하는 파친코 가게나 텔레비전의 〈와랏테 이이
토모!〉의 '텔레폰션킹' 코너에서나 볼 수 있는 화한이 생일
파티에서는 매번 통로를 가득 채운다. 말을 건 여성이 감탄
했다는 듯 고개를 끄덕였다. 정말로 깜짝 놀란 모양이다.

내가 그 팬클럽 회원이라는 말은 하지 않았다. 라이브 하

우스의 출구 근처에 빈 상자를 걸고 야광봉을 회수하고 있자니 그 여성이 계단으로 내려와 "수고하세요"라고 인사했다. 그러고는 상자 안에 다 쓴 야광봉 몇 개를 넣고 간다.

"저희야말로 열심히 응원해 주셔서 감사합니다!"

갓치와 단자와 씨, 다른 팬클럽 녀석들과 함께 고개를 숙인다. 자리를 떠나려는 여성을 본 라이브 스태프가 "오셨어요?" 하며 멀리서 달음질쳐 오는 모습이 보였다. 관계자일지도 모른다. 스태프를 향해 "잘 놀다 가요"라고 대답하는 소리가 들렸다.

"나오, 라이브 하는 동안 저 사람과 이야기했지?"

옆에서 회수용 상자를 들고 있던 갓치가 물었다.

"응. 라이브는 처음인가 보더라."

'나카노 민트카페'의 신조는 처음에는 '민트걸즈 응원'이었지만, 지금은 점점 인기와 존재감이 느는 그녀들을 지원하기 위해 추가사항이 생겼다. '민트걸즈의 발목 잡는 행동을 하지 말 것'이라는 새로운 신조다.

원년 팬들이 지나치게 돈독하게 친목을 도모하면 새로운 팬이 들어오기 부담스럽다. 사생팬이니 라이브 분위기를 흐리는, 도를 넘는 응원이 문제가 되며 팬 문화를 개선해야 한다는 말이 나오기 시작할 무렵이었다.

처음에는 팬으로서는 신규 팬이 늘어나는 게 기쁜 반면

복잡한 마음도 있었다. 그래도 원년 팬이 새로 유입되는 팬들에게 관대해야 한다는 분위기가 있다. 선배로서 이끌어 준다는 사명감이라고 하면 거창하게 느껴질 수도 있지만, 대충 그런 느낌이다.

"우와! 루미난이 블로그에 새 글을 올렸어. 장난 아닌데! 대기실에서 올렸네. 남동생이랑 찍은 사진이야!"

회수를 마치고 상자를 땅에 내려놓고 뒷정리하고 있자니 스마트폰을 한손에 든 갓치가 호들갑을 떤다.

"뭐, 어디?"

"이거."

검은 머리, 반듯하게 자른 앞머리, 양쪽으로 묶은 머리, 무대 의상 차림의 루미난 옆에 이목구비가 오목조목해 귀염성 있어 보이는 남동생으로 추정되는 인물이 함께 웃는 사진이 올라와 있었다. '생일파티에 남동생이 왔어요'라며 이모티콘을 섞어 반짝이 효과까지 준 제목이 너풀너풀 춤을 춘다.

"닮았네!"

"좋겠다, 좋겠어! 루미난이 누나라니! 이 정도로 닮은 걸 보면 인터넷에서 성형 의혹을 들먹이는 녀석들도 잠잠해지지 않으려나. 좋아, 좋아! 근데, 동생이라면 남동생보다는 여동생이 낫겠다. 미모의 자매로 유명세 좀 탔을 텐데."

화면을 만지작거리며 말하던 갓치가 고개를 든다.

"그러고 보니, 나오 너도 누나 있다고 하지 않았어? 이름이 마야코라고 했나? 누나 있으면 좋아?"

"하나도 좋을 거 없어."

생각할 것도 없이 바로 대답이 나왔다. 갓치가 "예전에는 사이좋지 않았어?"라고 거듭 묻는 소리가 짜증스러웠다.

"너희 누나, 지금은 뭐하는데?"

"빠순이."

마야코 누나는 밴드 꽁무니를 쫓아다니는 오빠부대다.

아르바이트 비슷한 걸 할 때도 있지만, 도통 무슨 일 하는지 알 길이 없다. 갓치가 "아직도 그래?"라며 절레절레 고개를 가로젓는다.

"하긴, 우리가 어렸을 때부터 비주얼계 그룹 이야기를 자주 하곤 했지. 요즘은 누굴 좋아하는데?"

"나인 소울즈."

한숨을 내쉬며 대답하니, 갓치가 "몰라"라고 중얼거렸다.

"그게 누군데? 유명해?"

"비주얼계 그룹을 좋아하는 사람들 사이에서는 그런 것도 같고. 나도 잘 몰라."

라이브 후의 상쾌한 기분이 현실로 끌려와 순식간에 가슴이 답답해졌다.

루미난의 남동생은 지금 몇 살일까. 누나의 라이브에 와서 같이 찍은 사진을 블로그에까지 올려 주다니, 상상도 할 수 없을 정도로 사이가 좋은 남매다. 뭐, 누나가 루미난 정도 되면 당연한 일일 수도 있겠지만.

나에게 그런 남매관계는 먼 나라 이야기다.

3

집에 돌아와 현관에서 신발을 벗자, 계단 앞에서부터 이층 누나 방에서 폭발하듯 새어나오는 음악소리가 쩌렁쩌렁 울렸다. 넌더리를 내며 운동화를 정리했다. 옆에는 누나의 징이 박힌 통굽 구두와 무릎까지 올라가는 끈이 달린 장식을 덧붙인 발레슈즈 스타일의 구두(록키호스 발레리나라란다)가 몇 켤레나 줄지어 늘어서 있다. 언젠가 한 번 내 운동화가 누나 구두 위에 포개져 먼지가 묻었을 때 엄청나게 험상궂은 얼굴로 협박하며 주먹질을 했다.

거실에 있던 엄마가 "밥은?" 하고 묻기에 "먹고 와서 괜찮아요"라고 대답했다. 오늘은 얼굴 마주칠 일이 없어 조용히 넘어가나 싶었더니, 계단 중간에 이르자 누나 방문이 열렸다. 소음 같은, 어디가 멜로디인지도 감이 잡히지 않는 소리가 요란하게 울렸다.

방에서 나온 누나가 게슴츠레한 눈으로 나를 본다. 아직 화장을 지우지 않았다. 나비 더듬이처럼 길게 뻗은 부자연스러운 인조 속눈썹과 악마 숭배 예식용 화장처럼 눈 주위를 빙 둘러싼 두꺼운 아이라인. 아래쪽만 보랏빛을 띤 검은머리는 클레오파트라 같은 단발머리다. 립글로스를 번들번들하게 바르고 피어스를 낀 입술(보기만 해도 아프다)을 비죽 내밀고 인사도 없이 대뜸 질문부터 퍼붓는다.

"학교? 아르바이트? 라이브?"

"라이브."

누나랑은 상관없잖아, 라고 맞받아치며 쯧쯧 혀를 차고 싶어진다.

사이가 나쁘면 나쁜 대로 우리 나이가 되면 대화 따위는 하지 않는 남매가 태반이겠지만, 누나는 종종 나한테 시비를 건다. 사람을 무시하듯 '흥' 하며 고개를 끄덕인다.

"청순한 척 내숭이나 떠는 애들을 쫓아다니느라 오늘도 애쓰셨네."

머리로 피가 쏠려 당장이라도 누나를 때려눕히고 싶다. 입을 다문 채 충동을 가라앉히고 있으니 누나가 얼굴을 피하며 "비켜"라고 나를 걸리적거린다는 듯 옆으로 밀치며 아래층으로 내려갔다.

발끈한 마음을 애써 눌러 참으며 내 방으로 돌아오니 누나가 "엄마, 배고파"라고 칭얼거리는 소리가 들렸다. 뒤이어 마치 내가 들으라는 듯 "나오히로는 어쩌다 이상한 애들한 테 빠졌데요?"라고 묻는다.

"연예인 좋아하는 애들 중에서도 아이돌 팬은 급이 떨어 지는데. 옛날에는 귀여운 구석이라도 있었지."

샐쭉한 목소리에 엄마가 "너한테 물들어서 그런 거 아니 니"라고 받아친다.

"누나라는 애가 그렇게 요란하게 차려입고 툭하면 시비나 거니까 그렇지. 나오는 너 때문에 여자가 무서워진 거야. 그 래서 청순가련한 아이돌한테 빠진 게지."

"완전 황당하다. 진심이세요? 나랑은 아무 상관없거든요."

속이 뒤집어질 지경이다. 다리에 힘을 주고 계단을 밟아 내 방으로 돌아가니, 옆에 있는 누나 방에서 아무리 좋게 봐 주려 해도 들어주기 힘든 록밴드의 음악이 아직도 들려 왔 다. 침대에 백팩을 내던지고 누워 벽을 때린 다음 심호흡한다.

왜 빠순이한테 급이 떨어지는 아이돌 팬이라는 말을 들어 야 하는지, 혀를 끌끌 찬다. 누나가 좋아하는 나인 소울즈만 해도 다른 비주얼계 밴드와 하나도 다를 게 없는 게이 무리 로밖에 안 보이거든. 누나 방에 붙은 포스터를 보든 인터넷 사이트를 보든 포토샵 범벅에 희멀겋게 분칠한 징그러운 사 내 녀석들한테는 정이 가지 않는다. 파란색 컬러콘택트나 위로 비죽 솟은 머리는 개그나 다름없다. 우주인이야 뭐야.

분노가 뱃속을 콕콕 찔러 가라앉지 않는다. 백팩에서 음악 플레이어를 꺼내 이어폰을 귀에 꽂는다.

민트걸즈의 〈기억 너머〉. 처음으로 오리콘 10위에 들어간 곡. 멤버들이 울먹이며 팬들에 '감사합니다!'라고 고개를 숙였던, 특히나 좋아하는 곡이다. 하지만 좋아하는 노래를 듣고 있어도 누나 방에서 당당하게 흘러나오는 소리가 이어폰 안으로 밀고 들어온다. 바득바득 이를 갈았다.

"라이브에서 응원하는 방법도, 팬으로서 지켜야 할 도리도 모르는 게 짜증 난다니까."

처음 민트걸즈 라이브에 참석한 걸 누나한테 들켰을 때 인상을 찌푸리며 했던 말이다.

막 대학에 들어갔을 무렵, 가방에서 다 쓴 야광봉을 꺼내다 들켜 추궁당했다.

"무슨 라이브에 갔는데? 아이돌? 성우?"

날카로운 목소리로 캐물었다.

"그 나이에 아이돌 꽁무니나 쫓아다니려고? 아서라. 친구들한테 들키면 어쩌려고."

"무슨 상관이야."

"아이돌 공연을 무슨 재미로 보러 간다니. 나는 이해가 안

가더라. 공연 시작부터 끝까지 목청이 터지라 구호를 외치고 야광봉이나 흔들어 대잖아? 발라드든 댄스곡이든 장르에 관계없이. 정해진 구호를 외치고 미리 짠 응원 동작이나 하는 주제에. 라이브다운 라이브에 가 본 적도 없는 찌질이들이 아무 생각 없이 마구 발악하는 느낌이랄까? 중학생 시절부터 밴드를 보아 온 이 몸이 한 말씀 하자면 촌스러워! 너무 촌스러워! 생리적으로 거부감이 든다고 해야 할지. 어쨌든 꼴불견이야!"

"아니야, 민트걸즈는 팬들끼리 결속력이 있어서 다르다니까!"

누나가 빠진 비주얼계 밴드들과는 다를지라도 독자적으로 진화해 온 팬 문화가 있다면 새로운 흐름으로 존중해 주어야 하지 않을까.

그때는 아직 지금만큼 민트걸즈에 푹 빠지지 않았지만, 나름대로 조목조목 내 생각을 말했다. 생일파티처럼 자연발생적인 이벤트 구조가 있다고 이야기하자, 누나의 얼굴에 비웃음이 떠올랐다.

"너도 참. 모닝구 무스메나 AKB48처럼 다른 아이돌 때부터 있어 왔던 관행이거든."

머릿속이 부글부글 끓어오르듯 동요했다. 뭐야, 무시하는 듯한 그 말투는! 예전부터 주위를 이런저런 유형으로 나누어 놓고, 항상 위에서 내려다보는 듯한 시선으로 일관해 온 누나였다. 반쯤 낙담하고 맥이 빠져 이 여자한테는 무슨 말을 해도 소용이 없다고 단념했다.

"그렇다고 니들이 무슨 다카라즈카 팬이냐? 부자가 돈이 남아돌아서 하는 심심풀이 취미랑은 다르잖아. 니들은 한 푼 두 푼 아르바이트비를 모아서 갖다 바치지만. 생일파티 준비다 뭐다 해서 열심히 갖다 바쳐 봤자 걔들이 알아주기나 할까? 팬들이 해 주는 게 당연한 시스템 속에서 앞으로도 계속 착취만 당할걸? 니들이 축하해 주는 그 아이돌도 니들과 다른 시스템 속에서 착취당하는 거라니까. 너희 같은 애들이 어찌어찌 넘볼 수 있는 존재가 아니야."

생일파티 시스템은 투명하고 건전한 시스템이라는 걸 실행위원회를 맡게 된 지금의 나는 깨달았다.

지금은 경쟁률이 50:1에 달하는 휴대전화 추첨 티켓 구매는 '나카노 민트카페' 회원 번호가 빠르면 빠를수록 우선순위가 높아진다. 멤버 각자의 팬 모두가 자리를 얻을 수 있는 것도 아니라서 매번 참가할 수 있는 사람이 모임을 만들어 준비하는 게 가장 효율적이다. 자기가 가장 적극적으로 미는 멤버가 아니라도 함께 준비하고, 입장권을 얻지 못한 멤버를 밀어주는 팬에 대한 예의 같은 것이다.

'팬들이 해 주는 게 당연한 생일파티'를 치르지 못하는 멤버는 얼마나 속상할까. 당연한 일을 당연할 수 있도록 뒷받침해 주는 게 팬들의 임무이며, 우리는 딱히 감사를 바라지도 않는다. 그것이 팬으로서의 마음가짐이다. 기뻐해 준다면 감사하겠지만. 다 쓴 야광봉을 쥔 손은 땀으로 축축했다.

"애니메이션 성우나 아이돌을 쫓아다니는 애들은 죽자 사자 야광봉만 흔들어 대더라. 완전 한심해. 나인 소울즈 라이브에서 그런 짓을 했다간 몰매나 안 맞으면 다행이다."

미간을 찌푸린 누나가 그 순간 "야, 딱 너 같다"며 웃었다. 내 손 안에 아직 희미하게 빛을 내뿜는 야광봉을 보며.

"두세 시간밖에 못 가는 일회용 조명, 딱 니 신세네. 희미하게 빛을 내다 사라지는 게 완전 너다 야."

내가 아이돌 마니아가 된 건 누나 탓이다. 엄마의 지적을 얼토당토않은 것으로 치부할 수만은 없다. 세상 물정에 통달한 듯한 빼순이, 누나 같은 사람과는 내 평생 절대로 사귈 일이 없다고, 그 순간 다짐했다.

4

아르바이트하는 편의점에서 막 도착한 석간신문 더미를 앞에 두고 하나하나 신문다발의 끈을 잘라 진열해 나간다.

목요일 이 시간은 갓치와 같이 일할 수 있어 여러모로 편하다.

"어이, 나오. 빠순이가 스무 살이 넘으면 뭐라고 부르는지 알아?"

"몰라. 뭔데?"

"빠줌마."

작업 중에 미끄러져 내린 커다란 안경을 고쳐 쓰며 갓치가 쿡쿡 웃었다.

"짠하지 않냐? 좋아하는 밴드만 쫓아다녀도 힘에 부치는데, 자고 일어나면 새로운 비주얼계 밴드가 나오니까, 옛날 밴드만 죽자 사자 쫓아다니기도 뭣하고. 우리 때는 어쩌고저쩌고. 근데, 요즘 젊은 밴드는 영. 뒷방 늙은이처럼 밉살스러운 말만 골라하니까 팬들 사이에서도 소외되고. 그래서 빠줌마라는 거야. 그리고 말이야. 빠순이가 꿀벌이 여왕벌에게 먹이를 바치듯 이것저것 선물을 가져다바치는 걸 조공이라고 한다더라."

"흠."

"너희 누나, 몇 살이지?"

"스물세 살."

커다란 커터로 끈을 자르자, 철썩하는 소리가 났다. "슬슬 빠순이 졸업할 때도 되지 않았나"라고 덧붙이는 갓치에게 "우리 누나는 아마 서른이 넘어서도 그 모양일걸?" 하고 대꾸했다.

"밴드 꽁무니를 쫓아다니는 게 일이니까. 누나한테는 그게 전부거든. 사생팬이다 뭐다 해서 누나가 올리는 블로그가 2채널에서 조롱을 당해도 자랑스럽게 뻐기더라니까. 주위에서 손가락질하면 할수록 으쓱해지는 모양인지."

"블로그 이름이 뭔데?"

"마야코의 방."

자세한 주소는 귀찮아서 생략했다. 갓치는 어디까지 흥미가 있는지 알 수 없는 말투로 '흠'이라고 중얼거렸다.

"너도 봐? 가족이 하는 블로그."

"어쩌다."

오늘은 손님이 적어 편의점은 한산했다. 진열을 마친 뒤 갓치와 함께 계산대로 돌아갔을 때 이번에는 내 쪽에서 "그러고 보니"라고 말을 걸었다. 갓치는 인터넷 중독이라 서브컬처 전반에 훤하다.

"비주얼계 밴드 콘서트에서는 야광봉은 안 흔든대?"

"글쎄. 밴드에 따라 다르지 않을까? 예전부터 활동하던 밴드의 라이브에서는 금기지만, 요즘 나오는 밴드 라이브에서는 살살 흔들기도 하는 모양이더라. 왜?"

"그냥. 궁금해서."

새로운 밴드 상식과 오래된 밴드 상식. 누나가 시류에 뒤

처진 거라면 단언컨대 누나의 고집은 갓치가 말한 대로 빠
줌마다.

"아, 맞다!"

갓치가 문득 떠오른 듯 화제를 바꾼다.

"저번에 집에 가다 봤다. 너희 누나가 좋아하는 나인 소울
즈. 제법 인기도 있고, 옛날부터 활동하던 밴드인가 보더라."

"우리 누나야 옛날부터 푹 빠져 있었지. 넌덜머리가 날 정
도로."

"그 밴드, 조심해야겠더라."

"조심하라니?"

"밴드가 팬에 손을 대는 걸로 유명하대."

작은 공기 덩어리가 목구멍을 스멀스멀 미끄러져 내렸다.
대답할 타이밍을 한 박자 놓치고 나서 말없이 갓치의 얼굴
을 보니 녀석은 아직도 장난스러운 미소를 띠고 싱글거리고
있다.

"2채널이랑 본인들 블로그도 봤거든. 한번은 경찰 조사까
지 받았다더라. 나인 소울즈는 인터넷에서는 그런 의미로 유
명하다네. 팬들도 그걸 알고 연락처랑 얼굴 사진이 들어간
편지를 건넨다더라. 너희 누나는 누굴 좋아하는데?"

"베이스 치는 아이카."

"아, 그 녀석."

갓치가 크게 고개를 끄덕였다.

"제일 조심해야 하는 멤버가 그 녀석이라던데. 못 말리게 여자를 좋아하는 난봉꾼이라고."

"일반적으로 제일 인기가 있고 행실이 불량한 건 보컬 아니었어? 우리 누나야 워낙 삐딱선을 타는 사람이라 일부러 베이스 치는 녀석을 찍은 모양이지만."

"제일 인기 없는 녀석의 행실이 글러먹어서 그렇게 뭇매를 맞는 거 아니야?"

"음."

내가 대답할 말을 고르며 뜸을 들이는 동안 갓치는 벌써 흥미를 잃은 듯 화제를 돌렸다.

"그건 됐고. 다음 주 라이브 할 때쯤 아키짱 생일도 다가오는데. 어떻게 할까? 단자와 씨랑 의논해야겠지?"

"응."

대답하며 나는 머리의 반으로는 누나 방에 걸린 아이카의 사진을 떠올렸다. 다 같이 똑같은 화장하고 차림새도 비슷비슷해 처음에는 누가 누군지 구분이 가지 않았지만, 누나가 워낙 호들갑을 떨다 보니 누가 아이카인지 지금은 확실하게 안다.

그날 밤, 변함없이 시끄러운 옆방 음악에 이어폰으로 귀를 틀어막고 오래간만에 누나의 블로그를 열었다. 화면에 나타난 '마야코의 방'은 보라색과 검은색과 장미와 거미줄 투성이. 누나가 좋아하는 비비안 웨스트우드와 안나 수이를 흉내 냈다는 분위기가 물씬 드러나는, 보기만 해도 부담스러운 플래시 무비(이게 또 용량이 장난 아니다)가 재생된 다음 블로그 화면으로 넘어갔다.

대체로 하루에 두세 번 새 글이 올라온다. 시간이 남아도는구나. 한숨이 절로 나온다. 글을 따라 읽어 내려가다 이건 뭐야 싶은 글을 발견했다.

'고민 중입니다. 인생 최대로'라는 제목이 붙어 있다. 오늘 날짜다.

"이대로 팬으로 남을까. 아니면, 마음을 모질게 먹고 졸업할까. 정신을 놓아 버릴 정도로 고민하고 있다. 머리가 이상해질 지경이다. 아무것도 모른 채 순수하게 그 사람들을 사랑하는 상태로 있었더라면 좋았을걸."

글을 읽고 나니 가슴이 두근두근 방망이질치기 시작했다.

다른 글에 비해 확연히 짧은 내용이다. 오늘은 그 글 하나뿐이다. 지금까지 라이브 상황을 묘사한 글이나 다른 밴드를 분석한 글 나부랭이와는 풍기는 분위기부터 확연히 다르다.

그러고 보니 오늘, 나인 소울즈는 악수회인가 뭔가 하는 이벤트가 있었다. 그 탓에 누나는 집에서 저녁을 먹지 않았다. 그런데 정작 악수회 정황은 아무것도 쓰지 않았다. 사진도 올리지 않았다.

예전에 민트걸즈 이벤트의, 은퇴하는 멤버의 마지막 특별 기획으로 진행된 추첨에서 뽑힌 남성 팬 한 명이 그녀와 도시마엔 유원지에서 데이트할 수 있는 일생일대의 기회를 잡은 일이 있었다. 텔레비전으로 그 기획을 함께 보던 단자와 씨와 갓치가 "저 녀석, 앞으로의 인생이 궁금하다"라고 이야기했던 기억이 불현듯 스쳐 지나갔다.

"사나 짱이랑 데이트하다니, 아무리 생각해도 저 녀석, 인생의 절정이잖아? 오늘 하루가 지나면 현실로 돌아올 수 있을까?"

두 사람 모두 감격에 겨워 눈물까지 글썽이던 그 팬이 부러웠으리라. 나 역시 비슷한 생각을 했다. 의미심장한 누나의 글을 보니 그때와 비슷한 기분이 든다. 빠줌마, 조공이라는 오늘 들은 말이 머릿속을 뱅글뱅글 맴돌았다.

민트걸즈의 상큼한 노래를 듣고 있을 기분이 아니라서 이어폰을 뺐다. 그 순간이었다. 누나 방에서 들리던 나인 소울즈가 그 순간 마치 기다렸다는 듯 뚝 끊어졌다. 엉겁결에 허리를 펴고 노트북 화면을 부리나케 덮었다. 하지만 뒤를 돌아봐도 방에는 나 이외의 사람은 없다. 벽을 사이에 두고 커다란 한숨 소리가 들렸다. 베개를 벽에 내동댕이치는 듯한 둔탁한 소리가 이어졌다. 답답하다는 듯 이불을 치는 소리가 들렸다.

심장이 요란하게 고동쳤다. 꺼림칙한 비밀을 알게 된 기분으로 노트북 화면을 다시 바로 세웠다. 그날 밤, 결국 아무리 기다려도 누나의 블로그에는 새 글이 올라오지 않았다.

5

다음 날, 아르바이트하러 나가려니 누나가 방을 나와 "있잖아"라고 말을 걸었다. 운동화에 발을 꿰고 뒤꿈치를 끌어 올리려던 내가 돌아보자, 누나는 자다 일어났는지 부스스한 플리스 소재의 실내복 차림으로 화장도 하지 않은 민낯을 그대로 드러내고 있다.

얼굴을 보고 소스라치게 놀랐다. 눈 아래에 짙은 눈그늘이 드리워져 있다. 딱 울며 밤을 새운 티가 났다.

"부탁이 있는데."

"뭔데?"

누나는 민얼굴일 때는 눈썹이 거의 없어 화장했을 때와는 얼굴이 딴판으로 달라진다. 그래도 나는 그런 화장은 안 하는 게 백 번 낫다는 입장이다. 할머니나 엄마가 "저런 화장만 아니면 니 누나도 제법 고운 아인데"라고 종종 읊조리시듯 했다. 팔이 안으로 굽는다고는 하지만 상당히 객관적인 의견 이다. 그래서 실제로 쫓아다니는 밴드의 베이스 주자가 누나를 점찍었다고 해도 이상하지 않은 수준이다.

"친구한테 빌린 물건이 있는데. 니가 나 대신 좀 돌려주라. 급한 건인데, 내가 지금 아르바이트 가야 하거든. 너 일하는 편의점으로 찾으러 가라고 말해 둘게. 아마 여섯 시쯤."

"싫어!"

반사적으로 대답이 나왔다. 누나가 얼굴을 찌푸렸다.

"왜? 어차피 계속 계산대에 있을 거면서. 옆에다 뒀다가 찾으러 왔다고 하면 내 주면 그만이잖아."

"싫다니까!"

"왜?"

누나는 짜증스럽게 되뇌었다. "급하다니까"라는 말까지 보태며.

"사교성이 없어서 그런 거냐?"

"삼십 퍼센트쯤은."

대답하고 나서 후회했다. 눈썹이 없는 누나의 얼굴이 "그래~?"라고 심술궂게 일그러졌다. "거짓말"이라고 툭 내뱉듯 덧붙인 다음, 이번에는 나를 깔보듯 코웃음을 친다.

"알았어. 그럼 삼십 퍼센트를 백 퍼센트라고 수정하면 봐줄게. 까짓 거, 그냥 인정해 버려. 니가 사회부적응자라고."

입을 다물고, 고개를 숙이고, 거칠게 몸을 일으켰다. 무시하고 현관을 나서려던 찰나에 "바보!"라는 말이 날아왔다.

"쯧, 한심하기는. 광신도 같은 친구들이랑 오글거리는 말은 잘만 해대면서!"

목소리에 뚜껑을 덮듯 등을 돌리고 손으로 문을 닫았다. 그리고 결심했다. 인생에 몇 번째일지 모를 말을, 온 힘을 다해, 혀를 차며 내뱉었다.

"누나, 죽어 버려!"

설령 누나가 죽는다고 해도 나는 눈물 한 방울 안 흘릴 자신이 있다.

아르바이트하러 가서도 분노는 사그라지지 않았다.

저녁나절 바쁜 시간대에 오히려 한숨 돌리는 기분으로 갓치와 함께 정신없이 일하는 동안만은 머리를 텅 비울 수 있었다. 하지만 방심한 틈을 타 누나를 떠올릴 때마다 이를 악물고 참아야 했다. 진심으로 죽어 버려. 아이카인지 뭔지 하는 놈한테 당할 바에야 그냥 콱 당해 버려.

음료를 보충하러 냉장고 뒤로 돌아가 비어 있는 상품의 페트병을 미끄러지듯 밀어 넣는 동안에도 머릿속은 누나를 저주하는 말로 가득 찼다. 머릿속이 누나에 대한 생각으로 가득 차자 눈앞에 누나의 얼굴이 나타났다. 그 순간, 분노로 내 머리가 이상해진 건 아닌지 스스로의 정신 상태를 의심했다.

냉장고 너머, 진열대 건너 유리문을 열고 선글라스를 낀 아이카가 서 있었다. 페트병에 든 콜라를 한 병 집어 들던 참이었다. 저쪽에서는 내가 보이지 않는다. 나는 숨을 삼키며 그대로 호흡을 멈추었다. 틀림없다. 나인 소울즈의 아이카다. 누나가 오매불망 꿈꾸던 그 녀석이다.

허둥지둥 뒤에서 나와 계산대 구석에서 동태를 살폈다. 밴드하는 사람이 아니면 엄두도 낼 수 없는 쫙 달라붙는 가죽바지에 빼빼 마른 다리. 포스터나 인터넷 사이트에서 볼 때처럼 머리를 세우지도 않았고, 선글라스를 껴서 눈이 보이지 않지만, 확신할 수 있다.

아이카는 혼자였다. 콜라 한 병을 손에 든 채 이따금 좌우로 고개를 두리번거리며 움직인다. 계산대 쪽도 가끔 살핀다. 마치 누군가를 찾는 듯한 기색을 느낀 순간 다리에서부터 등줄기에 걸쳐 스멀스멀 한기가 밀려 올라왔다. 부리나케 내 명찰을 감추듯 계산대 안쪽으로 몸을 반쯤 밀어 넣었다.

손목시계를 살핀다. 여섯 시 삼십오 분. 누나의 친구는 여섯 시 반에 빌려 준 물건을 가지러 오기로 했다고 말했다. 우연이라고 자신을 타일렀다. 이건 우연이야. 그렇다면 오늘 내 역할은 연락책이었던 말인가? 저 녀석과 직접 얼굴을 마주칠 수 없게 된 누나가 내게 편지 따위를 맡길 생각이었던 건가.

아이카는 손에 든 콜라를 사지 않았다. 편의점 건너에 이름을 모르는 화려한 외제 차가 세워져 있었다. 그쪽을 향해 가볍게 손을 들어 보인다. 어두워서 잘 보이지 않지만, 매니저나 친구 아니면 누군가가 있는 모양이다. 콜라를 선반에 다시 올려놓은 다음 아무것도 사지 않고 그대로 편의점 밖으로 나갔다.

아이카가 사라진 후, 줄곧 계산대에 안에 있던 갓치에게 손님이 뜸한 타이밍을 노려 "조금 전의 그 남자"라고 말을 걸었다. 분명히 알아봤을 것으로 확신했지만, 갓치한테서는 "어? 어떤 남자?"라는 싱거운 대답만 돌아왔다.

6

누나가 통 밥 먹을 생각을 하지 않는다고 엄마가 한숨을 쉬며 말했다.

마치 이 세상이 다 끝난 것 같은 얼굴을 하고 참새 방앗간

들르듯 수시로 "배고파", "뭐 먹을 거 없어요?"라고 부엌을 기웃대던 누나가 숫제 방에 틀어박혀 꼼짝도 하지 않는다. 나조차 누나의 상태가 심상치 않다는 정도는 눈치챘다.

눈 밑의 거뭇한 그늘은 얼굴에 완전히 터를 잡았다. 아르바이트도 그만둔 모양이다. 외출하는 횟수도 눈에 띄게 줄어들었다. 무엇보다 짜증 나는 음악소리가 들리지 않는다. 누나는 틈만 나면 빠순이 친구들과 꺅꺅 새된 소리로 통화했고, 그 목소리가 내 방까지 그대로 들렸다. 한데 요즘에는 통화시간은 예전보다 길어졌지만, 알아듣기 힘들 정도로 소곤거리는 목소리로 자못 심각한 듯 이야기를 속삭인다.

블로그에는 그 날 이후로 새로운 글이 올라오지 않고 있다. 나랑 집안에서 어쩌다 마주쳐도 예전처럼 시비를 걸지 않는다. 누나답지 않은 연약한 목소리로 딱 한 번 "나오"라고 이름을 불러 세웠지만, "뭔데?"라고 대꾸해도 누나는 울 듯한 얼굴로 입술을 잘근잘근 씹어 가며 "아무것도 아니야"라고 바로 고개를 돌려 버렸다.

넌지시 말을 걸어 주기를 바란다는 것도, 의미심장하게 무언가를 알리려는 것도 어렴풋이 눈치채고 있다. 하지만 나는 먼저 묻지 않았다.

다음번에 아르바이트 하는 곳으로 전언이나 심부름을 부탁한다면 이번에는 거절하지 말고 받아 주어야겠다고 다짐했건만, 그 이후로는 아무것도 부탁하지 않았다.

　누나는 옛날부터 사람을 힘들게 하는 여자라 나는 누나의 장단에 수시로 놀아나야 했다. 누나의 남동생이라는 이유로 수도 없이 험한 꼴을 당해야 했다. 예를 들어, 우리 남매가 다니던 초등학교에는 '고백'이라는 문화가 있었다. 누구를 좋아한다거나 좋아하는 사람을 서로 가르쳐 준다는 문화까지 있었기에 서로의 마음을 확인한 아이들이 주위의 놀림감이 되는 경우도 있었다(나와는 인연이 없는 세계였지만).

　하지만 마음을 고백한다거나 상대방에게 편지를 쓴다거나 사귄다거나 하는 것과는 차원이 다른 문제다. 사랑 고백은 만화나 텔레비전 속에서만 등장하는 딴 나라 이야기로 여겨졌다. 밸런타인데이에도 초콜릿을 건네 주는 게 고작이다. 남자들도 화이트데이는 마음에 보답한다는 것과는 별개로 초콜릿을 준 사람들 모두에게 캐러멜이나 쿠키를 돌려주는 조금은 목가적인 풍경이 있었을 따름이다.

　그렇지만 누나는 그런 분위기 속에서 홀로 "네가 좋아! 사랑해!"라고 쓴 편지를 초콜릿과 함께 건넸다. 상대는 나와 같은 반이었던 나가부치라는 남학생. 누나는 초등학교 육 학년. 나와 나가부치는 초등학교 삼 학년이었다.

　육 학년 여학생의 사랑 고백에 나가부치는 엄청나게 당황했고, 육 학년과 삼 학년을 통틀어 두 사람의 이야기는 학교 전체에 소문이 났다. 그때도 나는 누나에게 심부름을 부탁받았다. "나가부치한테 전해 줘"라고 찔러 준 초콜릿은 한눈에도 다른 여자애들이 준비한 것보다 컸고, 나중에 알아보니 값이 만 원이나 나갔다.

나가부치는 콧날이 곧고 바른, 아이돌이나 비주얼계 밴드가 될 성싶은 분위기의 남자아이였다. 반에서는 중심에 있고, 우리 학년 여학생들 사이에서 상당히 인기가 있었다. 요컨대, 내가 거의 말을 붙일 일이 없는 부류의 무리에 속한 남학생이었다. 누나만 해도 과연 제대로 이야기해 본 적이 있는지도 의심스럽다.

수상한 심부름을 가벼운 마음으로 승낙하고, 학교 쉬는 시간에 "우리 누나가 주래"라며 건네 주었다. 동봉된 편지의 내용을 나는 몰랐기에 나가부치가 그 자리에서 편지를 읽어버렸다. 그 바람에 사태는 걷잡을 수 없이 커졌다.

"우와! 대놓고 좋아한다고 썼어!"

나가부치 본인은 다정다감한 성격이라 그저 당황한 기색이었지만, 주위에서 난리가 났다. 편지는 우리 반 남학생들과 여학생들이 돌려봤고, 고백을 받은 당사자는 새빨개진 얼굴로 고개를 들지 못했다.

"야, 왜 그렇게 사람이 많은 데서 줬어!?"

집으로 돌아온 나는 누나에게 한바탕 얻어터지고 싫은 소리를 들어야 했다. 그럴 거면 직접 주라고 맞받아쳤지만, 누나는 귓등으로도 듣지 않았다.

그날 밤, 누나 방에서는 내내 우는 소리가 들렸다. 그 소리가 거슬려 나 역시 잠을 이루지 못했다. 다음 달 화이트데이에 무언가를 두려워하듯 엄마를 대동하고 우리 집까지 답례 쿠키를 주러 온 나가부치의 모습을 떠올리면 지금도 이불을 차고 싶은 기분이다. 누나는 "열이 있다"는 핑계를 대고 현관에 나가지 않았고, 나도 나가부치와 얼굴을 마주하고 싶지 않아 결국 엄마가 대신 받았다.

중학교에 가서도 누나는 가끔 같은 초등학교였던 녀석들이 러브레터 사건을 들먹여 그때마다 놀림감이 되었다. 한번은 도를 넘은 비아냥거림에 시달린 누나가 집에 돌아와 아이처럼 엄마의 앞치마에 얼굴을 파묻고 "한참 지난 일이잖아! 지금은 그 따위 녀석은 마음에도 없다고!"라며 대성통곡했다.

누구나 귀엽게 좋아하는 사람을 가르쳐 주는 선에서 끝나는 천진한 세계에서 만화나 드라마 속에서 어른이 할 법한 고백을 처음으로 하려 했던 누나의 마음을 사실 그 무렵의 나는 어렴풋하게나마 이해할 수 있었다.

누나는 아마 평범한 일상에 드라마를 만들고 싶었을 것이다. 미디어 속에서나 볼 법한 드라마틱한 사건이 자신의 행동에 따라 현실 세계의 사건이 될 수 있다는 사실을 고백으로 증명하려 했다.

누나가 나가부치를 정말로 좋아했다는 것도 지금은 안다. 나가부치와 몇 마디 나누지 못했다고 해도 누나는 나름대로 용기를 짜냈음을 알고 있다. 두려워서, 그래서 직접 초콜릿을 건네지 못했다는 것도. 하지만 현실은 어디까지나 잔혹해 누나가 꿈꾸던 드라마를 함께 공유해 주는 센스를 가진 녀석은 없었고, 인생은 녹록치 않다.

누나한테는 그 이후로 남자친구나 좋아하는 사람이 생긴 기미가 전혀 없다. 밴드 꽁무니를 뒤쫓는데 인생을 바치며 요란하게 치장하고 화장과 옷에도 돈을 들였지만, 그건 아마 현실에 살아 있는 남자를 위한 것은 아니었을 게다.

못 말리는 조숙함은 그 무렵부터 변함이 없다. 사교성이 없는 건 우리 남매의 공통분모다.

7

누나의 저기압 원인을 블로그를 통해 알게 되었다. 약 한 달 만에 갱신된 '마야코의 방' 제목을 보고 경악했다.

"세상의 종말. 나인 소울즈, 해산."

컴퓨터 화면으로 글을 보는 옆방에서 누나가 흐느끼는 소리가 들렸다. 베개를 몇 번이고 벽에 내던지는 소리와 진동이 고스란히 전해졌다. 아이카, 아이카, 아이카. 오열 속에 이름이 들린다.

"지난번 악수회에서 들은 소문이 사실이었습니다. 아이카와 주안 사이의 균열이 결정적이라, 멤버는 이후 아이카를 제외한 나머지 멤버만으로 다른 밴드를 결성. 소속 음반사도 이적한다는 소문. 아이카가 없는 소리와 곡이 어떻게 변화할지, 상상만으로도 절망. 아이카가 없으면 나인 소울즈라고 할 수 없어. 세상의 끝. 아이카는 무대 위에서 사라지고 마는가……."

긴 글이 줄줄이 이어졌다.

글 속에 "안기지 못했다"는 글귀를 보고 나는 벌린 입이 다물어지지 않아 할 말을 잃고 말았다.

"못 말리는 호색가에 난봉꾼이라면 나도 한 번 안아 주었으면 좋으련만. 아이카 바보! 메이드 복장이 어울리는 롤리타 분위기의 여자가 취향이라면 딱 나잖아! 왜 나는 안 되는 거야!"

그 순간의 나를 누군가 뒤에서 봤더라면 틀림없이 내 등은 아마 만화에서처럼 새하얗게 질려 마치 영혼이 빠져나간 빈껍데기처럼 보였으리라.

삐순이 친구들한테 줄기차게 전화가 오는 모양이다. 오랜만에 생생하게 살아났다는 표현이 어울릴 정도로 격앙된 목소리로 누나가 전화 너머로 이야기하는 소리가 들렸다. "너무해! 바보야, 왜 나를 두고 가는 거야! 나는 어떻게 살라고. 가슴이 아파!"

나는 크게 한숨을 내쉬고 나서 컴퓨터 화면을 덮었다. 방에 걸린 시계를 보니 얼추 아르바이트하러 갈 시간이다. 다음 달에 있는 '리에치', 즉 다치바나 리에의 생일 파티 계획에서는 내가 책임자를 맡기로 했다.

그로부터 며칠간 누나는 매일 상복을 입고 지냈다. 어머니가 "작작 좀 하라"고 말려 보았지만, 화장도 다시 분장 수준의 예전 화장으로 완벽하게 돌아가 만화에서밖에 본 적이 없는 레이스 달린 검정 모자를 쓰고 어쩌다 쇼핑을 나갈 때도 그 차림새를 유지했다.

여전히 나한테 이따금 '나오'라고 연약한 목소리로 말을 걸고 "왜?"라고 이번에야말로 질렸다는 목소리로 대꾸하면 "아무것도 아니야"라고 답하며, 또 훌쩍훌쩍 운다. 내가 잃어 버린 것의 크기를 알아? 라고 틈틈이 호소하는 것을 잊지 않 았다.

그 모습을 볼 때마다 나는 '제발, 아이카 님'이라고 기도 했다.

어째서 이 처녀를 품어 주지 않으셨나이까. 이 속수무책 여자를 꿈의 세계에서 끌어내 주지 않았단 말입니까. 다음 기회가 있다면, 제발 부탁이니 이 여자를 덮쳐 주십시오.

누나가 나인 소울즈의 상복을 입은 기간은 일주일가량, 상복은 점점 색은 검지만 단순한 원피스나 고스족이나 펑크 패션(차이는 잘 모르지만)으로 변했고, 한 달이 지났을 무렵에 는 어느새 고스란히 원래 차림새로 돌아와 있었다.

마음의 공백을 메우기 위해 진심이 아니라는 걸 온몸으로 부르짖으며 다른 비주얼계 밴드의 라이브에 발걸음을 옮기 게 되더니, 얼마 지나지 않아 '세븐 크라이시스는 여태까지 의 밴드와 다르다!'는 제목의 글이 블로그에 올라왔다.

보컬인 다카유키의 카리스마에 대해 줄줄이 늘어놓은 그 글을 본 다음 날, 심통을 부리듯 "그러고 보니 요전에, 누나 가 좋아하던 아이카라는 녀석이 내가 아르바이트하는 편의 점에 왔더라"라고 가르쳐 주었다.

누나는 '어라?' 하는 표정으로 "그랬어~?" 하고 대꾸하며 길게 한숨을 내쉬고 나서 "어땠어? 여자랑 왔어? 가까이서 보니 피부, 별로지? 내 명예를 위해서 말하는데, 내가 처음 좋아했을 때보다 엄청 못해졌거든" 하고 대답했다.

리에치의 생일 파티 전날, 평소처럼 사토전기에서 산 야광봉이 가득 든 봉투를 들고 집으로 돌아왔더니 거실에서 누나가 얼굴을 내밀었다. "야, 잠깐만" 하고 불러 세웠다.

누나가 말을 걸면 열이면 열 기분이 언짢아진다. 내일을 위해 준비해야 할 일이 산더미라 부루퉁한 기분이 확실하게 전해지도록 말없이 돌아보았다. 민트걸즈나 야광봉에 대한 잔소리를 들으면 이 자리에서 주먹이 나갈 것 같으니 부디 고정해 주시길 바란다. 야광봉이 든 종이봉투를 누나의 눈에서 숨기듯 넌더리가 난다는 눈빛으로 마주 쏘아봤다. 그러자 누나가 "너, 신문 읽어?"라고 묻는다.

한 방 먹었다. 신문?

"안 읽는데."

"그럴 줄 알았어. 이 맹꽁아."

역시 말을 섞지 말아야 했다. 후회하며 "죽어 버려"라고 중얼거렸다. 혼잣말이 들렸는지 한껏 새된 목소리로 한바탕 욕지거리를 퍼붓는 누나의 목소리를 뒤로하고 내 방으로 돌아왔다.

  누나는 뜬금없이 왜 신문 이야기를 꺼냈을까. 질문에 담긴 의미를 다음 날 아침 대학에 가기 전에 아침식사 자리에 앉았을 때에야 알 수 있었다. 우리 집에서 구독하지 않는 신문이 반으로 접힌 상태로 눈앞에 놓여 있었다. 날짜도 제법 지난 묵은 신문이다.

  '나카노와 민트걸즈를 응원하는 팬의 열정'이라는 표제가 붙어 있다. 옆에 실린 사진은 마르고 닳도록 다녀 이제는 내 집처럼 느껴지는 민트걸즈 전용 라이브 하우스였다. 우리가 주최했던 루미난의 생일 파티. 앙코르하고 답례로 고개를 숙이는 루미난의 모습이 가운데 찍혀 있다.

  아래를 보는 순간 깨달았다. 기사를 쓴 필자의 증명사진이 자그마하게 곁에 실려 있었다. 그 날 내 옆에 앉았던, 정장을 입고 안경을 쓴 여자였다.

  이 생일파티는 주최자 측에서 준비한 행사가 아니라 팬이 자발적으로 시작한 이벤트. 이날 스무 살을 맞이한 멤버 기타자토 루미나는 제삼기 멤버. 1군이라 부르는 텔레비전과 라이브 등의 무대 전면에 나서는 고정멤버는 아니지만, 앙코르에서 이름이 호명되면 '정말 행복해요. 제 이름을 외치는 소리를 대기실에서 듣고 항상 오늘만 같기를 기도해요. 하지만 오늘이 특별한 날이라는 걸 잘 알고 있어요. 오늘의 격려를 지렛대 삼아 앞으로는 제힘으로 여러분이 제 이름을 외쳐 주시기를 바라며 최선을 다해 노력하겠습니다'라고 눈물을 머금고 고개를 숙였다.

뒤에는 이런 내용도 덧붙여져 있었다.

주위를 어지럽히지 않도록 라이브가 끝난 후 팬이 '감사합니다!'라고 외치며 야광봉을 회수하고 뒷정리하는 모습이 인상적이었다.

나는 얼떨결에 고개를 들었다. 앞에 앉은 누나는 벌써 아침식사를 마쳤는지 빵 부스러기가 흩어진 접시와 반쯤 남은 우유 머그가 놓여 있었다.

주방을 향해 외쳤다.

"엄마, 이 신문……."

"아, 그거. 아까 누나가 놓고 가더라."

우리 집에서 구독하지 않는 신문. 날짜도 한참 지났다.

누나는 어디서 이 기사의 존재를 알았을까. 어쨌든 갓치나 단자와 씨에 보여 주면 기뻐하겠지. 오늘 리에치 생일 파티의 사기도 분명 오를 것이다.

"잘 먹었습니다."

식사를 마치고 나가기 전에 종이봉투와 야광봉 상자 사이에 신문기사를 끼워 넣었다. 팔이 뻐근해질 정도로 빼곡하게 채워진 야광봉을 한 손에 들고 오늘 라이브가 이 빛의 바다에 둘러싸이는 광경을 상상한다. 빛은 오래가지 않겠지만, 그래서 더욱 순간의 열정을 느낄 수 있을 정도로 강렬하게 빛을 내는 게 이 조명의 특징이다. 한 개에 2,800원. 한 다스를 사면 상자 당 17,800원.

공연장 옆의 사토 전기 사층에서라면 할인 가격으로 17,700원.

암기하듯 읊조려 보니 운율이 느껴지는 울림이 마음을 편하게 해 기분이 좋아졌다.

나의 디아만테

)

"어머님, 지망하는 학교가 너무 낮아도 곤란합니다."

농담처럼 웃는 에미리의 담임선생님은 얼핏 수수해 보이지만, 자세히 들여다보면 이목구비가 단정하다. 한류 스타처럼 옆으로 흘러내린 앞머리도 검은 테 안경도 살짝 고풍스러워 세련된 맛은 떨어지지만 순수하고 단정한 남자다. 오똑한 콧대에 가늘고 긴 눈매도 묘하게 섹시하다.

이름이 뭐더라? 평범했는데……. 아, 맞다. 다나카 선생님.

"도요시마 에미리 학생의 성적이라면 도쿄대나 교토대 같은 명문대도 충분히 노려볼 만합니다. 사립학교에 지원한다고 해도 명문을 고려해 보시는 게 낫습니다."

온화한 말투로 말하며 책상에 늘어놓은 성적표에 눈길을 주던 그의 가마가 보였다. 나이는 아직 이십 대 초반쯤. 검고 윤기가 흐르는 머릿결을 보며 이 사람이라면 앞으로도 머리가 벗어질 염려는 없겠구나, 라고 엉뚱한 생각을 했다.

도쿄대니 교토대니, 마치 구름 위의 이야기처럼 느껴진다. 입시라고 해도 에미리는 아직 이 학년이고, 아직 한참 나중의 이야기라 구체적으로 상상하기 힘들었다.

"그래요"라고 대답하는 순간, 옆에 앉은 에미리가 인상 쓰는 게 느껴졌다. 선생님이 고개를 들고 열정적인 말투로 말을 이어 갔다.

"어쨌든 한번 생각해 보십시오. 부모님께서 혹시 따님이 다른 지역 학교에 가는 걸 결사적으로 반대하시는 건 아니죠?"

"가능하면 집에서 다닐 수 있는 학교에 보내고 싶습니다만."

"거짓말. 나한테는 한 번도 그런 말 한 적 없잖아."

면담 중 뚱하게 입을 다물고 있던 에미리가 처음으로 말문을 열었다. 내가 무심코 "니가 없으면 적적하잖아"라고 대답하니 에미리가 "어쩌라고?"하며 쏘아붙이고는 매섭게 눈을 흘긴다. 그러다 아차 싶었는지 바로 내 쪽을 바라보는 선생님을 배려하듯 입술을 앙다문다.

"어쨌든 다시 한 번."

선생님이 되풀이했다.

"가족끼리 찬찬히 의논해 보십시오. 에미리 학생의 성적이라면 진로를 신중히 고민해 본 뒤 결정하지 않으면 너무 아깝습니다."

"네."

애매한 대답밖에 하지 못하는 나를 선생님은 더 붙들지 않았다. 그저 흘깃 에미리를 바라본다. 에미리는 따분하다는 듯 입술을 굳게 다문 채다.

복도로 나오자 에미리가 선생님 앞에서보다 앙칼진 목소리로 "엄마, 특기생이 뭔지는 알기나 해?"라고 따져 물었다.

우리 차례가 끝나기를 의자에 앉아 기다리던 다음 엄마와 학생이 살짝 고개를 숙이고 엇갈리듯 교실 안으로 사라졌다. 우리와 마찬가지로 딸과 엄마의 조합이었다. 다나카 선생님이 "이쪽으로 앉으시죠" 하고 응대하는 목소리가 복도까지 들렸다.

내 목소리가 그쪽을 향한 기색을 알아차린 에미리가 왈칵 짜증을 내며 하던 이야기를 계속했다. "내가 특기생이라니까"라고 속사포처럼 쏘아 댔다.

"학교에서는 조금이라도 좋은 학교에 합격시켜야 실적이 되는데. 다른 지역 대학은 생각해 본 적도 없다고 하면 저쪽에서 할 말이 없잖아?"

"그런 거였니?"

에미리는 옛날부터 똑똑한 아이다. 제 아버지인 슈이치로도 대학을 나왔으니 그 덕분일 수도 있다.

중학교 삼 학년 때 고등학교 입시가 다가오던 어느 날, 이 고등학교의 교감이라는 사람이 우리 집에 인사차 찾아왔다.

그러고는 "입학금과 수업료를 면제해 드릴 테니 부디 따님을 우리 학교로 진학시켜 주십시오"라고 애원하듯 부탁하며 고개를 숙였다. 세상에 그런 시스템이 있고, 그걸 '특기생'이라고 부른다는 사실을 처음 알게 된 나는 상상도 하지 못했던 상황에 압도당해 내심 감탄할 뿐이었다.

그때까지 딸은 근처 공립학교에 진학한다고 막연하게 짐작하고 있었다. 사실은 잡지 모델이 졸업해 유명해진 교복이 예쁜 사립학교인 마리안 여자 부속 고등학교로 진학해 주길 바랐지만, 딸이 마뜩잖아하지 않아 할 게 빤해 꾹 참고 입도 뻥긋하지 않았다. 예전에 "마리안 여고, 좋아 보이더라"라고 무심코 말했다가 남편과 딸한테 "공부도 못하는 꼴통 학교"라고 면박을 받았기 때문이다. 그 학교를 졸업한 친구가 몇이나 있는 나는 복잡한 심경이었지만, "그렇게 말하면 못 써. 당신도 에미리도"라고 가볍게 주의만 주고 얌전히 물러났다.

"그게 뭐야. 선생님이 기껏 칭찬해 주셨는데."

내 눈도 보지 않고 이어지는 에미리의 옆얼굴을 보니 심통이 나 잔뜩 볼이 부어 있다. 왜 그렇게 심통이 났는지 알길이 없다. "어머님께서 특별히 생각하는 학교가 있으신지요?" 하고 묻기에 솔직하게 대답했을 뿐이다.

에미리는 사립이라도 좋으니 같은 지역 대학에 진학해서 그대로 학교 교사가 되거나 아이치 주오 은행이나 나고

야 신탁기금처럼 안정적인 직장에 들어가기를 바랐다. 그게 내가 바라는 진로는 아니지만 나보다 똑똑한 아이라 안정된 직업을 원할 것 같아 나대로 미루어 짐작했을 따름이다.

"엄마가 나한테 바라는 건 어떤 의미로는 작고 어떤 의미로는 높아."

에미리는 옛날부터 별나다.

한참 피어나는 열일곱 살이니 잡지에 나오는 애들처럼 머리를 염색하거나 묶거나 브랜드 물건에 관심을 보여도 좋으련만.

아주 어렸을 때부터 기른 머리를 고무줄 하나로 질끈 묶고 꾸밀 생각도 하지 않는다. 안경도 초등학교 육 학년 때 산 금속 테 안경을 렌즈만 바꿔 줄곧 착용해 아무리 좋게 봐 줘도 나이답지 않게 유치하다.

"아까 들어간 엄마 있잖아. 블라우스가 나이에 비해 너무 화려하더라. 진학 면담에 올 거라면 녹색 정장처럼 좀 더 차분한 게 낫지 않을까? 입학식이나 졸업식도 아니고."

현관으로 가던 길에 교실을 뒤돌아보며 말하자 에미리가 다시 한 번 얼굴을 찌푸렸다.

"지금 그런 이야기 할 때야?"

딸의 지적에 묵묵히 앞을 바라본다.

슬리퍼에서 구두로 갈아 신고 자동차로 돌아가려던 순간,

에미리가 갑자기 "잠깐 선생님과 이야기하고 와도 돼?" 하며 학교 쪽을 돌아보았다.

"오늘은 아까 들어간 애가 마지막 면담이라니까 조금만 있으면 끝날 거야. 갔다 올 테니까 잠깐만 기다려."

허가를 구한다기보다 선언하는 듯한 말투로 횅하니 안으로 돌아갔다. 대답할 짬도 없었다. 나는 작게 한숨을 내쉬고, 왜 이 지경이 되어 버렸을까 생각했다.

부모는 안중에도 없이 새로운 세계에 빠졌던 시기가 나에게도 있다. 친구와 유흥, 연애와 남자친구를 우선하는 즐거움은 확실히 특별하기는 했지만. 아무튼, 내 딸이 부모를 뒷전에 두고 더 중요하게 여기는 것은 뭘까. 진로나 교사일까. 에미리가 특별히 어울려 다니는 친구나 남자친구를 둔 것 같지는 않았다.

차로 돌아오니 교정에 늘어선 벚나무의 짙은 그늘 너머로 노란 태양이 보였다. 정신이 아득해질 정도의 더위에 짓눌려 매미 울음이 피부에 착 달라붙듯 끈적끈적하게 들렸다. 에미리와 같은 교복을 입은 여학생이 몇인가 무리 지어 걷고 있다. 하나같이 딸보다 치마 길이가 짧고 치마 아래로 엿보이는 다리가 눈이 시리도록 하얗다.

집으로 돌아오니 부재중 전화 메시지가 남겨져 있었다.

새언니 모모에였다.

"여보세요, 아야코 아가씨? 실은 이번 달 《디아만테》에 고모모랑 같이 찍은 스냅사진이 또 실렸어요. 큰일도 아닌데, 굳이 전화까지 해서 미안해요. 그래도 알려주는 게 나을 것 같아서요. 또 연락할게요."

일 층 거실에서 메시지를 재생하자, 식당 냉장고에서 보리차를 꺼내던 에미리가 이쪽을 향해 무심하게 흘깃 눈길을 준다. 그대로 총총 이 층 자기 방으로 올라가 버린다.

메시지를 다 듣자, 빨간 버튼에 깜빡깜빡 불이 들어왔던 부재중 전화 삭제 버튼을 눌렀다. 삐– 하는 긴 전자음이 울렸다.

《디아만테》는 나고야를 중심으로 아이치 현에만 팔리는 정보지다. 맛집 정보나 각종 강습, 결혼식장 비교 안내, 새로 문을 여는 부티크의 상세 정보 등이 실린다. 내가 아직 독신이었던 시절부터 이 지역 서점이나 역에서 판매되었다. 미용실이나 치과 대기실 등지에도 대개 놓여 있다. 전국 규모로 팔리는 패션지에 비하면 촌스러운 느낌도 있고 편집이나 구성도 조잡해 보일 때도 있다. 그래도 지역 상점이나 행사 정보를 바로 확인할 수 있어 편리하고, 아는 장소가 사진으로 소개된 기사를 보면 어쩐지 흐뭇한 기분도 든다.

《디아만테》의 인기 코너 중 하나로 '거리 스냅'이라는 게 있다. 편집부 직원이 거리에서 발견한 세련된 여성이나 커플에게 말을 걸어 그들의 패션을 소개하거나 직업이나 관계 등을 묻는 코너인데, 지역 잡지라 아는 사람들을 찾아보는 재미가 쏠쏠하다.

새언니의 사진이 실린 게 이 년 전이었나. 친척들이 모인 식사 자리에서 보여 준 적이 있다.

나는 거실 잡지꽂이에서 그저께 발매된 따끈따끈한 《디아만테》 최신호를 꺼냈다. 고모모와 둘이 '친구 사이처럼 다정한 엄마와 딸입니다'라는 소개 글이 붙은 사진은 이미 봐서 알고 있다. 전화할까 말까 망설이다가 휴대전화기에도 착신 기록이 남아 있어 결국 내 쪽에서 걸었다.

"여보세요, 새언니? 저 아야코예요. 잡지 봤어요. 어쩜 사진발을 그렇게 잘 받으세요!"

먼저 운을 떼자, 새언니는 "어머, 아가씨도. 부끄럽게 왜 비행기를 태우고 그래요" 하고 반색하며 웃었다.

"부러워요! 지난번에 새언니 혼자 찍은 사진이 실렸을 때도 굉장했는데……. 이번에는 고모모까지 같이 실려서, 얼마나 놀랐다고요."

"그랬어요? 걔가 중학교 이 학년 치고는 좀 성숙해 보이잖아요. 근데, 아가씨도 아셨어요? 《디아만테》 거리 스냅 코너도 짜고 치는 고스톱이라는 거?"

"짜고 쳐요?"

"그렇더라니까. 나도 얼마나 놀랐다고요. 요즘 워낙 불황이라 비용을 들이지 않고 찍을 수 있는 거리 스냅 코너가 짭짤한 모양이더라고요. 그렇다고 해도 매달 입맛에 딱 맞는 사람을 찾아내서 사진을 찍는 게 녹록한 일은 아니잖아요. 사실 지난번에는 정말로 우연히 찍혔지만, 그때 연락처를 물어보기에 편집부에 알려줬거든요. 그랬더니 이번에 저쪽에서 전화가 왔지 뭐예요. 지난번에 취재할 때 장성한 따님이 있다고 해서 놀랐는데, 이번에 따님과 같이 모델이 되어 달라고. 그 코너가 그런 식으로 확실히 소개할 만한 알맞은 후보를 미리 물색해 두나 봐요."

"아, 그랬어요?"

"그렇다니까요. 괜찮으면 다음번에는 아가씨도 해 볼래요? 내가 소개하면 가능할 것도 같은데. 아가씨는 스타일도 좋고 센스도 있잖아요. 무엇보다 젊고."

"아니에요. 어떻게 저 같은 사람이."

조잘조잘 신나게 수다 떠는 새언니의 목소리를 들으며 나는 펼쳐 놓은 잡지에 실린 새언니와 고모모의 사진을 보았다. 알록달록한 무늬가 들어간 화사한 원피스를 입은 고모모는 갈색 물방울무늬가 들어간 큼직한 리본을 달고 있다. 그 옆에서 웃는 새언니의 노란색 에르메스 캘리백은 얼마 전

텔레비전 토크쇼에서 인기 여배우가 "이 색깔은 이 세상에 몇 개밖에 없데요" 하며 자랑했던 것과 같은 제품이다.

새언니의 남편, 그러니까 우리 오빠는 우리 지역에 있는 자동차 대기업의 연구원이다. 우리 집안은 아버지와 오빠, 이 대에 걸쳐 그 회사에 적을 두고 있다. 새언니의 가방은 오빠에게 받았을 수도 있고, 친정 부모님이 사 주었을 수도 있다. 새언니의 친정아버지는 결혼 당시 오빠의 상사로 우리 지역에서 명망 있는 자산가 집안이다.

어려서부터 나는 오빠와 맞지 않았다. 터울이 많이 지는 이성지간이라 쉽사리 다가가기 힘들기도 했거니와 원체 가까이하기 어려운 분위기다. 더구나 친정아버지와 어머니도 나보다 오빠 쪽을 편애하셨다. 늘 비교당하며 "오빠 좀 봐라, 오빠 좀. 넌 도대체 매사에 왜 이 모양이니"라는 소리를 듣고 자란 나는 철이 들 무렵에는 오빠와 말을 섞지 않게 되었다.

오빠보다 먼저 결혼하고, 에미리를 낳고, 몇 년 뒤 새언니가 시집왔을 때 무색으로 단조롭던 친정집에 활짝 꽃이 피듯 화목한 분위기가 감돌았다. 성실하고 완고한 친정 부모님께 새언니 같은 사람이 눈 깜짝할 사이에 한 식구가 될 수 있었던 이유는 새언니 아버지가 우리 아버지와 같은 회사에 몸담고 있다는 사실이 컸다. 예전부터 우리 아버지는 동료의식이 강한 사람이었다.

오빠는 현청에 다니는 내 남편에게 공무원은 민간에서 벌어지는 치열한 경쟁을 모른다고 술자리에서 입버릇처럼 트집을 잡는다. 말하자면, 일로 고생할 일이 없다는 뜻일 게다.

나는 그때마다 얼버무리듯 애매하게 웃어넘기는 남편을, 이 사람은 착한 사람이구나, 라고 생각하며 바라본다. 우리가 결혼할 때 그렇게나 반대하던 우리 부모님과 오빠에게도 남편은 그간의 사정은 아무것도 모른다는 듯 한결같이 상냥하게 대한다.

《디아만테》의 기사를 바라본다. 새언니와 고모모, 두 사람 사진 대각선 위로 한층 큼직한 스냅 사진이 실려 있다. 마리안 여고 삼 학년이라는 그 아이는 또렷하게 그린 아이라인에 속눈썹을 붙인 티가 선명한 화장을 하고 인형처럼 깜찍한 손에 오래 써서 길이 든 루이뷔통을 들고 있다. "할머니, 엄마, 나. 이렇게 삼 대가 물려 쓴 모노그램"이라는 글귀가 적혀 있었다.

"언제 같이 식사라도 해요. 시간 맞으면 에미리도 같이."

전화기 너머 새언니의 목소리에 "그래요"라고 대답하며 나는 새언니가 나를 《디아만테》에 소개해 줄 리가 없다고 확신했다. 새언니가 심보가 고약한 사람이라서가 아니라 막연히 그런 예감이 들었다.

전화를 끊자, 주방에서 물 흐르는 소리가 들렸다. 에미리가 어느새 이 층에서 내려와 보리차 컵을 씻고 있었다.

2

새언니가 이탈리안 레스토랑으로 우리 가족을 초대한 건 그로부터 이 주 후였다.

남편이 직장 회식으로 귀가가 늦어지는 저녁에는 새언니와 고모모, 나와 에미리 넷이서 종종 밥을 먹곤 했다. 어쩌다 친정 부모님이 낄 때도 있다. 오빠는 하루가 멀다고 야근이라 식구들과 같은 시간에 밥을 먹기 힘들다고 한다.

식사 모임 당일, 들고 가려던 백을 찾지 못해 온방을 찾아 헤매다 뒤에서 "엄마" 하고 부르는 소리를 들었다. 옷장 안에 몸을 반쯤 밀어 넣은 채 "왜?" 하고 대답하는 나에게 에미리가 딱 한 마디 "오늘 가기 싫어"라고 일방적으로 통보하듯 말했다.

나는 소스라치게 놀라 딸을 돌아보았다. 에미리는 생각에 잠긴 얼굴로 나를 보지 않고 카펫으로 시선을 내리깔았다.

"왜 그러니?"

"외숙모네 식구들이랑 만나고 싶지 않으니까."

"왜 또?"

에미리가 새언니를 불편해하는 건 이미 알고 있다. 그렇지만 우리 친정은 명절에 모이기도 하고, 어쨌든 대체로 마음 편한 사이라고 생각했다. 그런데 딸의 입에서 더욱 경악할 만한 말이 쏟아져 나왔다.

"외숙모를 만날 때마다 같은 소리를 듣는다고. 에미리, 넌 왜 그렇게 부루퉁하니? 공부 좀 잘한다고 유세 부리는 거니?"

입을 열었지만, 말이 나오지 않았다. 얼이 빠져 입술만 달싹였다. 그대로 입을 다문 나를 향해 에미리가 "그래서"라고 감정이 섞이지 않은 표정으로 중얼거렸다.

"그러니까 나는 안 가. 앞으로도 계속. 외할머니댁에 모일 때도 될 수 있으면 집에 남고 싶어."

"정말로 그런 말을 했어?"

가까스로 목소리를 가다듬고 물으니 에미리가 고개를 끄덕였다.

"옛날부터 그랬어. 초등학교 다닐 무렵, 외할머니댁에서 책을 읽고 있는데, 옆에서 슬쩍 책을 빼가더니 내용을 팔랑팔랑 넘겨 보고는 코웃음 치더라. 무시하듯 책을 돌려주더니 '이런 책을 읽는 게 즐겁니?'라고 물은 게 처음."

"외숙모가 장난친 건 아니고?"

"아니야. 장난이나 농담으로 한 말이 아니야."

고모모가 고등학교 입시로 마리안 여자대학의 부속 고등학교를 지망한다는 사실을 떠올렸다. 머릿속이 화끈화끈 달아오르더니 온몸의 피가 스르르 발끝으로 내달리는 게 느껴졌다. 딸한테 무슨 말을 어떻게 해야 할지 몰라 답답했다. 도대체 왜 지금까지 아무 말도 안 했니, 라고 물으려 할 때 이미 에미리는 "용건 끝" 하고 말한 뒤 가볍게 손을 들어 올리며 방을 나가 버렸다. 허둥지둥 복도로 나가 "오늘만 같이 가자. 벌써 약속해 버렸단 말이야"라고 다급하게 애걸했다.

나를 돌아보는 에미리의 얼굴이 딱딱하게 굳었다. 살벌한 눈으로 나를 노려보며 "안 간다고 했잖아!"라고 거칠게 고함을 친다. 그대로 자기 방으로 돌아가 쾅 소리가 날 정도로 세게 문을 닫아걸었다. 그 소리가 귀 안쪽에 울려 머리가 지끈거리더니 뇌리에서 떠나지 않았다.

남편은 원래 우리 가게의 손님이었다. 처음에는 동료를 따라 왔다가 그 후로 혼자 오더니, 그다음부터는 매번 나를 지명해 주었다.

결혼하자는 말을 들었을 때 무척 기뻤다. 앞으로 평생 무언가로 고민할 일은 없으리라 생각했다.

유흥주점 일은 젊어서밖에 할 수 없고, 물장사 이외에 딱히 내가 할 줄 아는 일도 없었다. 고등학교를 졸업하고 부모님의 연줄로 들어간 작은 회사에서 임시직 경리 업무를 맡았을 때도 수없이 많은 실수를 저질렀다. 계산을 틀려 혼이 났을 때를 떠올리면 두 번 다시 일할 마음이 들지 않았다.

이 년을 일하고, 어느 날 집으로 배달된 지방세 '보통징수'라고 적힌 봉투의 납부 금액에 기겁하며 "이게 뭐예요?"라고 정규직 사원에 물으러 갔다.

"아, 정규직이랑 달리 임시직은 급여에서 공제되지 않거든요."

어찌어찌 설명은 들었지만, 무슨 말인지 도통 이해가 가지 않았다.

"그래서 제가 이걸 내야 한다는 거죠?"

넋이 나가 묻는 나를 그는 한심하다는 듯 바라보았다.

"이만큼 낼 정도로 받은 적이 없거든요."

그때는 권력에 반항한다는 뿌듯한 기분으로 한 말이었지만, 나중에 그 직원이 "임시직 경리 아가씨, 완전 머리가 텅텅 빈 바보더라"라고 다른 사람한테 이야기했다고 들었다.

어떻게든 마련해서 내야 하는 돈. 세상의 구조. 자질구레한 일. 하나도 모르겠다. 설명을 들어도 어차피 이해가 가지 않아 포기해 버리는 나는 아마 머리가 나쁘겠지. 낮에 하는 사무직 일은 그만두고 가볍게 아르바이트하는 기분으로 시작한 유흥주점과 도우미 일이 내 본업이 되었다. 부모님한테는 죽도록 혼이 났다.

　남편과 몇 번 이야기 나눠 보고 분명히 나와는 달리 세상일에 통달한 머리 좋은 사람이리라고 막연히 짐작했다. 우리 오빠와 닮은 분위기가 있었지만, 오빠처럼 나를 무시하지도 교제를 부정하지도 않았다. 결혼하면 집에서 살림만 해도 괜찮아, 하고 말해 주었다. 이렇게 행복해도 괜찮을지 두려울 정도였다. 고마워, 여보, 하고 감사를 전했다.

　새언니와 식사 모임을 마치고 집에 돌아오니 온몸이 젖은 솜처럼 무거웠다.

　두 시간 남짓 자리를 함께했건만, 소파에 무너지듯 주저앉자 다시 일어날 기력이 없다. 모처럼 차려 입은 원피스가 주름투성이가 되잖아, 하고 마치 남의 일처럼 생각한다. 바닥에 던져 놓은 루이뷔통의 다미에 무늬 백을 집어 들 기력도 없었다.

　언젠가 에미리가 이런 물건에 관심을 보이게 되면 그 아이한테 주려고 생각하던 백이었다. 친정엄마는 명품에 관심이 없는 사람이라 나는 명품이나 패션과는 전혀 상관이 없는 집에서 자랐다. 그래서 내 딸한테는 잡지 속에서나 볼 수 있는 물건을 이것저것 안겨 주고 싶었다.

　나도 모르게 눈에서 눈물이 흘러내렸다. 일단 눈물샘 고

삐가 풀리자 목소리까지 잠겼다. 조금 전에 "엄마 왔다"라고 현관에서 불러도 아무 반응도 없던 에미리가 그제야 이 층에서 계단을 내려오는 기척이 났다. 그만 울어야겠다고 생각했지만, 눈물이 멈추지 않는다. 거실에 들어온 에미리가 생각대로 놀란 표정으로 내 앞에 우뚝 멈춰 선다. 미심쩍은 얼굴로 "무슨 일 있어?"라고 묻는다.

"아무것도 아니야."

내가 대답했다. 에미리는 흡사 벼락에 맞은 듯 놀란 얼굴로 나를 책망하듯 "왜 질질 짜고 그래" 하고 다그쳐 묻는다. 대답이 나오지 않는다. 에미리가 짜증스럽게 "그만 좀 해"라고 말한다. 칠칠치 못하게 나뒹구는 나를 감당할 수 없다는 듯 "아빠, 아직도 안 왔어?" 하고 화제를 돌린다.

"슬슬 오실 때가 됐는데……."

에미리 물음에 대답하며 억지로 몸을 일으키자 머릿속이 지끈지끈 쑤셨다. 눈가를 훔치자, 에미리가 "나 같은 딸을 갖고 싶었던 게 아니지?" 하고 나를 향해 툭 던지듯 말했다.

나는 딸을 바라봤다. "그럴 리 없잖니!"라고 대답했다. 하지만 에미리가 "거짓말"이라고 맞받아치며 단호하게 고개를 내저었다.

"고모모 같은 딸을 갖고 싶잖아. 다른 사람들 눈에 다 보이거든. 나는 실패작이잖아."

"에미리!"

숨을 삼키고 이름을 부르자, 딸이 홱 하고 고개를 돌렸다. 그대로 빠른 걸음으로 계단을 올라 다시 제 방문을 닫아건다. 쫓아간 내가 문을 두드리고 이름을 불러도 답이 없다. 억지로 열려고 하자 "들어오지 마!"라고 큰소리로 외치며 체중을 실어 문을 사수했다.

"그럴 리 없잖니!"

나는 필사적으로 소리쳤다. 대답은 돌아오지 않았다. 하지만 두꺼운 문 너머에서 에미리가 숨을 죽이는 기척이 전해졌다. 우는 건가. 알 수 없다.

"그런 게 아니라니까. 엄마는 에미리를 사랑해!"

아직도 대답이 없다. 침묵 속에서 딸이 내 말을 듣지 않고 귀를 틀어막는 모습을 상상할 수 있었다. 아무리 외쳐도 에미리는 문을 열어 주지 않았다.

고등학교에 입학한 지 얼마 안 되었을 무렵, 에미리는 심상치 않게 울적해 했고 늘 기운이 없어 보였다. 새로운 환경에서 무슨 일이 있었나 걱정이 되어 당시 담임선생님께 전화를 걸어 보았다. 그러나 "별다른 일은 없습니다"라는 대답만 돌아올 뿐이었다. "아직 일 학년 초이고, 고등학교에 익숙해지면 금방 기운을 되찾을 겁니다"라고.

에미리에게 일부러 무심한 표정을 지으며 넌지시 물어도 "별일 없어"라는 대답만 돌아왔다. 남편에게 "당신이 한번 물어봐요"라고 채근했지만, "그런 문제는 엄마랑 이야기하는 법이야. 내가 나서서 해결될 일이 아니라고" 하며 어깨를 으쓱하더니, 그걸로 끝. 평소에는 딸과 죽고 못 살 정도로 사이가 좋은 주제에 중요한 순간에는 몸을 사리는 남편을 보며 울컥 짜증이 치밀었다. 치사해. 남편은 딸과 불편한 이야기는 절대 하지 않고 즐거운 이야기만 조잘대고 싶어 한다. 항상 나만 손해 보는 역할을 떠맡는 것 같은 불합리한 상황에 억울한 마음이 들었다.

부쩍 식욕이 떨어지고 학교에서 돌아오자마자 방에 틀어박히는 에미리가 걱정되어 그 아이의 방 서랍을 열어 보았다. 일기든 수첩이든 뭐든 그 아이가 고민을 끄적일 만한 물건이 없을까 뒤적이다 안쪽에서 서점에서 파는 것과는 분위기가 다른 얄팍한 만화책 몇 권을 발견했다. 이게 뭘까 하고 안을 펴 보려던 참에 방문이 열리더니 에미리가 얼굴을 내밀었다. 어리둥절한 표정을 짓던 에미리의 안경 안 눈동자가 차츰 흔들렸다. 평소보다 돌아오는 시간이 약간 일렀다. 현관을 여는 소리도 "다녀왔습니다"라고 보고하는 목소리도 들리지 않았다.

에미리가 비명을 지르며 내 손에서 책을 빼앗더니 "믿을 수 없어!" 하고 절규했다. 금속을 긁는 듯 거칠고 새된 목소리였다. 믿을 수 없어, 믿을 수 없어, 믿을 수 없어.

몸으로 밀어붙이듯 우격다짐으로 나를 방에서 쫓아내고, 얼마 지나지 않아 안에서 으앙, 하고 울음을 터트리는 소리가 들렸다. 순식간에 벌어진 소동에 넋이 나간 나는 그때도 문 너머로 딸의 이름을 불렀다.

"엄마가 걱정돼서, 걱정돼서 어쩔 수 없었어."

목이 터지라 외쳤지만, 문은 열리지 않았다.

단식투쟁할 생각인지 에미리는 그 날 저녁 아무것도 먹지 않고, 아무리 불러도 목욕하러 내려오지도 않았다. 다음 날 아침이 되어 방을 엿보러 갔더니 침대에는 허물을 벗듯 몸만 빠져나간 흔적이 고스란히 남아 있었다.

당황스러웠다. 딸의 휴대전화기에 전화를 걸어도 받지 않았다. 학교에 보러 가야 할까 말아야 할까 고민하면서도 몇 번이나 전화를 걸었다. 겨우 딸이 전화를 받았다.

"여보세요? 아, 지금, 학교니? 전화해도 괜찮아? 오늘 엄마가 에미리가 좋아하는 토마토 미트 소스 만들려고. 학교 끝나면 바로 집으로 올래? 바로 올 수 있니?"

전화 너머로 정적이 흘렀다. 멈추지 않고 말을 계속해야 한다는 생각에 숨도 쉬지 않고 말을 계속했다.

"토마토 미트 소스랑 너무 맵지 않은 마파두부랑……. 사다 둔 두부가 다 떨어져서 어떻게 할까 생각 중인데. 우리 딸은 뭐가 먹고 싶어? 저녁 먹기 전에 장 보러 가야 하니까 지금 물어보려고."

"그래서?"

차갑고 퉁명스러운 목소리로 그제야 대답이 돌아왔다.

"그러니까, 토마토 미트 소스랑 마파두부 중에서……."

"그래서?"

머릿속이 삽시간에 새하얗게 변하며 할 말이 떠오르지 않았다. 그러니까, 그러니까, 라고 생각하며 목소리가 혓바닥 끝에서 맴돌았다.

"어, 그러니까……. 기분은 괜찮아!?"

말하는 순간, 에미리가 숨을 삼키는 기척이 느껴졌다.

"뭐!? 기분!?"

"있잖아, 컨디션 말이야. 괜찮아? 어디 아픈 데는 없고?"

"……엄마는, 사과할 줄 모르는구나."

에미리의 목소리는 질린 것 같기도 하고, 화난 것 같기도 했다. 살기가 느껴질 정도로 무서운 목소리였다. 도망치고 싶었다.

"자기는 부모니까 사과할 필요 없다고 생각하지? 피는 물보다 진하다는 그 생각, 언젠가 큰코다치게 될 거야."

입을 다문 채 말을 잇지 못하는 내게 에미리가 한숨 쉬는 소리가 들렸다.

"전부터 묻고 싶었는데, 엄마 혹시 나랑 사이가 나쁘다는 자각 자체가 없는 거 아니야?"

가슴 한복판을 얼음처럼 차가운 칼로 단숨에 찌르는 느낌이다. 대답이 없는 내게 에미리가 "어쨌든 지금 학교니까. 걱정하지 않아도 끝나면 집에 갈 거야"라고 통보하듯 말했다. 전화는 그대로 끊어졌다.

그 무렵, 에미리가 무엇 때문에 고민했는지를 알게 된 건 그로부터 일 년 가까이 지났을 때였다. 새로 담임을 맡은 다나카 선생님께 학부모 모임 관련해서 볼일을 보러 학교에 들렀다가 들을 수 있었다.

"어머니, 요즘 에미리가 힘들어하는 기색 못 느끼셨어요?"

질문하는 선생님의 목소리가 부드럽게 울렸다.

"작년에 특기생으로 들어와서 주위 친구들이 다가가기 힘든지 특별히 친하게 지내는 친구가 생기지 않은 것 같습니다. 에미리가 워낙 야무져서 겉으로는 내색은 하지 않지만. 저도 이번 학년에서는 특별히 신경 쓰겠습니다."

성실한 눈이 예리하게 빛났다. 아, 이 사람은 겉보기에는 세상 물정 모르는 어수룩한 사람처럼 보이지만, 찬찬히 살펴보면 반듯한 사람이구나, 하고 그때 처음으로 깨달았다.

에미리와 마찬가지다. 그 아이는 잡티 하나 없이 해사한 피부와 머릿결, 맑은 눈동자를 하고 있다. 고슴도치도 제 새끼는 함함하다지만, 객관적으로 봐도 참 참한 아이다. 에미리는 다이아몬드 원석 같은 아이라 광을 내고 갈고닦으면 찬란한 빛을 내지만, 아직 스스로 깨닫지 못하고 있다. 보는 사람을 조마조마하게 하는 아이랄까.

3

얼마 후, 에미리가 학교에서 쓰러졌다는 전화가 왔다.

그러고 보니, 요즘 들어 부쩍 컨디션이 나빠 보이는 날이 많았다. 아침밥도 점심밥도 먹는 양이 신통치 않다. 도시락은 깨끗이 비워 오지만, 반찬 국물 새지 말라고 넣어 둔 은박 컵이나 일회용 칸막이까지 사라지는 게 수상해 몰래 어딘가에 버리고 오는지도 모른다고 짐작은 하고 있었다.

학교에서 늦게 돌아오는 날이 많아지고, 왜 늦었느냐고 물으면 도서관에서 공부하다 왔다고 대답한다. 저녁 먹고 왔다며 건너뛰는 날도 있다. 용돈을 넉넉하게 주는 것도 아니고, 여태껏 군것질이나 외식하는 버릇이 있는 아이도 아니어서 걱정이 앞섰다.

안 그래도 살집이 없어 앙상한 손등은 뼈가 도드라져 보일 정도로 말라 다이어트 하는 게 아닐까 하는 의심도 들었다. 그렇다면 무리해서 먹는 양을 줄이는 방법보다 나은 방법이 얼마든지 있는데. 무엇보다 안경과 입는 옷을 바꾸는 게 백 번 예뻐지는 길이건만.

걱정스러웠지만, 입 밖에 내면 또 발칵 성을 낼지 몰라 잠자코 있었다. 새언니네 식구와 식사 모임한 지 벌써 석 달이나 지난 지금도 에미리는 아직도 나와 말을 섞으려 하지 않는다. 오히려 예전보다 고집스럽게 방에 틀어박히게 되었다.

에미리가 빈혈을 일으킨 모양이다. 병원에 데려가는 게 낫겠지. 지금 이 시각에 진찰해 줄 병원은 어디일까. 생각을 정리하며 경차를 운전해 에미리를 데리러 갔다. 자는 아이를 깨울까 봐 조심조심 양호실 문을 최대한 소리를 내지 않으려고 애를 쓰며 살짝 열었다. 침대 앞에 드리워진 얇은 커튼 사이로 다나카 선생님이 앉아 있는 모습이 보였다.

에미리는 자고 있었다. 다나카 선생님의 뼈가 불거진 손이 딸의 이마를 짚고 있다.

가슴이 두근거렸다. 봐서는 안 될 것을 봤다는 생각에 허둥지둥 발걸음을 돌리려던 순간, 다리가 문에 부딪혀 쿵 하는 소리가 났다. 다나카 선생님이 경기를 일으키듯 자세를 바로잡고 자리에서 일어나더니 딱딱하게 굳은 눈길로 나를 본다. "에미리 어머니" 하고 부른다.

커튼을 열고 내 쪽으로 다가왔다.

"번거롭게 데리러 오시라고 연락 드려서 죄송합니다!"

선생님의 목소리에는 아직도 희미한 동요가 느껴져 내가 본 장면이 착각이 아님을 증명하는 듯했다.

"체육 시간에 털썩 주저앉더니 토할 것 같다고 했답니다. 양호실에 누워 있는 동안 잠이 든 모양입니다. 양호 선생님이 조금 쉬면 나을 것 같다고 하시더군요."

"심려를 끼쳐 죄송합니다! 집에 데리고 가겠습니다."

어느 정도 냉정함을 되찾은 다나카 선생님과 대조적으로 이번에는 내가 동요한다. 선생님이 천천히 정중하게 "부탁드리겠습니다"라고 말하며 고개를 숙였다.

"에미리 학생이 워낙 악바리 기질이 있어서 무리하지 않도록 신경 써 주십시오."

어렸을 적에 먹던 푸딩이 먹고 싶다고 집으로 오는 차 안에서 에미리가 말했다. 병원에는 들를 필요가 없다는 말도 덧붙였다. 파리하게 질린 딸의 얼굴을 보고도 못 본 척하며 못 이기는 듯 "알았어"라고 대답했다.

달걀과 우유를 사러 들른 마트에서 차에 그냥 타고 있으라고 만류했지만, 에미리는 기어이 따라 내렸다. 마트에 온

김에 다른 찬거리도 사려는 내 곁을 카트를 밀며 따라다녔
다. 이 아이와 함께 이렇게 나란히 장을 보는 것도 참 오래간
만이다.

"우유 좀 담아 줘."

"어떤 거?"

"제일 싼 거."

심호흡을 하고 나서, 나는 "있잖니" 하고 다시 말을 걸었다.

1,880원짜리, 이 마트 PB상품인 일 리터들이 우유를 집어
든 에미리에게 가능한 한 태연하게 들리도록 목소리를 가다
듬으며 신중하게 말을 걸었다.

"특기생으로 다니는 게 너무 부담되면 그만둬도 괜찮아."

"뭐?"

언제부터 에미리는 내 말에 이렇게 짧은 대답밖에 하지
않게 되었을까. 아무래도 딸의 심기를 거스르는 말을 해 버
렸다는 걸 알아차렸지만, 이번엔 또 무슨 말실수를 했는지
알 수 없어 하던 말을 계속했다.

"우리 딸은 워낙 노력파라 주위의 기대에 부응하려고 애
쓰는 거 다 알아. 특기생으로 다니는 게 힘들면 엄마가 선생
님께 말씀드려 볼게. 다나카 선생님이라면 진지하게 들어 주
실 거야. 또 니가 지금 다니는 학교에 계속 다니기 싫으면 엄
마랑 아빠가 다른 학교를 찾을 수 있게 도와줄게. 엄마는 에

미리를 위해 학교랑 싸울게. 무슨 일이 있어도 내 딸을 지킬 거야."

"뭔 소리야?"

우유를 손에 든 채 에미리는 짜증스럽다는 듯 입매가 비뚤어졌다. 그러더니 가소롭다는 듯한 미소를 띠고 나를 바라보았다.

"전혀 부담스럽지 않아. 엄마는 그렇게 생각하지 않을 수도 있겠지만, 특기생이라는 건 학생으로서는 엄청난 영예라고. 나는 내가 할 수 있는 일에 최선을 다할 뿐이니까. 지킨다는 둥 싸운다는 둥 좋은 엄마인 척하는 건 제발 그만두지 그래."

"그래도……."

안색이 나쁘잖니, 안쓰러울 정도로 말랐잖니, 밤에 몇 번씩 화장실에 가느라 푹 자지도 못하잖니. 지적할 말을 떠올리는 동안 에미리가 "어차피 이해 못 할 바에야 그냥 내버려둬"라고 대꾸했다. 매정하게 뿌리치는 목소리를 듣고 필사적으로 매달렸다.

"엄마는 니가 걱정돼서 그러는 거야."

"걱정이라는 말만 붙이면 뭐든 다 해결되는 줄 알아?"

에미리가 우유를 든 손을 크게 휘둘렀다.

딸 뒤에서 우유를 집으려던 젊은 여성이 에미리가 휘두른

팔에 맞아 움찔했다. "꺅"하는 짧은 비명을 듣고 나는 두 눈을 질끈 감았다. 피해자를 향해 달려가 허둥지둥 "죄송합니다"라고 머리를 조아려 사과했다. 뒤를 돌아본 에미리가 어떻게 해야 좋을지 몰라 우뚝 선 채 넋을 잃고 그저 바라만 보고 있다.

에미리의 팔에 부딪힌 충격으로 그녀는 들고 있던 짐을 떨어트린 듯했다. 바닥에 내동댕이쳐진 초록색 장바구니를 주워들고 돌려주려던 순간이었다. 장바구니에 달린 열쇠고리를 발견했다. 나는 급히 숨을 들이마셨다. 그녀는 침착하게 "괜찮아요"라고 답하며 바로 받아든 장바구니를 원래대로 팔에 걸쳤다.

에미리의 얼굴이 충격으로 굳었다. 조금 전까지 기세등등하게 소리치던 모습과는 딴판으로 기가 죽은 눈을 하고 있다.

"에미리."

사과드려야지, 라고 말하려던 찰나에 에미리의 눈에 그렁그렁 눈물이 고이기 시작했다. 이를 어째, 생각하는 순간 에미리가 가늘게 떨리는 목소리로 "죄송합니다!" 하고 사과했다. 깊이 고개를 숙인 다음, 들고 있던 우유를 내 카트에 담았다. 그대로 도망쳐 마트 밖으로 달아나려고 했다.

불러 세우려고 보니, 푹 숙인 딸아이의 얼굴 가장자리에 눈물이 유리구슬처럼 매달려 빛났다. "죄송합니다!"라는 작은 목소리가 다시 한 번 들렸다.

　초등학교 오 학년 때 일주일간 임간학교林間學校(주로 여름
철에 아이들의 건강 회복, 건강 증진을 목적으로 하는 교육을 베풀기
위해 숲 속에 설치한 학교—옮긴이)에 보낸 적이 있다.
　작은 병에 든 샴푸와 비누, 휴대용 칫솔에 수건. 여행에
가져갈 짐을 꾸리는 동안 나는 딸아이의 머리가 마음에 걸
렸다. 등허리에 닿을 정도로 치렁치렁하게 긴 머리였지만,
손재주가 없어 혼자서는 머리를 땋지 못했다. 매일 아침 "엄
마, 묶어 줘" 하며 내 앞으로 오면 뉴스 프로그램의 '오늘의
운세' 코너를 함께 보며 머리를 묶는 게 일과였다.
　내가 없는 일주일 동안 머리를 어떻게 할지 염려스러웠다.
　"머리 자를까?"
　내가 제안했다.
　"짧게 잘라서 보이시한 분위기를 내도 잘 어울릴 것 같아.
이 기회에 이미지 변신해 보는 것도 괜찮을 것 같고."
　에미리는 그때부터 치장에는 도통 관심이 없었다. 내 말
에 고개를 끄덕이고 함께 미용실에 갔다. 마침 쇼트커트 스
타일의 새끼 다람쥐 같은 얼굴의 아이돌이 인기를 끌었다.
그 아이돌처럼 해 주세요, 라는 내 말에 젊은 남자 미용사가
문제없다며 웃는 얼굴로 응대했다.

에미리는 정말로 그 아이돌 같은 머리 모양이 되었다. 줄곧 긴 머리밖에 보지 못했던 터라 나는 신선한 느낌에 솔직하게 "잘 어울려"라고 칭찬해 주었다. 미용사도 "분위기가 확 바뀌어서 못 알아보겠어요"라고 말해 주었다.

에미리는 반신반의하듯 "그래?" 하고 대꾸하며 뒤에서부터 머리카락에 손가락을 넣어 빗어 보더니 수줍게 웃으며 사내아이 같아진 거울속의 제 모습을 들여다보았다.

머리 감을 때도 편하겠다는 이야기를 나누며 집으로 돌아온 그날 밤, 딸아이 방에서 울음소리가 들렸다. 애써 억누른 소리는 폭풍우가 치는 밤, 창밖에서 우는 바람 소리 같았다.

저녁을 먹을 때도 자러 가기 전에도 딸아이는 평소와 다름없었다. 특별히 마음이 상한 기색은 찾아볼 수 없었다.

침대를 빠져나와 딸 방으로 가서 "에미리?" 하고 부르는 순간, 소리가 멈췄다. 나는 문을 열었다.

암흑 속에서 몸을 일으킨 딸아이가 입술을 비죽 내밀며 "왜?" 하고 물었다. "우는 소리가 들려서"라고 말하는 나에게 "안 울었어" 하고 무뚝뚝하게 대답한다. 불을 켜지 않은 방 안에서는 확인할 방법이 없다.

"아니면 다행이고."

곤혹스러워하며 고개를 갸웃거렸다.

"엄마는 에미리가 일주일이나 집을 떠나는 게 불안해서

그러는 게 아닐까 걱정스러워서."

임간학교는 이틀 후로 다가왔고, 그렇게 길게 부모 곁을 떠나는 건 에미리에게 처음 있는 일이었다. 가기 전부터 향수병에 걸린 건 아닌지 염려스러웠다. 에미리는 "불안할 게 뭐 있어"라고 대답했다.

"그러니?" 하며 고개를 끄덕이고 방을 나왔다. 잠시 후, 에미리가 느릿느릿 침대를 빠져나오는 기척이 느껴졌다. 화장실에라도 가려나 하며 복도로 나오기를 기다렸지만 에미리는 자기 방 밖으로 나오지 않았다.

그 울음소리는 내 착각이었던 걸까. 그날 밤은 그렇게 생각하고 바로 잠이 들었다.

머리를 자른 게 충격이었을지도 모른다는 생각은 에미리가 임간학교로 떠난 후에야 떠올랐다. 평소에는 치장에 공을 들이지 않는 아이지만, 아무리 그래도 역시 긴 머리를 마음에 들어 했는지도 모른다. 다들 입을 모아 새 머리 모양을 칭찬해 주었지만 아무 소용이 없었나 보다. 밤이 되자, 점점 후회가 밀려왔던 모양이다.

에미리의 방에는 화장대가 있다. 그날 밤, 에미리는 짧아진 머리를 한 제 모습을 거울에 비추어 보며 밤새도록 거울을 들여다보지 않았을까. 그런데도 나는 눈치채지 못했던 게 아닐까.

며칠 뒤, 임간학교에서 돌아온 에미리의 뒷머리가 뾰족하게 뻗쳐 있었다. 굳이 물어보기도 껄끄러워 나는 차츰 그날 밤의 울음소리는 지나친 노파심 탓이었다고 자신을 달랬다. 고작 머리잖아, 금방 다시 자랄 텐데.

에미리는 그 후 내내 긴 머리를 고수하며 앞머리를 다듬을 때 외에는 미용사조차도 절대 손대지 못하게 했다.

4

나 자신도 지나친 비약이라고 생각했다. 걱정이 지나쳐 쓸데없이 착각한 것일 수도 있다고 생각하는 게 마음이 편할 성싶었다. 하지만 가슴이 떨린다. 거의 직감에 가까웠다.

마트를 뛰쳐나가 먼저 집으로 돌아간 에미리의 방문을 가볍게 두드렸다. 대답은 없었지만 "들어갈게"라고 선전포고하고 문을 열었다. 에미리는 거절하지 않고 모처럼 나를 안으로 들여보내 주었다.

침대에 누워 있던 에미리는 녹초가 된 듯 눈을 감고 있다. 그렇다고 잠을 자는 건 아니다. 짧게 "왜?"라고 중얼거린다.

뜬금없는 질문이라는 자각은 있었다. 부정한다면, 그대로 상관없다.

"에미리, 너 혹시 임신한 거 아니니?"

에미리의 감았던 눈이 순식간에 떠지며 휘둥그레졌다. 불의의 습격에 고스란히 본심이 드러났다. 표정에 답이 쓰여있다. 나는 역시, 하고 생각하며 가슴으로 한숨을 내쉬었다.

설마, 싶었다. 에미리는 활발한 성격의 아이가 아닌 데다 연애나 남자친구와도 인연이 없어 보였다. 그런데 요 두 달간 욕실 수납장에 쟁여 둔 생리대가 전혀 줄지 않았다. 식욕이 줄고 살이 빠졌지만 오늘 마트에서 일어난 사건으로 확신할 수 있었다.

마트에서 에미리가 부딪혔던 젊은 여성의 장바구니에는 '배 속에 아기가 있어요'라고 적힌 임신부 열쇠고리가 달려 있었다. 에미리는 자신이 배 속에 아기를 가진 여성의 배를 팔로 쳤다는 사실에 큰 충격을 받은 듯했다. 경련을 일으킨 듯 일그러진 뺨 아래에 어떤 감정을 감추고 있었을까. 마음이 아팠다.

에미리는 말없이 몸을 일으켰다. 이마에 앞머리가 찰싹 달라붙을 정도로 땀을 흘리고 있다. 임신을 부정도 긍정도 하지 않는다. 얼굴이 새빨갛게 달아올랐다.

인내심을 가지고 지긋하게 내 말을 기다렸다. 여기서 그르치면 안 된다고 마음을 굳게 다잡았지만, 다음으로 할 말을 망설이지는 않았다. 그럴지 모른다고 짐작했을 때부터 제일 먼저 물어야겠다고 생각했다.

"……그 사람, 사랑하니?"

내가 물었다.

내 말이 끝나기가 무섭게 에미리가 놀란 듯 입술을 반쯤 달싹였다. 나를 처음 보는 타인처럼 바라보며 멍한 표정을 짓는다. 나는 되물었다.

"그 사람을 사랑해?"

남편과 가게 밖에서 만나게 되며, 얼마 후 에미리를 임신한 사실을 알게 되었을 때 무슨 수를 써서라도 꼭 낳겠다고 결심했다. 남편을, 사랑했으니까! 누가 반대해도 상관없으니까! 이 아이를 낳고 싶다! 머리가 나빠서 부모가 바라는 대로의 진로를 걷지 못해도, 밥벌이를 하지 못해도, 이 아이만 있으면 살아갈 수 있다고 생각했다. 두려웠지만, 순수한 마음으로 아이를 원했다. 그래서 남편이 결혼하자고 말해 주었을 때 뛸 듯이 기뻤다.

유흥주점에서 알게 된 남자와 속도위반 결혼이라니 집안 망신이라며 부모님과 오빠가 맹렬하게 반대했지만 남들은 몰라도 나는 안다. 에미리와 남편은 내가 자랑할 수 있는 유일한 존재다.

피식하고 한숨을 내쉬듯 웃는 소리가 들렸다. 잘못 들었을지 모른다는 생각에 고개를 앞으로 돌렸더니 에미리가 배를 잡고 "와하하" 하고 웃어 젖혔다. 입을 딱 벌리고 바라보는 나는 안중에도 없는지 오래간만에 보는 환하게 웃는 얼굴로 웃다가 울기 시작했다. 발갛게 달아오른 얼굴에 눈물을 대롱대롱 매달고 나에게 물었다.

"완전 깼다니까. 평범한 엄마라면 상대가 누구냐고 묻거나 묻지도 따지지도 않고 일단 아이부터 지우라고 하는 거 아니야? 사랑이니 뭐니, 그렇게 가벼운 문제였어?"

"그렇게 말해 주길 바랐어?"

에미리가 웃음을 멈췄다. 진지한 얼굴로 입을 다물더니, 잠시 후 작은 목소리로 "응" 하고 대답했다.

"그렇게 물으면 절대로 용서하지 않겠다고 다짐했거든."

고개를 든 에미리가 "엄마, 나 어쩌지?" 하고 구원의 손길을 내밀어 달라는 목소리로 나를 바라본다.

"망했어! 순조롭게 성공가도를 밟을 생각이었는데."

"망하긴 뭘 망해. 아직 살날이 창창한데."

"그래도 망했어. 특기생도 입시도 엄마가 생각하는 이상적인 딸내미 모습과는 거리가 멀지 몰라도 내겐 공부밖에 없었거든. 그게 전부 물거품 된 거야. 다들 손가락질하겠지."

시선을 떨군 에미리가 다시 울먹였다. 입술이 바들바들 떨렸다.

"아직 아무한테도 말 못했어. 어떻게 해야 좋을지 알 수 없어서."

충격은 받지 않았다.

에미리의 연인은 다나카 선생님이었다.

5

불안하기도 했고 두렵기도 했다.

다나카 선생님께 직접 말하겠다는 에미리에게 나는 "만약 선생님이 달아나면 엄마가 용서하지 않을 거야"라고 단단히 일러 보내 주었다. 에미리에게 말하던 중 갑자기 목이 콱 막혀 떨리는 목소리로 말했다. 사실대로 말하자면, 에미리를 따라가는 게 나을지 어떨지 몰라 무척 망설였다.

"선생님이 달아나면 엄마가 쫓아가서 혼내 줄 거야. 절대로 용서하지 않아! 그러니 아무 걱정 하지 말고. 엄마가 널 지켜 줄 테니까."

이번의 '지켜 준다'는 말을 에미리는 트집 잡지 않았다. '고마워!' 하고 건조한 목소리로 중얼거리더니 입가에 희미한 미소를 띤다. 그러고는 마음이 약해진 듯 "아빠한테 말할 거야?" 하고 물었다. "말해야지" 하고 내가 대답했다.

에미리는 잠자코 고개를 숙이고 자기 발끝을 바라보다가 다시 한 번 "정말로 아기를 지우라는 말은 안 하는구나!" 하고 읊조리듯 말했다. 나는 "그럼" 하고 말하며 고개를 끄덕였다. 에미리가 정말로 그렇게 말해 주기를 바랐을지도 모른다는 사실에 대해서는 생각하지 않기로 했다.

퇴근한 남편에게 에미리와 다나카 선생님 이야기를 털어놓자 남편은 예상대로 할 말을 잃었다. 만화나 드라마 연출처럼 입을 딱 벌리고 물고기처럼 뻐끔뻐끔 입만 움직였다. "그래서…… 당신은 뭐라고 했어?"라고 내게 물었다.

그 눈에 평소의 온화함은 이미 사라지고 없었다. 내 어깨에 들어간 불쾌한 힘이 스르르 풀어졌다.

"당신이 가정교육을 똑바로 못하니까 이 사달이 난 거야."

"딸 관리를 어떻게 했기에 이런 낭패를……."

드라마에서 볼 수 있는 전형적인 불호령 들을 각오를 했다. 하지만 남편은 내가 상상하던 것보다 훨씬 냉정하다.

"그 사람을 사랑하는지 물었어."

"에미리는 뭐래?"

"그게……."

그러고 보니 제대로 된 답을 듣지 못했다. 솔직하게 털어놓자 남편은 우거지상을 쓰더니 "당신도 참……." 하고 말했다. 그렇기는 해도 절대로 험한 얼굴은 아니었다.

에미리가 직접 말하러 갔다고 이야기했더니 남편은 잠시 입을 다물었다. 소파에 등을 기대고 천장을 올려다보며 후- 하고 크게 심호흡을 몇 번이나 했다.

"그래서 에미리는 아직 안 돌아왔어?"

"조금 더 기다려 보고 전화하려던 참이었어."

망했다, 라고 딸아이가 했던 말을 떠올렸다.

특기생으로 잘 나가고 있었는데, 망해 버렸다. 딸아이와 닮은 가치관을 가진 남편은 이 아이 임신을 역시 실패라고 규정지을까.

"집에 오면 돌아가는 상황을 보고 결정해야겠지."

남편은 제법 시간이 흐른 뒤에야 말문을 열었다.

살짝 놀라 남편을 바라보았다. "맥주 있어?" 하고 물으며 넥타이를 푸는 남편을 보며 내가 더 당황했다. "에미리가 오면 화내지 마" 하고 말을 건네자, 남편은 담담하게 "화 안 내" 하고 한숨을 섞긴 했으나 딱 부러지게 대답해 주었다.

축 늘어져 등을 기대고 다시 한 번 커다랗게 한숨을 내쉰다. 그제야 천천히 몸을 일으키고 나를 본다.

"당신, 얼마 전에 처남댁이랑 싸웠다며?"

"……당신이 그걸 어떻게 알아?"

요전에 있었던 식사 모임 때 일이겠지. 남편이 "우연히 길에서 형님을 만났거든" 하며 쓴웃음을 짓는다.

"처남댁이 단단히 뿔이 났다더라. 단란한 가족 식사 모임이 엉망이 돼 버렸다고."

"내가 잘못한 거야?"

싸움의 원인에 대해 새언니가 오빠에게 어떻게 고했을지 알 길이 없었다. 남편에게도 정확한 내용은 전달되지 않았을 수 있다.

그 날, 내가 한심할 정도로 눈치가 없기는 했다. 어린 에미리가 자신이 좋아하는 책을 읽는 즐거움을 새언니에게 무시당하고 면박당하는 바람에 마음의 상처를 입고 그때부터 줄곧 끙끙 앓고 있었다는 사실을 나는 알지 못했다. 에미리가 내게 털어놓지 않은 탓도 있지만. 아이의 깜냥으로 엄마를 배려했는지, 아니면 미덥지 못한 엄마라고 판단했는지……. 생각하면 할수록 속상하고 나 자신이 한심스러워 머릿속이 지끈거릴 정도로 온몸이 뜨겁게 달아올랐다.

식사를 마칠 즈음, 평소라면 참고 견딜 만한 새언니의 자랑을 가로막고 처음으로 내 의견을 밝혔다. 시간을 거슬러 올라가 역습하듯 새언니를 힐난했다. 나는 당신 앞에서 이렇게 말하지만, 당신은 다른 어른이 없는 곳에서 에미리에게 잔인하게 상처를 주었다고 거세게 몰아세웠다. 연이어 에미리가 부러우냐고, 그렇게 샘이 나냐고 다그치듯 따져 물었다. 내가 누군가에게 그렇게 큰소리칠 수 있는 인간이라고는 이제껏 생각지도 못했다.

　새언니의 미니어처 같은 고모모에게 묻고 싶었다. 엄마 판박이라는 말을 들으면 기분 나쁘지 않으냐고. 속에 든 말을 모조리 쏟아내고 싶었지만, 그 날은 그 정도만 하기로 하고 이를 악물고 레스토랑을 뛰쳐나와 집으로 돌아왔다. 한바탕 쏟아내고도 분이 풀리지 않았다. 집에 와서도 내내 자신이 한심스럽다는 생각이 가시지 않았다. 눈물이 나왔다.

　"에미리, 미안해! 내가 잘못했어!"

　소파에 엎드려 통곡했다.

　"잘못하기는."

　남편이 힘없이 미소 지으며 말했다.

　"나도 그 집 식구들이라면 질색이거든."

　숨을 삼켰다. 항상 웃는 낯으로 오빠 부부를 대하는 이 사람 입에서 처음으로 싫다는 말이 나왔다.

　"아무리 피붙이라고 해도 잘 맞고 잘 안 맞는 사람이 있게 마련이야. 아무리 피가 물보다 진하다고 해도 안 맞는 사람이랑은 어쩔 수 없어."

　"지금 한 말, 똑같이 에미리한테도 했어?"

　"어?"

　"에미리한테 같은 말을 들었거든. 엄마는 피가 물보다 진하다는 말을 믿다가 언젠가 큰코다칠 거라고."

"에미리는…… 우리 딸이잖아! 가족이잖아!"

남편도 놀란 듯 눈이 등잔만 해졌다. 그 얼굴을 보고서야 깨달았다. 아, 이 사람도 나처럼 철부지구나. 오빠 부부에 대해서는 피가 물보다 진해도 안 맞는 사람이랑은 어쩔 수 없다고 말하면서 자기 딸한테는 그 논리를 적용하지 않는구나.

웃음이 터지려는 순간, 현관 벨이 울렸다.

열 시가 넘어 우리 집에 찾아온 다나카 선생님은 이마가 땅에 닿도록 나와 남편에게 고개를 조아렸다. 눈도 얼굴도 벌겋게 달아오른 채 몇 번이고 몇 번이고. 옆에 앉은 에미리가 긴장한 얼굴로 눈을 내리깔았다. 다나카 선생님의 사죄와 애원하는 듯한 간청의 말은 도중에 흐느낌으로 갈라졌다.

"따님과 결혼을 허락해 주십시오"라고 다나카 선생님이 말했다. 떨리는 젊은 목소리를 듣고, 저 사람도 내가 보기에는 아이에 불과하다고, 당연한 사실을 새삼스럽게 깨달았다. 카펫에 달라붙을 듯 고개를 조아린 선생님을 일으킨 나와 남편을 향해 에미리가 훌쩍훌쩍 눈물을 보이며 "엄청난 소동이 벌어질 거야"라고 울먹였다. "선생님도 나도 학교를 떠나야 할 테고 소문이 끊이지 않겠지. 동네 사람들이나 직장 사람들한테 엄마 아빠는 뭐라고 말할 거야?"

에미리가 우리에게 무엇을 바라는지 알 수 없었다. 아직도 말려 주기를 바라는 걸까. 부모가 나서서 하나부터 열까지 결정해 주기를 바라는지도 모른다.

망했어, 라는 목소리가 또다시 귓전에 되살아났다. 무엇이 실패인지 아무도 알 수 없다. 하지만 나는 이번에야말로 잘못된 판단을 내리지 않았다고 믿는다. 그래서 딱 한 마디 "너는 신경 쓸 거 없어"라고 말하자, 에미리는 그 자리에서 울며 무너져 내렸다.

6

저녁나절의 다카시마야 백화점은 슬슬 붐비기 시작할 시간대다.

에미리와 둘이서 쇼핑하고 돌아가는 길에 에미리가 다니던 학교의 교복을 입은 학생과 에스컬레이터에서 마주쳤다. 에미리는 아무렇지 않은 얼굴을 가장했지만, 그래도 고개를 숙이고 그 아이들 쪽을 보지 않으려 애쓰는 기색이 그대로 전해졌다.

나는 오지랖이라고 생각하면서도 좋은 엄마인 척한다고 욕먹을 각오하고 에미리의 손을 꼭 잡았다. 에미리는 화들짝 놀란 기색 없이 내 손을 뿌리치지 않았다.

고등학교를 자퇴한 뒤 "마리안 여고로 전학 갈래?" 하고 반쯤 진심으로 반쯤 농담으로 건넨 내 말을 에미리도 남편도 다나카 선생님도 두 손 두 발 다 들었다는 듯 바라보았다. 황당하다는 표정을 한 에미리가 "우리 엄마, 여전하네" 하고 미간을 찌푸리며 나를 보았다.

"그 학교가 성에 차지 않겠지만, 그래도 양갓집 규수들이 다니는 학교라 배가 남산만 하게 부른 학생을 받아 줄지도 모르잖아."

에미리는 대입 검정고시를 치르고(세상에 대학 입학자격을 얻기 위한 시험이 있다는 사실도 나는 그때야 처음 알았다), 아이를 키우며 대학에 다니겠다고 한다. 부담은 되겠지만, "엄마가 도와줄 수 있어?" 하고 머뭇머뭇 묻는 목소리에, 나는 "그러지 뭐"라고 쿨하게 대답했다.

에미리의 공부는 더는 교사가 아닌 다나카 선생님이 봐 주고 있다. 어쩔 수 없다면 어쩔 수 없지만 다나카 선생님은 그 고등학교를 내쫓기는 형태로 자진퇴직하고 지금은 작은 학원에서 강사로 일한다. 에미리가 어느 대학에 진학하는지에 따라 다시 그곳에서 교직을 찾을 생각이라고 했다.

솔직히 세상 물정 모르는 계획이라고 생각했다. 이 사람들, 나보다 훨씬 공부를 잘하면서 사실은 아직 애들이다. 대학에 다니며 제일 손이 많이 가는 유아기의 육아를 낯선 고장에서 할 수 있으리라 생각하다니.

하지만 실은 예정된 고생이 내 은밀한 즐거움이기도 하다. 도와달라는 부탁을 받고, 손주를 키우는 데 힘을 보탤 수 있다면 그 자체만으로도 얼마나 흐뭇할까. 아무리 멀리 떨어진 곳이라도 나는 저 아이들을 위해서라면 기쁘게 오갈 수 있다. 에미리를 키운 경험과 실적은 내 인생의 자랑거리다.

에미리의 배는 육 개월에 접어들며 조금씩 불러 왔지만, 아직 말하지 않으면 알아차리지 못할 수준이다.

쇼핑하다 들른 지하 찻집에서 나는 커피를, 에미리는 자몽주스를 주문했다. "빨리 아기 보고 싶다"라고 주책을 부리는 내게 에미리가 빨대를 잘근잘근 씹으며 "응" 하고 대꾸했다.

가게를 나와 주차장까지 걸어가려던 차에 "잠깐 실례하겠습니다" 하고 뒤에서 말을 거는 사람이 있었다. 무심코 뒤를 돌아보았다. 순간, 나는 크게 숨을 들이마시고, 그대로 호흡을 멈췄다. 우리한테 말을 건 젊은 여성은 《디아만테》 최신호를 들고 있었다. 그녀의 뒤로 커다란 카메라를 걸머진 남성과 촬영용 조명을 반사하는 큼직한 판을 든, 그보다 젊은 청년이 있었다. 그들의 팔에 《디아만테》라고 적힌 초록색 완장이 채워져 있었다.

"저희는 나고야를 중심으로 발간 중인《디아만테》라는 정보지를 편집하는 스태프들입니다. 지금 거리 스냅이라는 코너용으로 길을 가다 발견한 세련된 가족사진을 찍고 있는데요. 실례지만, 어머니와 따님 맞으시죠?"

"네…… 그런데요?"

알아, 안다고, 라고 속으로 몇 번이나 외쳤다. 안다니까, 안다고. 매달 보고 있어. 얼굴에 불이 붙은 듯 화끈거려 상대방의 목소리가 반밖에 들리지 않았다. 설명이 이어졌다.

"두 분이 맞춰 입은 원피스가 워낙 멋져서요!"

그 말을 듣고서야 가슴을 쓸어내렸다.

의식하지 못했지만, 오늘 에미리는 예전에 내가 아끼던 작은 꽃무늬 원피스를 입고 있었다. 배가 불러와 옥죄이지 않는 편안한 옷을 입고 싶다는 말에 내가 물려주는 형태로 양도했다.

나도 오늘은 비슷하게 자잘한 꽃무늬가 들어간 원피스를 입고 있었다. 엄밀하게 말하면 커플룩은 아니지만, 둘 다 내 취향대로 고른 옷이라 비슷해 보인다.

"사진을 찍어도 괜찮을까요?"

부탁을 받고 나는 에미리의 얼굴을 살폈다. 이 아이는 그런 부탁이라면 질색할 게 빤하다. 모처럼 좋은 기회를 주셨는데, 라고 대답하려던 내 옆에서 에미리가 뜻밖에도 훌쩍

한 걸음 앞으로 나섰다.

"그렇게 하세요."

나를 바라보며 "찍자, 엄마" 하고 채근한다. 원체 속이 깊지만 겉으로는 티를 내지 않는 착한 아이다. 그래도 괜찮을까.《디아만테》는 에미리가 다니던 고등학교 친구들도 볼 텐데. 품이 넉넉한 원피스는 한눈에도 임부복 분위기다.

아주 짧은 순간, 우리는 시선을 마주했다. 이윽고 모든 것을 받아들이듯 부드럽게 고개를 내저은 에미리가 내게 "찍자" 하고 말을 건넸다.

목구멍 안에서 뜨거운 덩어리가 치밀어 올라 가슴이 뻐근했다. 지금까지 한 번도 하지 않았던 동작, 에미리가 내 팔에 제 팔을 끼웠다.

"자, 웃으세요."

《디아만테》의 카메라맨의 신호에 맞추어 렌즈를 응시했다.

어쩌면 내일이면 이 손은 다시 에미리의 변덕으로 간단히 내쳐질 수도 있겠지. 그렇지만 지금 찍는 우리 사진에는 뭐라고 제목을 붙일까. 생각만 해도 가슴이 설렌다.

친구 같은 모녀가 아니라도 상관없다. 무엇이 됐든 우리한테 딱 맞는 제목을 붙여 주기 바란다.

"《디아만테》라는 잡지 이름, 스페인어인가?"

편집 스태프와 헤어지고 갈 길을 재촉하던 에미리가 내게 물었다. 나는 "어?"라고 대답하며 에미리의 얼굴을 마주 보았다.

"《디아만테》라는 게 스페인어였어? 엄마는 당연히 영어라고 생각했지."

"스페인어에도 있고 이탈리아어에도 있어. 혹시 엄마, 뜻도 모르는 거 아니야?"

"응."

수긍하듯 고개를 끄덕이자, 에미리가 "맙소사, 진짜 못 말린다니까" 하며 한숨을 내쉬었다. "매달 정신없이 읽어 놓고도?" 하고 기가 찬다는 듯 종알거렸다.

"생각해 본 적 없거든. 너는 알지? 무슨 뜻인지 가르쳐 줘."

"다이아몬드라는 뜻이야."

"정말?"

다이아몬드. 그런 뜻이 있었구나!

나를 두고 한 걸음 앞서 가던 에미리가 "꾸물거리지 말고, 빨리 좀 와" 하고 재촉하는 목소리를 들으며 문득 생각했다. 아무리 똑똑한 에미리라고 해도 스페인어나 이탈리아어까지 속속들이 알 리가 없다. 관심 없다는 듯 무심하게 행동했지만 어쩌면 내가 매달 챙겨 읽는 잡지라는 이유로《디아만테》의 의미를 찾아보지 않았을까. 그랬느냐고 물으면 또 화를 내겠지? 입 꼭 다물고 아무 말도 하지 말아야지.

생각만 해도 뿌듯하다. 눈물이 나올 것만 같아 허둥지둥 딸아이 옆으로 가 걷는다. 나란히 옆에 서니 에미리의 긴 머리에서 샴푸 냄새가 은은하게 풍겨 온다.

타임캡슐에 담긴 팔 년

）

"다녀오겠습니다."

아들 유키오미의 목소리가 들려 현관 쪽을 보았다. 신발장에서 제 구두를 찾는 유키오미가 머리부터 발끝까지 감색으로 뒤덮여 있다. '뭐지?' 하고 의아한 생각이 들어 고개를 갸웃거리다가 '그렇지!' 하고 깨달았다. 양복 차림이다.

"잘 다녀오렴."

건너편 주방에 있던 아내가 아들을 배웅하기 위해 밖으로 나갔다. 나도 읽던 신문을 접고 어기적어기적 몸을 일으켜 복도로 나갔다. 허리를 굽힌 채 구두를 신는 아들에게 아내가 구둣주걱을 내밀고 있다.

"없어도 괜찮아요."

허리를 잔뜩 숙인 아들 녀석이 살짝 고개를 들고 제 엄마에게 대꾸한다. 정말로 필요 없어서가 아니라 구둣주걱을 사용하는 법을 몰라서일 게다. 몸을 일으켰을 때도 아직 뒤꿈치가 딱 맞게 들어가지 않아 톡톡 소리 내며 바닥에 구두코를 여러 번 찍는다.

대체 무슨 일일까. 취직에 필요한 시험이나 면접 따위는 진작 끝냈다고 했으면서.

"다른 선생님들께 인사 잘하고……."

아내가 신신당부하며 사와타리야의 과자 상자를 건넸다.

"젊은 여선생님이 있으면 살짝 건네줘. 그러면 알아서 다른 선생님들한테 나눠 주겠지."

지나친 노파심 아닌가. 저렇게까지 제 어미 신경 쓰게 만드는 아들 녀석은 또 뭔가. 그야말로 마마보이 아닌가. 요즘 세상이 어떤 세상인데. 직장 여직원들에게 차 심부름시키면 대놓고 눈에 쌍심지를 켜고 쩨려보는 시절인데……. 세상 물정 모르는 저 녀석이 제 엄마가 하라는 대로 여선생에게 그런 부탁을 해도 괜찮을까(우리 대학 연구실만 해도 조수가 아닌 여자 대학원생한테는 복사 심부름 하나 가볍게 부탁할 수 있는 분위기가 아니다). 농담 삼아 귀띔해 줄까 망설이다가 잠자코 있기로 했다. 녀석이 순순히 "네" 하고 고개를 끄덕이는 걸 보고, 어설프게 아는 체하느니 죽이 되든 밥이 되든 내버려두는 게 낫겠다 싶어서였다.

과자 상자를 받아든 아들이 제 어미를 향해 돌아서다 나랑 눈이 딱 마주쳤다. 녀석은 잠시 어쩔 줄 몰라 하다가 순식간에 시선을 피했다. 그러고는 다시 허둥지둥 눈을 마주치더니 인사한다.

"아, 다녀오겠습니다."

긴장으로 뺨이 평소보다 굳어 있는 기색이 역력했다.

"그래, 다녀오너라."

대꾸는 하면서도, 속으로 생각했다. '아'는 대체 뭐란 말인가. 그 사이에 아들은 그대로 나가 버렸다.

"조심해서 다녀오렴."

집 밖까지 배웅 나간 아내를 따라갈 타이밍을 놓쳤다. 그대로 멍하니 아들 녀석이 운전하는 차 엔진 소리를 들었다. 취직 기념으로 반값에 사들인 중고차였다. 잠시 후 아내가 돌아왔다.

"저 녀석, 오늘이 첫 출근이던가?"

"당신도 참, 여전하시네요."

아내는 기가 막힌다는 표정으로 얼굴을 찌푸리더니, 길게 한숨을 내쉬었다.

"오늘이 벌써 사월이랍니다."

"초등학교는 봄방학이 있잖아. 십 일까지는 한가하지 않나?"

"학생들이 등교하지 않아도 선생님들은 매일 처리해야 할 업무가 있어서 바쁘답니다."

"아!"

"참, 당신도 오늘 나간다고 하시지 않았어요? 얼른 준비하고 아침 드셔야죠."

"저녁이나 돼야 나갈 텐데."

"그래요? 뭐, 그거야 당신이 알아서 하실 문제고. 어쨌든 밥이나 빨리 드슈."

고시랑고시랑 새어 나오는 잔소리를 들으며 식당으로 향했다. 식탁에 내 몫의 아침밥만 덩그러니 남아 있다. 예전에는 아침을 들며 책을 읽거나 조간신문을 훑어보곤 했다. 그러다가 두 번 다시 식당에 책이나 신문을 가져가지 않겠다고 결심한 계기가 있었다. 아들 녀석이 초등학교 다닐 때였으니 꽤 오래전 일이다. 언젠가 그 아이가 테이블에 부딪히며 넘어지는 바람에 제법 거금을 들여 산 책에 된장국이 엎질러져 엉망이 된 것이었다.

"아, 맞다! 유키오미네 학교에 히루마 선생님이 계신데요. 특별히 그 학교로 발령받고 싶다고 한 적도 없는데, 우연히 그렇게 된 모양입디다. 이것도 인연이라면 인연이죠?"

"아!"

무심코 목소리가 터져 나왔다. 건성으로 대답한 게 들통 났는지, 된장국을 담던 아내가 설명을 보탰다.

"히루마 선생님, 기억 안 나요? 육 학년 때 애 담임선생님이셨던 분요."

"기억 안 나요? 그 선생님을 본받아 교사가 되겠다고 했잖아요. 설마 맨 처음 부임하는 학교에서 만날 줄이야. 그 선생님하고는 특별한 인연이 있는 모양이에요."

"아!"

받아든 국그릇에서 피어오르는 김에 안경 렌즈가 부옇게 흐려졌다.

히루마 선생님이라. 아들 녀석 담임을 맡았을 무렵에 삼십 대 중반쯤이었을 게다.

"지금은 교감쯤 됐대?"

하고 묻는 나한테 아내가 대답한다.

"학생주임이라던데요. 교감은 아직 못 됐다나 봐요."

그렇다면 승진시험에 떨어진 게 아닐까, 라고 생각하는 내 마음속을 들여다본 듯 아내가 또 잔소리를 늘어놓는다.

"쯧쯧, 또 남의 출세 걱정이시구려."

대답 없이 묵묵히 식사를 계속한다. 문득 고개를 드니, 주방 창 너머로 보이는 벚나무가 눈에 들어왔다. 건너편 공원에 심어진, 몇십 년 된 고목이다.

그러고 보니, 아들 녀석이 초등학교를 졸업할 때 저 나무와 닮은 교정의 벚나무 둥치에 타임캡슐을 묻었더랬다.

"스물세 살이 된 나는 과연 선생님이 되어 있을까요?"

성인식에서 돌아온 날 오후, 외출복에서 편안한 평상복으로 갈아입고, 다시 모여 팔 년 전 같은 반이었던 친구들과 함께 파낸 타임캡슐. 열두 살의 자신이 적은 글을 보고 유키오미는 "선생님은 무슨. 아직 선생님이 못 됐잖아" 하며 쓴웃음을 지었다.

"그 무렵에는 스무 살이면 벌써 어른이라고 생각했지. 실제로는 한창 대학에 다니는 중인데 말이야. 그때는 정말 아무것도 몰랐구나."

편지는 아이들끼리만 파냈다고 했다. 보호자도 담임이었던 히루마 선생님도 그곳에 없었다. 히루마 선생님께 전화했지만 피치 못할 사정이 있어 갈 수 없다며 거절했다고 한다.

아직 아무것도 모른다. 어린 시절에 적은 편지를 읽어 봤자 그 날 아들과 친구들의 마음에 남은 게 있을지 의심스럽다. 애초에 타임캡슐이라는 이벤트 자체에 무슨 의미가 있을까. 그런 편지가 없어도 유키오미는 오늘과 마찬가지로 학교에 처음 출근하는 날을 맞이했을 것이다.

"잘 먹었어."

식사를 마치고 식당을 나섰다. 약속한 술자리는 동네 상가 술집에서 여섯 시부터다. 그때까지 책이나 읽자. 친척이 경영하는 사립대학의 부교수 나부랭이는 특별한 출세를 바라지 않는다면 정년까지 평온한 인생을 보장받는다. 학생들이 등교하지 않아도 바쁘다는 초등학교와는 다르다. 학장이나 상사, 동료와 학생과의 인간관계 따위 문제로 골머리를 앓기보다는 좋아하는 책과 연구에 몰두하는 편이 적성에 맞는다. 그런 터라, 취직하고 얼마 지나지 않아 화려한 커리어는 단념했다.

접대나 술자리 따위와 오랫동안 인연이 없었던 나. 그런 나에게 오늘의 저녁 약속은 거의 유일한 사교 모임이라 할 수 있다. 왜 참가하게 되었을까 귀찮은 생각이 들 때도 있다. 오늘만 해도 그렇다. 아직 강의를 시작하지 않아 모처럼의 봄방학을 집에서 유유자적 보낼 수도 있건만. 그러나 이미 엎질러진 물, 어쩔 수 없는 노릇이다.

한숨을 내쉬고 다시 바깥을 내다보니 벚나무 둥치에 참새가 두 마리 깡충깡충 스텝을 밟듯 노닐고 있다.

2

'아버지 모임'이라는 말을 듣자, 절로 비명이 새어 나왔다.
"귀찮아."

투덜투덜 볼멘소리를 늘어놓자, 아내는 또다시 핀잔을 늘어놓는다. "굳이 싫다는 말을 입 밖에 낼 필요는 없잖아요"라고.

유키오미가 육 학년이 되던 해였다.

"올해 졸업하니까 사은회도 해야 하고, 다른 어머니 아버지들과 뭔가 연결고리를 만들어 둬야 하니까 아버지 모임을 만드는 거래요. 학교 행사와는 별도로 핼러윈에 동네 번화가에서 가장행렬도 할 거라네요. 가을에는 공원에서 모닥불을 피우고, 군고구마를 구워 먹는 행사도 있다더라고요. 올해 육 학년은 한 반밖에 없으니 결속력을 다지자는 의미겠죠."

"그런 건 당신이 어울려 주면 그만이잖아."

"처음에는 엄마들이 중심이 돼서 모임을 이끌어 갔지만, 요 몇 년은 아버지들끼리 뭉쳐서 매년 아버지 모임을 따로 하기로 했답디다. 아버지가 없는 가정은 어쩔 수 없지만, 우리 집은 멀쩡히 당신이 살아 있으니 귀찮아도 갔다 오시구려."

"학교 행사가 아니면 억지로 참가할 필요는 없잖아."

"혼자만 쏙 빠질 수는 없잖아요."

말도 안 된다는 어조로 아내가 고개를 절레절레 내저었다.

"부모들끼리 서로 친하게 지내야 애들 사이에 문제가 생겼을 때 얼굴 붉힐 일이 줄어드는 법이에요. 우리 반에서 당신만 빠진다면 유키오미 녀석이 얼마가 기가 죽겠어요. 얼마나 별난 부모라고 손가락질할지."

한참을 숨도 쉬지 않고 잔소리를 퍼부은 뒤 씁쓸한 표정으로 다시 나를 흘겨본다.

"하긴, 당신이 워낙 별나긴 하지만."

좀 별나면 어때서, 라는 말이 목구멍까지 치밀어 올라왔지만 애써 삼키고, 마지못해 고개를 끄덕였다.

"그런가?"

아내의 말을 인정했다기보다 더 입씨름해 봤자 시간 낭비라고 판단했기 때문이다.

아내가 말하는 '별나다'라는 말의 의미는 어렴풋이나마 깨닫고 있다. 학자라는 직업이 아무래도 그렇게 보이게 하는 경향이 있는 것 같다. 결혼하고, 아이가 생기고 나서부터 한층 다양한 상황에서 그걸 느끼게 되었다. 그때까지는 학창 시절부터 주위에 죄다 연구직 계열 사람뿐이라 피부로 느끼지 못했다.

결혼 전, 아내의 부모님께 인사드리러 갔을 때의 일이다. 곧 장인어른이 될 양반은 딸이 데리고 온 사윗감을 보고 눈이 휘둥그레졌다. 그 당시에도 장인은 이미 쇠락할 대로 쇠락한 도요마치 긴자 상점가 귀퉁이에서 담뱃가게를 하고 있었다.

"이름이 다카오미라고 했나? 자네가 그 어렵다는 학위를 딴 박사님인가. 게다가 교수라지?"

"아, 국어학 박사학위는 가지고 있지만. 아직 교수는 아닙니다.”

대학에 근무한다는 사실만으로 ‘교수’가 되어 버리는 넘겨짚기에 놀라 허둥지둥 고쳐 대답했다. 그러나 장인어른은 끝까지 대답을 듣지도 않고 장모님을 향해 “놀랄 노자로구면. 우리 딸이 박사를 다 데려오고”라고 너스레를 떤다. 감탄하는 듯 들렸지만, 내심 저쪽에서도 당황한 모양이다.

나 같은 일본어학 학자에게 취직의 길은 험난하다. 기업에 연구직으로 취직하는 길이 열려 있는 이과와는 상황이 다르다. 박사과정을 마쳐 봤자 터무니없이 학력만 높아진 나 같은 놈은 차고 넘쳐난다. 대학 강사 자리를 따내는 것조차 녹록지 않은 것이 냉혹한 현실이다. 그나마 상근강사 자리라도 따내면 다행일 정도다. 나는 고향도 대학도 홋카이도였지만, 결원 모집이 있다고 들으면 연고도 없는 규슈 지방의 대학에까지 지원했다. 지금 직장인 시즈오카는 그나마 고향과 가장 가까운 축에 든다.

아내는 내가 일하던 대학의 정보센터에서 직원으로 일했다. 장사하는 집의 딸이지만, 장인어른은 “내 대에서 시작한 가게니까”라며 처음부터 강하게 가게를 물려 줄 의사를 밝히지도 않았다고 한다. 그렇다고는 해도 “물려받을 생각이 있다고 저쪽에서 나오면 그럴까 싶었는데, 이건 뭐, 박사님이라니”라고 중얼거리는 모습에서 말과는 정반대로 살짝 섭섭한 기운이 감돌았다.

"교수가 될지 못될지는 아직 모르지만, 저희 대학은 국내 사립대 중에서는 강사 월급이 그나마 나은 편에 속합니다. 이대로 계속 다니면 먹고 사는 데 지장 없이 안정적으로 살 수 있고, 저 역시 앞으로 대학을 옮길 생각은 없습니다."

약혼 상대의 부모님을 안심시키려고 한 말에 아내가 옆에서 "뭘 그렇게 있는 말 없는 말 다 까발려요" 하며 쓴웃음을 지었다.

직장이 대학이라는 사실이 남들 눈에는 기이하게 비치는 모양이다. 아들이 태어나고, 그에 따라 학교나 다른 부모와의 접점이 늘어나며 나를 바라보는 기이한 시선은 좀 더 노골적인 것으로 변해 갔다.

원래 나와 유키오미는 사이좋은 부자지간은 아니었다. 아내 말에 따르면, 나는 아버지로서 한참 '모자란' 사람이다. 아내의 말인즉, 생일이나 어린이날 같은 기념일을 제대로 챙기지 않는다. 운동회나 참관수업 같은 행사도 걸핏하면 잊어버리기 일쑤다. 자기중심적. 휴일을 가족을 위해 써야 한다는 의식도 없다. 아버지 실격.

나를 제외한 세상의 다른 아버지들은 그렇게나 자식과 가정을 위해 살아간단 말인가. 진지하게 고민했다. 일테면, 이런 식이다. 아직 잠에 빠진 일요일 아침. 거실과 주방이 평소보다 소란스럽다. 무슨 일인가 싶어 졸린 눈을 비비며 일어나 나가 본다. 체육복 차림의 아들과 찬합에 주먹밥이다 닭튀김이다 녀석이 좋아하는 음식을 살뜰하게 챙겨 담는 아내와 맞닥트린다. 아내가 채근하듯 말한다.

"당신, 아직 옷도 안 입고 뭐 해요?"

영문을 몰라 묻는다.

"무슨 일인데?"

아내가 믿을 수 없다는 표정으로 눈을 부라린다.

"오늘 당신 아들 운동회잖아요. 친정 부모님도 곧 오실 거예요."

하필 그 순간, 현관 벨이 '딩동' 울리며 챙이 달린 모자를 쓴 장인어른과 장모님이 들어오셨다. 그야말로 엎친 데 덮친 격이다.

"이보게, 자네는 아직 옷도 안 입었나?"

인사를 건네며, 사위의 잠옷 바람에 화들짝 놀라신다.

"아니, 하하하! 지금 막 준비하려던 참입니다."

허둥지둥 둘러대는 내 옆에서 아내가 눈도 마주치지 않고 쌩하니 찬바람을 일으키며 나가 버렸다.

"운동회에 아버지도 가는 거였나?"

"당연하죠!"

소박한 질문을 입에 담았다가 아내한테 혼쭐이 났다. 크리스마스도 마찬가지였다. 유키오미가 초등학교 일 학년 때였다. 십이월이십사 일 밤, 백화점 지하에서 사 왔다는 매콤달콤 양념치킨(손으로 잡는 부분에 은박지가 감겨 있다)과 산타클로스가 장식된 케이크 한 판을 해치웠다. 그런 뒤 아이가 생기면 평범하게 크리스마스라는 걸 축하하게 되는가 보다, 라고 잠시 감상에 젖었다. 아들이 잠자리에 들고 나자, 아내가 "여보, 슬슬" 하고 말을 걸었다.

"왜?"

오래간만에 부부끼리 근사한 시간을 보내자는 줄 알고 가슴 설레며 아내의 얼굴을 마주 보았다. 그러자 싸늘한 눈을 한 아내가 "선물!" 하며 빚쟁이 같은 말투로 닦달했다.

"지난번에 부탁했잖아요."

"아!"

아들아이가 좋아하는 변신 장난감을 사다 달라고 아내가 신신당부한 부탁받은 일이 그제야 생각났다. 장난감가게 체인점의 전단과 함께였다. 가방 안주머니에 무심히 넣어 둔 채 까맣게 잊고 있던 거였다.

"설마 잊어버렸어요?"

한 톤 높아진 목소리로 아내가 물었다. 자는 아이를 깨우지 않을까 걱정스러울 정도로 큰 소리로.

"기가 막혀! 내가 못 살아요. 그렇게 잊어버리지 말라고 신신당부했는데. 애들한테 인기 있는 장난감이라 크리스마스 무렵에는 구하기 힘들 것 같아 미리 사 둘까 싶었더니. 게다가 내가 그저께 확인까지 했잖아요. 사 왔냐고."

"아, 그랬었나?"

확실히 들은 기억이 났다. 그때도 책을 읽느라 나중에 사야지, 하고 건성으로 대답했던 것 같다. 어쩌지, 어쩌면 좋아, 하고 발을 동동 구르며 나를 탓하는 아내의 목소리가 다급해졌다.

"어쩌죠? 백화점이든 어디든 문을 연 데가 있을까. 이 시간이면 죄다 닫았을 텐데."

"유키오미 녀석은 그게 아니면 안 된대?"

"올해 산타 할아버지한테 뭘 받고 싶으냐고 눈치채지 못하게 묻느라 얼마나 고생했다고요. 사와타리 씨네 사모님이랑 애들 입에서 대답을 끌어내려고 말도 못하게 고생했는데."

고생, 고생, 같은 말을 되풀이한다.

"그 집 아들인 고랑 젠타이거를 받고 싶다고 둘이 서로 이야기했나 보더라고요. 고는 받고 우리 유키오미는 못 받으면 얼마나 속상해하겠어요."

"그 '젠타이폰'이라는 게 장난감 이름인가?"

"사 오라고 부탁할 때 가르쳐 줬잖아요! 전단에도 적혀 있고."

"인터넷으로 주문하면 안 될까?"

"어느 천 년에 와요. 산타 할아버지는 오늘 오신다고요!"

"재고가 있으면 내일은 올 텐데."

"오늘 밤이 아니면 소용없다니까 그러네요."

"그건 그렇고, 도대체 우리 집에서 언제부터 산타 이야기를 믿었다고 그래. 산타클로스니 뭐니, 전부 꾸며 낸 이야기 잖아. 애한테 거짓말을 가르치는 건 난 반대야."

내가 아이였을 무렵부터 괴상한 풍습이라고 생각했다. 우리 부모님도 잠든 내 머리맡에 책이다 비디오게임이다 지구본이다 하는 선물을 놓아두곤 하셨다. 내가 언제까지 믿었는지, 언제 선물이 사라졌는지는 기억하고 있지 않지만, 굳이 수고스럽게 선물을 챙길 필요는 없었는데.

아내가 나와는 한마디 상의도 없이 혼자서 뚝딱 실행에 옮겨 버렸다. 우리 집에서 산타를 어떻게 할지에 대해 이렇다 할 의견도 내 보지 못한 채 결정나고 만 셈이었다. 나는 나대로 조금 억울한 생각이 들어 대꾸했다.

"올해부터 사실대로 말해 주면 그만이잖아."

말이 끝나기가 무섭게 아내가 무시무시한 눈으로 노려본다.

"친구들은 다 산타할아버지를 믿잖아요. 우리 유키오미만 산타할아버지가 '없다'고 말했다가 애들 사이에서 따돌림당하면 어쩌려고 그래요. 안 돼요!"

"당신 말은 우리 집 나름대로 교육방침이 있어도 주위에 무조건 맞춰야 한단 말이야?"

"그럼요!"

아내가 질세라 한껏 목소리를 높였다.

"여태껏 아무 말도 없다가 인제 와서 교육방침이 어쩌고. 뭐가 어째요? 듣자 듣자 하니까, 기도 안 차서."

십이월 한파 속에 내쫓기듯 집을 나왔다. 벌써 셔터가 내려진 상가와 장난감 가게와 불빛이 꺼진 백화점 앞을 종종거리며 오간 끝에 편의점에서 선물용 샤프펜슬과 공책을 사 들고 돌아왔다.

"그나마 캐릭터가 들어간 초콜릿이나 과자를 살 생각도 못 했어요?"

고생 끝에 선물을 사 들고 온 내게 아내는 요란하게 한숨을 내쉬고 나서 또다시 잔소리를 늘어놓았다. 그러고는 포장할 생각도 못 하고, 어딘가에서 받은 보자기로 샤프펜슬과 공책을 싸서 보퉁이 위를 나비 모양 매듭으로 묶었다.

다음 날 아침, 걱정했던 대로 난리가 났다.

"센타이폰이 아니잖아!"

잠에서 깨어난 유키오미가 울며불며 거실로 뛰쳐나와 악

을 썼다.

"산타 할아버지가 착각하셨나 봐."

아내가 얼버무리고 다독인 보람도 없이 탈수 상태에 빠지는 게 아닐까 걱정될 정도로 유키오미는 울고 또 울었다. 나는 테이블 위에 동그마니 놓인 채 표지가 눈물로 젖은 공책과 흐트러진 보자기를 한참 동안 바라보았다. 그러게 산타 따위는 없다고 했으면 좋았으련만.

유키오미가 겨우 마음을 추스르고 친구와 밖으로 놀러나가는 걸 배웅하고 나서 "아이고" 하며 안도의 한숨을 내쉬었다.

"이게 다 누구 탓이겠어요."

마뜩잖아 하는 아내의 잔소리를 다시 들어야 했다.

"연말 연휴에는 유키오미를 데리고 놀이공원에라도 갑시다."

긴 한숨 끝에 나온 아내의 말에 무심코 대답했다.

"연말에는 바글바글하잖아."

이 말이 또다시 아내의 잔소리 융단폭격을 불렀다.

"고는 산타 할아버지한테 센타이폰을 받았던데……."

집에 돌아온 유키오미가 말하는 걸 듣고, '아, 역시 마음에 담아 두고 있었구나' 하며 그 순간에는 잠시 반성했다. 그러나 황금 같은 연말 연휴를 콩나물시루처럼 북적이는 놀이

공원에서 보낼 수 있을지, 이 둘은 별개의 문제다. 놀이공원에 간다고 해도 도착할 때까지와 집으로 돌아올 때까지의 여정이 놀이공원에서 보내는 시간에 포함되어 있다. 길이 엄청 막힐 수도 있고, 시간이 무한정 걸릴 수도 있다.

대학이 겨울방학에 들어가 강의도 없는 이 중요한 시기를 하루도 그냥 흘려보낼 수 없다. 뜨뜻한 서재에서 창밖의 겨울 풍경을 이따금 내다보며 질리도록 책을 읽는 즐거움을 빼앗긴다고 생각하니 참을 수 없었다. 놀이공원에 가는 걸 피하는 길은 지금이라도 센타이폰을 구하는 길밖에 없다. 애타게 센타이폰을 찾아 헤맸지만, 대부분 가게에서 "죄송합니다! 품절입니다"라는 말을 들어야 했다. 인터넷도 사정은 마찬가지였다. 물건이 동난 후 재입고 예정이 없다는 것이었다. 결국, 아내와 함께 아들 녀석을 놀이공원에 데리고 가는 수밖에 없었다.

한 시간 반 가까이 롤러코스터 앞에 줄을 서서 기뻐 날뛰는 아들을 바라보았다.

"다 한때예요. 조금만 더 크면 부모가 제발 같이 나가 주십사 애걸해도 들은 척도 안 할걸요."

아내가 위로하듯 말했다. 그 말을 듣고, 하루빨리 유키오미가 친구들과 어울리는 즐거움을 아는 나이가 되었으면 좋겠다고 기대했다.

부모가 된다는 건 이렇게나 주위에 맞춰 살며 자신의 시간을 할애해야 한다는 의미일까. 무슨 일을 하건 자식이 최우선. 아버지에게 자유시간은 없다. 부모도 인간인데 그런 불합리함을 받아들여야 한다니. 신세 한탄이 절로 나온다.

유키오미는 새해가 되어서도 미련을 버리지 못한 듯 한동안 센타이폰 노래를 불렀다. 그러더니 두 달도 지나지 않아 어택 프레스라는 이름의 다른 장난감을 사 달라고 조르기 시작했다. 듣자 하니, 일월 말에 센타이저가 끝나고 새로 시작한 프로그램이라고 한다.

"사 줬어도 금방 질렸을걸. 안 사 주길 잘했어."

내 딴에는 위로랍시고 건넨 말을 아내는 깔끔하게 무시하고 대꾸조차 하지 않았다.

3

오월 황금연휴가 시작될 무렵, 첫 '아버지 모임'이 열렸다.

"내일이에요. 잊지 마세요."

아내는 떨떠름해 하는 나에게 전날부터 날짜를 확인하며 신신당부한다. 땡땡이치고 서점에서라도 시간을 보낼까, 하는 불순한 생각을 했다. 아내한테는 못할 짓이 되겠지만. 결국, 일종의 의무를 다하듯 일단 초등학교 교문 앞까지 갔다.

햇빛을 하얗게 반사하는 교정. 그 너머에 우뚝 선 학교 건물이 한참 멀게 느껴졌다. 아버지들이 참가하는 모임이라 휴일인 토요일 오전을 택했을 것이다. 개최 장소로 학교 회의실을 빌렸다고 하니 공적 모임의 분위기가 물씬 풍겼다. 그런 터라 다른 아버지들 역시 싫어도 참가하지 않을 수 없었을 거라는 생각이 들었다. 학교 측에서도 나처럼 몸을 사리는 아버지들의 마음을 좀 더 배려해 주면 어떨까.

유키오미네 학교는 올해 개축 공사를 한다고 교정 일부와 교사 동쪽에 공사용 하얀 비닐 시트를 둘러놓았다. 앞으로 나아가지도, 그대로 집으로 돌아가지도 못하고 우물쭈물 그 모습을 바라보고 있었다. 그때였다.

"저기……."

등 뒤에서 나를 부르는 사람이 있다. 뒤를 돌아보니, 빳빳하게 풀 먹인 셔츠에 몸에 꼭 맞는 재킷을 걸친 남자가 서 있었다. 드문드문 섞인 흰머리에 입 주위의 희미한 주름으로 미루어 나보다 연배가 다소 위인 것 같았다.

"육 학년 아버지 모임에 오신 분이죠? 저도 오늘이 처음이라. 잘 부탁합니다."

"아, 저야말로 잘 부탁합니다."

동료인 모양이다. '아버지 모임'이라는 단어에 거부감이 있어 아버지 모임, 하고 약간 주저하며 말하는 모습에 호감을 느꼈다. 한결 편안한 기분으로 말을 건넸다.

"다들 오늘이 처음이죠. 첫 모임이니까요."

"아, 그렇겠네요. 처음 뵙겠습니다. 저는 고마쓰 유카리의 아비 되는 사람입니다."

"아, 처음 뵙겠습니다. 저는 미즈유치 유키오미의 아버집니다."

"아, 유키오미요."

고마쓰 씨가 안심한 듯 뺨이 한결 부드러워졌다. 공교롭게도, 그 집 아이 이름을 들은 기억이 없었다. 애매하게 "잘부탁합니다" 하고 말하며, 이제 빼도 박도 못하게 되었다고 체념했다. 그래도 길동무가 생겼다는 생각에 조금은 마음이 든든해져 함께 학교 건물 쪽으로 걸었다.

참관수업도 교사 면담도 모두 아내에게 맡긴 터라 이렇게 학교에 오는 건 작년 운동회 이후 처음이었다. 그때도 학교 건물 안으로는 들어가지 않았다. 아이들 글씨로 적은 신발장 이름과 주위에 붙은 학교 표어와 포스터에 눈길을 주며 슬리퍼로 갈아 신었다. 공교롭게도, 그때 학교 건물은 개축 공사 중이었다. 그 바람에 한참을 헤맸다. 안으로 들어가도 외벽과 같은 색의 비닐로 여기저기를 덮어 놓아 어디가 어디인지 분간이 가지 않았다.

이리저리 헤매다니다 보니, 복도 안쪽에서 누군가의 목소리가 들려 왔다.

"어이, 오랜만이네."

"잘 지냈어?"

"저번에 한잔 했을 때……."

웃음소리가 섞인 친근하면서도 기세등등한 목소리가 들려왔다.

"저쪽인가 봅니다."

고마쓰 씨와 서로 얼굴을 마주 보며 그쪽으로 걸어갔다. 안으로 들어서자, 열 명 남짓한 아버지들이 디귿 모양으로 붙여 놓은 회의실 책상 위에 뭔가를 늘어놓고 작업에 열중해 있었다. 이미 프린트해 놓은 자료를 한 장씩 철하는 작업이었다. 질겁했다. 첫 모임에 왜 벌써 자료씩이나 준비하고 난리들이야.

"어?"

그 순간, 앞자리에서 칠판을 등지고 앉아 있던 아버지 중 한 사람이 고개를 들고 막 들어온 우리를 놀란 표정으로 쳐다보았다. 그 순간, 나도 '어라?' 하고 생각했다.

"담뱃가게 댁 사위님이잖아."

"사와타리 씨……."

그 소리에 나는 기가 죽어 머뭇머뭇 응수했다.

사와타리는 아내의 친정이 있는 도요마치 긴자 상점가에서 오랫동안 장사를 한 양과자점, 사와타리야의 주인이다. 돌아가며 맡은 상가 번영회장(상점가에 회장 직함이 붙는 일이 있다는 사실 자체를 나는 아내와 결혼하기 전까지 알지 못했다)을 몇 차례나 맡은 집안이다. 손님의 발길이 뜸해진 상점가에 있었지만, 그 일대에서는 거의 유일하게 손님으로 항상 북적이는 가게다. 인기 상품 마들렌이 잡지에 소개되고, 도쿄 정보 프로그램에서 대대적으로 보도한 적이 있기 때문이다. 제과 장인이라는 단어가 풍기는 섬세한 이미지와 달리 떡 벌어진 어깨와 거무스름하게 탄 얼굴은 공사장에서 일하는 막일꾼의 풍모다. 검게 그은 피부는 골프 따위로 태운 게 아니라 가게 일과는 별개로 보유한 밭에서 주말에 농사일에 매달린 탓이다.

가게를 물려받지 않는다고 해서 동네 인사를 거를 수는 없다고 장인어른은 말했다. 그 바람에 나는 아내와 결혼할 때 장인어른과 함께 상점가 사람들을 한 집 한 집 찾아다니며 인사해야 했다. 앞으로 직접 얽힐 일이 없으니 이렇게까지 할 필요는 없지 않겠느냐고 말했다. 그러나 아내는 내 말에 전혀 아랑곳없이 조촐하게 열고 싶었던 피로연에까지 상점가 사람들을 초대했다. 그때 건배사를 한 사람도 사와타리 씨였다.

"지금 신랑인 다카오미 씨는 가게를 물려받을 생각이 없다고 합니다. 하지만 부디 하루빨리 대학에 사표를 내고 담뱃가게의 든든한 후계자가 되어 우리 도요마치 긴자 상점가의 일원이 되기를 기대합니다."

농담으로 듣기에도 껄끄러운 인사에 내 부모님도 동료들도 눈이 휘둥그레졌다.

이후 그들은 나를 '담뱃가게'라고 불렀다. "담뱃가게는 가방끈이 길어서 좋겠수다"라고 딱히 듣고 싶지도 않은 학벌 이야기를 들먹이기도 했다. 그때마다 '담뱃가게'라는 말에 압박감과 함께 비난으로도 들을 수 있는 묵직한 부담감을 느꼈다.

아, 그러고 보니 저 집 아들과 우리 유키오미가 같은 반이다. 까마득히 잊고 있었다.

"안녕하세요."

"왔어? 잘 부탁해. 자료 받았으면 편하게 앉지."

아버지 모임의 단단한 결속력, 첫 모임인데 자료까지 준비한 민첩함과 치밀함. 싱긋 웃는 그 얼굴에 수수께끼가 한꺼번에 풀리는 듯한 느낌이었다. 사와타리 씨가 손을 대고 있으니 당연한 일이다. 권하는 대로 고마쓰 씨와 같이 자료를 받아들고 구석 자리에 앉았다. 꿰다 놓은 보릿자루처럼 불편한 기색이 역력한 우리 같은 아버지도 많았다. 반면, 사와타리 씨를 중심으로 이미 서로 안면이 있는지 친근하게 대화를 주고받는 아버지도 적지 않다.

"아는 분인가요?"

고마쓰 씨가 사와타리 씨 쪽을 바라보며 소곤거리는 목소리로 물었다.

"아, 네. 아내 친정이 근처라."

"다들 편한 사이처럼 보이네요. 저는 지금까지 딸애 학교 모임에 얼굴을 비춘 적이 없어서. 민망하네요."

"저도 피차일반입니다."

나도 저 사람들과는 잘 모르는 사입니다, 라고 목소리 높여 호소해 본다. 같은 보릿자루 신세끼리 잘해 보자는 의미로.

"와하하!"

사와타리 씨를 중심으로 모인 아버지들이 한바탕 호탕하게 웃어 젖혔다. 구석에 앉은 아버지들이 몸을 움츠리며 황급히 도망치듯 손에 든 자료로 시선을 내리까는 기척이 확연히 느껴졌다.

안 그래도 우울한 아버지 모임이 한층 더 우울해졌다. 사와타리 씨네 집에는 옛날부터 친분이 있는 데다 같은 학년인 아들이 있어서 아내가 친정 나들이할 때마다 유키오미를 데리고 들락거렸다.

상가 단체여행이나 친목회에도 초대받아 나도 억지로

몇몇 모임에 어울려야 했다. 캠프와 바비큐, 피크닉, 발야구……. 아는 사람한테 표를 받았다며 유키오미는 프로야구 경기에도 몇 번이나 따라가서 구경했다.

사와타리 씨는 어디 가도 중심인물이다. 행사 참석률이 낮고, 캠프든 바비큐든 제대로 준비도 하지 않고, 다른 사람이 구체적으로 지시해야 겨우 움직이는 척이라도 하는 나와는 정반대다. 아이들한테도 인기다.

실제로 여행이나 이벤트에 상가 주민이 아닌데도 끼워 주는 건 내 손으로 숙소를 예약하거나 자동차를 운전하는 수고를 들일 필요가 없는 만큼 감사하게 생각한다. 그래도 부담스러운 것은 어쩔 수 없다.

가족 동반 캠프 갔을 때 일이다.

"연구동 여벌 열쇠를 둔 곳을 모르겠어요."

요전 캠프 때 한 학생한테서 휴대전화로 다급히 열쇠 찾는 전화가 걸려 왔다. 옳거니, 기회다 싶었다. 주섬주섬 짐을 챙겨 일어나는 내게 사와타리 씨가 무슨 일이냐고 물었다.

"학교에 급한 용무가 생겨서……."

내 속을 빤히 아는 아내는 못마땅한 표정이었다. 또 이렇게 둘러댔다.

"내가 아니면 아는 사람이 없대."

뒷일을 사와타리 씨한테 맡기고 일어섰다. 아들 녀석도

특별히 서운한 기색을 내비치지 않았다. 손님을 상대하며 갈고닦은 사교성을 한껏 발휘하며 스스럼없이 어울리는 다른 어른들 사이에서 겉도는 존재가 된 아버지한테 볼일 따위는 없어 보였다.

아버지 모임에서는 여러 가지 사항이 일사불란하게 결정되었다. 사와타리 씨의 탁월한 리더십 덕분이었다. 삼월 졸업식 사은회 때는 선생님들께 어떤 선물을 드릴 지에까지 이야기가 흘러가는 걸 듣고 속으로 혀를 찼다. '아직 내년 이야기잖아.'

가까스로 회의가 끝날 무렵, 누군가 문 두드리는 소리가 들렸다.

"여러분, 수고가 많으십니다!"

화사한 색깔의 셔츠에 명품 로고가 들어간 바지를 입은 말쑥한 차림새의 청년이 들어왔다. 우리 학교 대학원생이라고 해도 이상하지 않을 정도다. 청년은 학생들이나 신는 선명한 형광색이 들어간 파란색 운동화에, 손에는 마트 봉지를 들고 있었다.

"히루마 선생님!"

사와타리 씨가 반가워하며 인사를 건넸다. 이름을 들어본 기억이 있다. 유키오미의 올해 담임이다. 학교에서 제일 인기 있는 젊은 남자 선생님이라고 아내가 말해 준 적이 있다.

"간식거리를 가져왔습니다. 괜찮으시다면, 드시면서 하시죠."

히루마 선생님이 들고 온 봉지에서 팩에 든 주스를 꺼내 한 명씩 골고루 나눠 준다. 사와타리 씨가 민망해하며 고개를 숙였다.

"죄송합니다! 저희가 뭐라도 준비했어야 하는 건데."

"오늘은 감사히 받겠습니다. 다음번에는 굳이 챙기실 필요 없습니다. 선생님은 오늘 원래 쉬시는 날이죠?"

"아닙니다. 할 일이 남아서요. 아버님들의 이벤트에 거는 기대가 큽니다. 회비를 내면 교사도 참가할 수 있는지요?"

"선생님만 좋으시다면, 저희야 감사하죠."

사와타리 씨가 대답했다.

"선생님께 어떻게 회비를 받습니까. 쩨쩨하게스리."

다른 아버지가 너털웃음을 터트리며 말했다. 그 목소리를 들으며 나는 옆에서 넘겨 준 주스를 받아들었다. 속으로 '주스는 필요 없으니 빨리 집에나 보내 달라'고 간절히 기도하면서. 손목시계를 살펴보니 시작한 지 얼추 한 시간 반이 지나고 있었다.

이런 일에 한 시간 반이나 쓰다니. 어깨를 으쓱하고, 크게 심호흡한다.

"어이, 담뱃가게. 자네가 회계야."

이야기를 마치고 조금은 홀가분해진 마음으로 책상 정리하고 있는데, 사와타리 씨가 기습공격을 해 왔다.

"네?"

화들짝 놀라서 얼른 돌아보았다. 사와타리 씨는 거절을 용납하지 않겠다는 단호한 표정으로 짧게 반복했다.

"회계."

"이 많은 사람이 매번 모이기는 힘드니까. 다음에는 임원만 모이기로 했거든. 어쨌든 자네가 회계니까, 잘 부탁한다고."

"잠시만. 아닌 밤중에 홍두깨도 유분수지. 당사자와 상의도 없이 회계라뇨."

조금 전, 인사를 겸해 했던 말은 뭐지? 아버지 모임은 어디까지나 자발적인 조직이라 다들 본업과 가정을 최우선으로 한다며. 게다가 한 시간 반씩이나 회의했으면서 일언반구도 없다가 갑자기 회계를 맡으라니. 세상에 이런 법이 어디 있나. 공정한 절차를 거쳐 임원을 정해야지. 그러고 보니, 사와타리 씨가 회장직을 맡게 된 경위도 그렇다. 회의에서 정식 절차를 밟아 결정한 게 아니다.

"뭘 걱정이야. 숫자에 빠삭하잖아."

사돈 남 말 하네. 너야말로 장사하는 사람이니 누구보다

숫자에 훤하잖아. 하지만 다른 아버지들이 둘러싸고 바라보는 통에 꽁무니를 뺄 재간이 없었다.

"아무리 그래도, 이건 좀……."

나는 그물에 걸린 물고기처럼 발버둥치고 있었다.

"자, 그럼 회계를 맡은 거로 하고. 다음 임원회의 일정은 다시 연락함세."

사와타리 씨는 일방적으로 폐회를 선언하고 돌아섰다.

"난감하시겠어요."

얼이 빠져 그 자리에 멍하니 서 있는 나를 고마쓰 씨가 동정하듯 위로해 주었다. 말만 하지 말고 바꿔 달라고. 울음이 터질 것 같은 심정으로 그를 보았다.

"그럼, 다음에 또."

그러나 웬걸. 고마쓰 씨는 짧게 인사하고는 뒤도 돌아보지 않고 회의실을 나가 버렸다. 마치 좀 더 있다가는 회계 자리라는 재앙의 여파가 자기한테 몰아닥치기라도 할 것처럼.

앞날이 캄캄하다. 골치가 지끈거린다. 자생적 모임. 어디까지나 일과 가정이 우선……. 귓가에 뱅뱅 맴도는 말을 여러 번 곱씹어 본다. 주먹을 불끈 쥐고 이건 일이 아니라고 항변한다. 차라리 정상 업무라면 마음이라도 편하겠다고 원망한다. 업무라면 확실하게 임무를 맡으면 되고, 이런 식의 불합리한 처사를 억지로 견딜 필요도 없을 텐데.

4

유키오미는 교사가 되고 싶어 했다. 아들의 장래희망을 알게 된 것은 그해 칠석에 조릿대에 매다는 소원을 적은 나무 팻말을 보고 나서다. 학년별로 준비한다는 팻말이 거실 책상 위에 보란 듯이 놓여 있었다.

"앞으로 초등학교 교사가 되고 싶습니다. 미즈우치 유키오미."

"어이, 유키오미가 교사가 되고 싶다는데?"

유키오미가 목욕탕에 들어갔다.

"그렇대요."

적어 놓은 소원을 보고 물으니, 아내가 두말없이 고개를 끄덕였다. 어느새 바뀌었던 말인가. 소년 야구단에 들어간 탓인지 작년까지는 프로야구 선수가 되고 싶다고 하더니.

"그 녀석도 참. 이제 제법 현실적인 소리를 하네그려. 공무원이면 안정적인 데다 초봉도 나쁘지 않으니 반대할 이유가 없지."

"유키오미가 히루마 선생님처럼 교사가 되고 싶대요."

그 말을 듣고서야 아버지 모임에서 딱 한 번 본 훈훈한 청년의 얼굴을 떠올렸다.

"그 선생님, 평판이 좋더라고요."

아내가 말을 이었다.

"오월 수학여행 건만 해도 그래요. 사월이 되자마자 몇 번씩 학급모임이다 뭐다 해서 세밀히 챙기고 준비해 주신 덕분에 예전 육 학년들보다 한결 진행이 원활했나 보더라고요. 게다가 선생님이 좋아하는 책을 소개하고 다 같이 읽는 시간도 있고, 뉴스나 시사 문제에 대해 함께 토론하는 수업도 있는 모양이더라고요. 스스로 생각하는 힘을 키워 준 덕분인지 올해 육 학년 아이들이 똘똘하다고 다른 선생님들도 입을 모아 칭찬해 주시고, 유키오미도 학교 다니는 데 한결 재미를 붙였어요."

"그래? 근데, 그러면 수업은 언제 한대? 정작 수업은 대충하는 거 아니야?"

"당신도 참, 흠 잡을 걸 잡으시구려. 수업하고 나서 남는 시간에 하는 거죠."

아내의 눈꼬리가 올라갔다.

"수업 방식이 독창적이라서 마음에 든다니까요. 얼마 전에도 환경문제를 생각하는 수업에서 스튜디오 지브리의 애니메이션을 다 같이 보고 그걸 주제로 수업을 했답디다."

"애니메이션? 학교는 공부하러 가는 곳인데, 만화나 보고 노닥거려서야 쓰겠어?"

"그러니까 평소에 아무 생각 없이 보는 애니메이션을 통해 아이들한테 깨달음을 준다는 게 대단하다고요! 어쩜 이 양반은 답답한 소리만 골라서 할까."

수학여행 결단식에서 출발식, 이동과 종료식까지의 전체적인 진행을 히루마 선생님은 아이들을 데리고 차분하게 예행연습했다고 한다. 그러고는 여행을 마치고 돌아오는 버스 안에서 "여러분과 만나서 행복했습니다. 우리 반 친구들의 졸업을 진심으로 축하합니다!"라고 눈물을 글썽거리며 이야기했단다. 선생님을 따라 훌쩍훌쩍 우는 여학생도 많았다는 이야기를 듣고, 또다시 "그래?"하며 맞장구치는 수밖에 없었다. 여기서 "수학여행은 오월인데, 사월부터 담임을 맡았으니 고작 한 달 남짓 같이 시간을 보낸 게 다잖아"라는 말을 입에 담아서는 안 된다는 정도는 어지간히 눈치 없는 나도 알고 있다.

"선생님 덕분에 올해 육 학년들이 협동이 잘 된대요. 다들 사이도 좋고 착한 애들이라."

"유키오미는 그래서 초등학교 교사가 되겠다는 건가. 그 녀석도 참 단순하네. 앞으로 중학교랑 고등학교가 남았는데, 고작 초등학교로 만족할 셈인가."

"대학교수가 되는 길이 있다고 말하고 싶어서 입이 근질거리죠?"

"설마. 대학은 수준이 달라."

아들에게 자신과 같은 길을 걷게 하겠다는 마음 따위는 없다.

"어쨌든 교사 정도로는 우리 노후를 믿고 맡길 수 없겠는 걸."

별 뜻 없이 그렇게 말한 순간, 문득 인기척을 느끼고 고개를 드니 막 욕실에서 나온 유키오미가 목욕 수건을 머리에 걸치고 몸에서 김을 내뿜으며 알몸으로 서 있었다. 아들의 눈이 내가 손에 든 소원을 적은 팻말을 보고 있다.

그 눈이 충격을 받아 부리부리하게 커지더니 입을 한일자로 굳게 다무는 모습을 보고 아차 싶었다.

"춥겠다! 어서 옷 입어야지."

누워 있던 아내가 화제를 돌리려는 듯 부랴부랴 자리에서 일어나며 말했다.

유키오미는 대답하지 않았다. 입을 다문 채 수건으로 한 번 머리카락을 탈탈 털더니 그대로 나한테 다가와 소원을 적은 팻말을 채 가듯 움켜쥔다.

"유키오미!"

아내가 외쳤지만, 아들 녀석은 대꾸도 하지 않고 이 층 자기 방으로 올라가 버렸다.

"유키오미!"

다시 한 번 외치며 이 층으로 뛰어올라간 아내가 잠시 후 내려와 나를 싸늘한 눈으로 바라보며 말했다.

"사과하세요! 당신이 찬물 끼얹는 말만 했잖아요."

그러나 나는 아내에게 대답하지 않았다. 고집을 부리는 게 아니라 어떻게 반응해야 좋을지 몰라서였다.

유키오미는 순한 아이다. 초등학생답게 천진하고, 친척 아이나 상가 번영회 여행에서 만나는 다른 아이들과 비교해 봐도 확실히 얌전하다. 지금은 고분고분하지만, 중학교에 들어가면 나이에 걸맞게 건방진 말대답을 하겠지. 중학생 그대로 어른이 되어 버린 우리 학교 학생들을 보고 생각하기도 한다. 미래에 대한 꿈 따위 없이, 꿈은커녕 취직할 수 있을지 없을지조차 알 수 없건만, 그 상황을 아는지 모르는지 그저 실실 웃기만 하는 학생들. 대학생을 지도하며 이 녀석들이 언제까지 부모 등골을 빼먹을지 남의 일이건만 진지하게 걱정할 때도 있다.

그에 비하면 초등학교 교사라니, 정말로 현실적인 꿈이다. 내 말 한마디로 유키오미가 꿈을 포기하지 않으면 좋으련만. 비뚤어져서 부모 등골을 빼먹는 자식이 되지 않으면 좋으련만. 이 집 대출금도 남아 있고, 대출금을 다 갚고 나면 수중에 남는 노후 자금이 얼마나 될는지. 대단한 사람이 못 되어도 좋으니, 부디 제 밥벌이를 할 정도는 버는 어른이 되어 달라고 기도했다.

사와타리야의 아들, 고의 장래희망은 '사와타리야를 물려받는 것'이라고 했다. 그해 가을에 있었던 아버지 모임에서 들은 얘기다.

회비 납부 현황은 지지부진했다. 게다가 여름방학 기간에 열린 캠프 비용을 대신 치른 영수증이나 청구서를 제출하지 않은 사람도 많았다. 제발 제출해 달라고 입이 아프도록 일러두기는 했다. 그러나 태연하게 잊어버리는 아버지들에 대한 스트레스로 속을 끓일 때가 많았다. 장부를 기재하고 있자니, "담뱃가게가 성실한 건 알아줘야 한다니까"라고 사와타리 씨가 말을 걸어온다.

"역시 내가 사람 보는 눈 하나는 정확하다니까. 회계를 맡기길 잘했어!"

득의양양하게 동료에게 말하는 모습을 보고 아, 어쩌다 내가 이런 꼴이 되었나 싶어 울화가 치밀었다. 일 년만 두 눈 질끈 감고 버티면 그만이고, 평지풍파를 일으키면 나만 손해다 싶어 "네"라고 체념해 버린 자신한테 신물이 났다.

담임인 히루마 선생님 덕분에 올해 육 학년들이 서로 사이가 좋다는 건 사실인 듯했다. 원래 한 학급뿐인 데다 인원이 적어 아버지 모임이 이벤트를 주최하고, 히루마 선생님이 협조적이라 올가을에 반 아이들은 물론이고 부모들 전원의 이름과 얼굴까지 익힐 수 있었다.

첫 아버지 모임에서 안면을 튼 인연으로 고마스 씨가 회계 일을 돕게 되었다. 알고 보니, 고마쓰 씨는 스루가 신탁은행에 근무한다고 했다. 그렇다면 회계 일에 안성맞춤이련만, 나는 어쩌다 현역 은행원을 상대로 팔자에도 없는 회계 업무를 하고 있단 말인가. 불합리하다는 생각이 수시로 고개를 들었지만, 모임에 참가하는 발걸음이 한결 가벼워졌다. 고마쓰 씨를 비롯해 회계 일을 통해 얼굴을 익힌 아버지 모임 사람들과 '안녕하십니까'라고 인사를 나누게 되면서부터였다.

　　유키오미가 "저번에 캠프에서 유카리 아버지랑 이야기하는 걸 봤는데. 두 분, 친하세요?"라고 불쑥 물은 적도 있다. 아무래도 고마쓰 씨 딸에 관심이 있어서 물었다는 생각이 든다. 나중에 보니, 고마쓰 유카리는 제 아버지를 닮아 시원스러운 눈매를 한 예쁘장한 여학생이었다.

　　칠석 소원 팻말 사건 이후, 나는 유키오미와 장래희망에 대해 이야기 나눌 기회가 없었다. 하지만 사와타리 씨네 아들에게는 여전히 유키오미는 커서 교사가 되고 싶다고 말한다고 들었다.

　　"역시 그 아버지에 그 아들이라고 했더니 유키오미 녀석이 '아저씨, 대학교수랑 초등학교 선생님은 완전히 다른 일이에요' 하며 정색하고 화를 내더라고. 고 녀석, 맹랑하기도 하지."

"그랬군요."

천연덕스러운 말투에 이렇게 대답하는 수밖에 없었다. 예전에 나도 아내에게 같은 소리를 한 기억이 있다. 그러나 정작 유키오미한테서 같은 말을 들으니, 이유를 설명할 수는 없어도 왠지 복잡한 기분이 들었다.

"우리 고는 가게를 물려받는다네. 나는 뭐든 좋아하는 일을 해도 상관없다고 했어. 아무튼, 그 녀석이 우리 상가를 다시 일으켜 세울 거라나 뭐라나 큰소리를 뺑뺑 치더라고."

지나가는 투로 말했지만, 사와타리 씨가 아들의 말에 기뻐하는 티가 역력히 드러났다. 참 장하네요, 라고 말하려다 될 대로 되라는 식으로 "좋으시겠어요"라고 맞받아쳤다. 사와타리 씨는 태평하게 "그런가?"라고 대꾸할 뿐이었다.

핼러윈이 지나고, 군고구마 파티를 치르고, 해가 바뀌었다. 육 학년 졸업이 코앞으로 다가왔다. 그때까지 입시를 준비한다는 티를 내지 않고 신나게 놀기만 하던 아이 중에 사립이나 국립 중학교 입시를 준비하는 아이들이 나타나기 시작했다. 그러더니, 어느 날 급기야 고마쓰 씨네 댁에서 어느 날 인사하러 와서 깜짝 놀랐다.

"잘 부탁합니다! 봄부터 미즈우치 씨네 학교에서 뵙겠습니다."

그러고 보니, 우리 대학에 부속 여자중학교가 있다.

"축하합니다!"

중학교와 대학교 사이에 직접적인 접점은 거의 없지만, 고마쓰 씨네 가족의 기쁨을 헤아릴 수 있어 축하 인사를 건넸다.

"따님이 언제 입시준비까지 했답니까? 워낙 티를 안 내셔서 상상도 못 했습니다."

"집사람이 하도 난리를 쳐서. 학원이나 겨울방학 특강이다 해서 올해는 정신이 하나도 없었습니다."

유키오미도 학원에 다니긴 했다. 그러나 이 동네 사립 중학교는 죄다 여학교라 입시는 고등학교부터 준비해도 늦지 않다는 생각에 신경 쓰지 않았다. 학원도 고학년이 되어서 집 근처에 있으니 한번 보내 볼까 하는 심정으로 다니기 시작했을 따름이다. 같은 반에는 사와타리 씨를 비롯한 상가 애들을 중심으로 아이가 간절히 원하지 않는 한 학원에 보내지 않는다는 집안의 아이들이 태반이다.

행사다, 그에 따른 준비 뭐다 해서 열정적으로 매달린 일은 넘쳐났다. 유키오미와 친구들은 졸업 작품 제작이다 졸업식이다 사은회다 해서 매일 늦게까지 준비에 매달렸다. 학교에 기념될 만한 뭔가를 남기자는 뜻에서 현관 앞에 판화를 제작해 세웠다. 자신을 위한 기념품으로, 잔뜩 공을 들인 보석함을 각자 하나씩 만들기도 했다. 제작이 늦어지는 친구가 있으면 같은 조 친구가 남아서 도와준다는 말을 들었다. 남의 일로 남아야 하는 애들도 고생이라는 생각이 들었다. 정작 아이들은 싫은 기색 하나 없이 늦게까지 즐겁게 학교에 남았다. 그런 탓에 학원을 쉬는 날도 있었다.

히루마 선생님이 가정통신문을 보냈다.

"학부모 여러분은 매일 늦게까지 남는 아이들 때문에 걱정이 이만저만 아니라는 이야기를 들었습니다. 하지만 걱정하시지 않아도 됩니다. 우리 모두 삼월에 있을 졸업식을 위해 마지막 힘을 모으고 있으니까요. 졸업이라는 소중한 해를 맞는 여러분의 담임을 맡게 되어 기쁘게 생각합니다."

'타임캡슐을 만들자'는 제목의 글도 같은 가정통신문에 실려 있었다.

"미래의 나에게 보내는 편지와 내가 아끼는 보물을 안에 넣어 교정에 묻자. 육 학년 일 반 친구들, 팔 년 후의 성인식과 사회 진출을 함께 축하하자. 타임캡슐을 파내는 날, 다들 어디서 무엇을 하고 있을지 선생님은 즐거운 마음으로 기대해 봅니다."

감탄했다. 타임캡슐은 드라마나 영화에서 빠지지 않고 등장하는 이벤트지만 나는 해 본 적이 없고, 주변에서도 해 봤다는 이야기를 들은 적도 없다. 그랬구나! 텔레비전이나 소설 속이 아니더라도 실제로 할 수 있는 이벤트였구나. 졸업

이벤트 하면 떠오르는 이벤트를 하나도 빠지지 않고 하겠다는 열의에 압도당한 느낌이었다.

한 사람이 넣을 수 있는 물건은 작은 상자 하나 정도 크기까지, 선생님이 특별히 준비해온 커다란 박스에 스무 살이 된 자신에게 보내는 편지를 넣는다. 유키오미는 좋아하는 만화책을 넣을지 말지 한참을 고민하다, 결국 팔 년이나 보지 못하면 참을 수 없을 거라며 포기했다. 대신, 자신이 좋아하는 텔레비전 애니메이션 카드를 몇 장 넣었다. 같은 반 아이들도 제가끔 자신이 아끼는 보물을 비장한 각오와 함께 상자 안에 넣어 보냈다. 몇 년 후 성인이 되었을 때 보고, 그때도 여전히 자신의 보물일지 어떨지는 생각도 하지 않고.

"뭐라고 썼니?"

내가 물었다.

"몰라요. 아빠랑은 상관없잖아요."

유키오미는 심드렁하게 대꾸했다. 좋아하는 여자애 이름이라도 썼나, 하고 잠시 생각했다. 그 당시에는 그다지 마음에 담아 두지 않았다. 교사가 되고 싶다는 꿈을 적었다는 건 나중에 알았다. 예전에 그 일로 나와 껄끄러워진 후 더는 말하지 않기로 마음먹었던 게지.

"히루마 선생님은 중학교 때 축구부였대요."

중학교에 가면 축구부에 들어가겠다는 유키오미는 졸업

을 목전에 두고 점점 더 히루마 선생님을 따랐다.

동경하는 대상도, 좋아하는 여학생도, 꿈도 모조리 서른 명 남짓한 작은 세계에서 결론을 내린 아들. 그런 녀석이 한편으로 사랑스럽기도 했고, 다른 한편으로는 답답하기도 했다. 따스하고 좁은 장소를 졸업하고, 중학교에서는 다른 학교에서 온 아이들을 포함해 단숨에 일곱 개로 반이 늘어난다.

"타임캡슐은 벌써 묻었어? 아니면, 졸업식에서 부모들이랑 같이 묻는대?"

혹시 아버지 모임에서 같이 묻자고 하면 골치가 아파지겠다고 생각하며 물었다.

"아직 안 묻었어요. 선생님이 묻으신다던데요."

유키오미가 대답했다.

"학교가 한창 공사 중이라 나무 아래에 묻으면 안 된대요. 수영장 옆은 공사를 안 하니까 그쪽에 묻으면 될 텐데, 교장·교감 선생님이 허락해 주지 않아서 곤란하다던데요."

마치 정치 세계에 대해 말하는 듯한 말투로 유키오미가 하는 말을 듣고 이건 뭐지, 하고 생각했다. 저 녀석 말투가 원래 저랬나.

"높은 분들이 반대해서 공사가 끝난 다음 히루마 선생님이 묻을 거래요. 여러분에게 힘이 되어 주지 못해 미안하다고, 우리 앞에서 선생님이 분한 말투로 사과하셨어요."

유키오미네 반은 조금이라도 따돌림당하거나 하는 일이 있으면 몇 시간이고 결론이 날 때까지 학급회의를 한다는 이야기를 들었다. 학급회의에서 '급식 양이 너무 적다'는 안건이 의제로 올라왔다는 말을 듣고 문득 떠오르는 이야기가 있었다.

배식 담당이 공평하게 나눠 줬는데, 급식이 모자라 다른 학년에 남는 급식을 얻으러 다녔다는 이야기를 며칠 연속으로 들었다. 한창 클 나이의 육 학년에 급식 양이 턱없이 모자란다며 다 같이 급식실과 교장실로 항의하러 갔다고 했다.

"선생님은 안 먹어도 괜찮아!"

그 문제로 식사를 거르는 히루마 선생님이 걱정된 아이들이 제 몫을 조금씩 거둬 가져다주었다.

"선생님은 선생님 몫이 없다는 사실을 기정사실로 만들려고 일부러 안 먹는 거니까 괜찮다."

선생님은 조용히 웃으며 끝내 고집스럽게 거절했다고 한다. 그 이야기를 듣고 체제와 싸우는 레지스탕스 같다고 생각했다.

어차피 초등학교, 게다가 졸업하는 해다. 터트릴 거라면 크게 터트리는 게 낫다는 생각에 잠자코 있었다. 쓸데없는 말을 했다가는 또 아내와 유키오미에게 당할 게 뻔하니 말이다.

당연한 이야기지만, 유키오미네 졸업식을 기점으로 아버지 모임도 해산했다. 귀찮은 일을 떠맡았다가 내려놓으니 어깨의 짐을 내려놓고 홀가분해진 느낌이었다. 한숨 돌리고 있자니 아내가 "유키오미가 우리 아빠는 아버지 모임에 거의 안 온다고 풀이 죽었습디다"라고 일러 주었다.

　"뭐야, 임원까지 맡았구먼."

　"당신도 참. 그런 말씀 애 앞에서는 하지 마시구려……. 제 딴에는 아빠가 돋보이길 원해서 그런 건데."

　사은회에서 기획한 아버지 모임의 이벤트는 아버지들이 옛날 교복을 입고 응원단장 역할을 맡아 구호를 외친다는 거였다.

　"담뱃가게도 해 보지그래."

　사와타리 씨가 내게 권유했다. 일 년 내내 귀찮은 회계 일을 맡았으니 이번에는 면제해 달라고 간곡히 요청했고, 받아들여졌다. 결국, 아니 계획대로 사와타리 씨를 중심으로 한 몇몇 아버지가 무대에 올라 분위기를 띄우는 모습을 의자에 앉아 뒤에서 관람했다.

　"아이들이 졸업해도 이 인연을 계속 이어 갑시다."

　사와타리 씨의 목소리에 모호하게 고개를 끄덕였다. 어쩌다 같은 반이 된 아이들 때문에 엮인 인연이라는 게 솔직한 심정이었다. 불러낸다고 해서 응해야 할 의무는 없으리라.

얼굴이 익고 인사를 나누게 된 고마쓰 씨와의 인연도 분명 여기까지다. 섭섭한 마음이 전혀 없는 건 아니다. 하지만 인연이라는 게 원래 이런 법이니 어쩔 수 없다.

묵은 인연과의 이별은 유키오미와 친구들에게도 찾아왔다.

"언제든 교무실로 찾아오렴."

남자답게 눈물을 참으며 아이들을 배웅한 히루마 선생님의 전근이 결정되었다. 선생님은 히루오미네 모교를 떠나게 되었다고 했다. 신문에 발표된 전근 소식을 아내의 입으로 듣던 유키오미는 "싫어"라고 짧막한 비명을 내지르더니 얼굴이 새빨개져 고개를 들지 못했다.

아이들이 자발적으로 연락을 주고받아 학교에 모여 만나러 가자 히루마 선생님은 "다음 학교는 여기랑 달리 크더라"라고 쓸쓸하다는 듯 미소 지었다고 한다. 여학생도 남학생도 졸업식에서 울지 않았던 아이들까지 눈물을 보이며 울음바다가 되었다고 한다.

"새로운 학교에서는 여러분 같은 인연을 만나지 못할 거야. 여러분과의 만남은 내 교사 인생에서 절대로 잊을 수 없는 특별한 인연으로 남을 거야 수많은 추억이 아로새겨진 이 학교를 떠나야 한다니, 선생님도 마음이 아프구나!"

나는 참석하지 않았지만, 아버지 모임과 몇몇 어머니가 개별적으로 학교와 히루마 선생님의 자택을 방문해 "그동안 감사했습니다!"라고 인사했다고 한다. "우리도 딸애 입시로 이것저것 신세를 졌다"며 과자를 들고 찾아갔다는 고마쓰 씨한테서 전해 들은 이야기다.

5

세월이 흘러 내가 다시 히루마라는 이름을 들은 것은 유키오미가 고등학교 삼 학년이 되던 해다. 유키오미는 현립 고등학교 진학반에 다니며 슬슬 본격적인 입시준비를 시작하려던 참이었다. 초등학교 교사가 되겠다는 꿈은 또렷하게 유키오미의 가슴속에 새겨져 있었다.

"여보, 유키오미한테 조금 이상한 이야기를 들었는데요……."

아내가 말끝을 얼버무리며 조심스럽게 이야기를 꺼냈다.

고등학생이 된 유키오미는 부모와 대화다운 대화를 거의 하지 않게 되었다. 본래 아비보다 어미한테 무엇이든 털어놓는 경향이 있는 아이였다. 그러나 그 즈음엔 제 어미한테조차 중학생 무렵부터 '잔소리 대마왕'이라며 제 나이다운 반항을 일삼게 되었다. 그 무렵보다는 약간 잦아들었지만, 지금도 이 층 자기 방에 틀어박혀 볼일이 없으면 우리가 있는 일 층에는 내려올 생각도 하지 않는다.

유키오미가 당신한테 이야기했어? 내일은 해가 서쪽에서 뜨겠다며 읽던 책에서 고개를 들었다.

"히루마 선생님이라고 기억나요? 유키오미가 육 학년 때 담임이었던 분."

"기억 나. 젊은 남자 선생님이잖아."

"맞아요. 유키오미네 반 친구들이랑 졸업할 때 타임캡슐을 만들었잖아요."

"아."

기억난다. 둘도 없는 보물을 팔 년이나 땅에 묻는다는 생각에 망설였다. 그 무렵은 아직 유키오미도 귀여운 구석이 있었다.

아내의 얼굴에 억지로 만들어 낸 미소가 떠올랐다.

"후배한테 타임캡슐을 못 묻었다는 이야기를 들었나 봐요."

어라? 라는 소리가 나오려던 찰나에 아내가 먼저 빠른 말투로 털어놓았다.

"올해 유키오미네 고등학교에 들어간 남학생이랑 오늘 같이 집에 오는 길에 들었다나 봐요. 선배네 학년이 졸업할 때 만든 타임캡슐이 그대로 창고에 있다고."

그 남학생은 유키오미가 다닌 초등학교 후배로 개축 공사가 끝난 후 있었던 전교 대청소 때 타임캡슐을 목격했다고 한다.

"뭔가 싶어서 안을 들여다봤더니, 유키오미네 학년 학생들 이름이 적힌 편지랑 스티커랑 만화책들이 한가득 들어 있더래요. 그래서 선배들 물건이라고 다 같이 구경했답디다."

읽던 책을 잡은 손에서 나도 모르게 스르르 힘이 풀렸다. 아내의 말을 듣던 중 이루 말할 수 없는 충격이 가슴을 누르기 시작했다. 입술과 눈이 바짝 말랐다. 눈을 깜빡거리는 것조차 잊어버렸다.

상상해 버렸다. 둘도 없이 소중한 누군가의 추억의 물건을 호기심에 악의 없이 타인이 열어젖히는 광경을. 팔 년 후, 어른이 된 자신들이 보아야 마땅한 비밀을 그보다 먼저 누군가가 읽어 버렸다는 민망함, 조금 더 심하게 말하자면 굴욕감.

실제로는 유키오미네 후배들은 그런 생각까지는 하지 않았는지도 모른다. 하지만 유키오미가 봤다고 생각하면 보지 않았어도 본 것이나 다름없다.

"후배들은 사정을 모르니까 그냥 그 시절 유행했던 스티커 따위를 보고 자기들끼리 향수에 젖었답디다. 웃는 애들도 있었다나 봐요……. 타임캡슐이 창고 안에서도 소각로에 보낼 쓰레기더미에 묻혀 있었대요."

무언가 착오가 있었겠죠, 라고 아내가 말했다.

"필시 뭔가 착오가 있었겠죠. 실수라고 생각해야죠. 나중에 묻으려고 챙겨 뒀다가 깜빡했을 수도 있고요. 아니면, 히루마 선생님이 나중에 묻었을 수도 있고."

"그래서, 유키오미는 뭐래?"

"그게 말이죠……. '그 선생님이라면 그러고도 남아'라나."

말문이 막혔다.

아내가 미간에 주름을 잡고 하던 말을 계속했다.

"나야 그 선생님이 그럴 리가 없다고 말은 했지만, 모르겠어요. 유키오미도 그 후로는 마음에 담아 두지 않는 것도 같고."

그럴 리 없다. 정말로 마음에 담아 두지 않았다면 굳이 아내에게 그 이야기를 꺼낼 이유가 없다.

히루마 선생님, 히루마 선생님, 그 선생의 이름을 자주 듣던 무렵의 일을 떠올렸다. 그 선생님처럼 되고 싶어서 교사가 되겠다고 말했던 유키오미. 중학교에 들어가서도 한동안 히루마 선생님이 지금의 내 모습을 보고 자랑스러워할 수 있도록 열심히 해야 한다며 시험이든 동아리 활동이든 매사에 열심히 노력했었다.

그러던 녀석이 어느새 그 선생님이라면 그러고도 남아,

언제 그렇게 삐딱한 말을 하게 되었을까.

"실은 말이죠. 전에도 상가 엄마들이 히루마 선생님에 대해 안 좋은 소리하는 걸 들은 적이 있거든요."

아내가 머뭇거리며 한층 목소리를 낮추었다.

"수학여행이나 졸업여행 준비에는 열을 올리면서 그만큼 수업에는 열의가 없다고. 우리 유키오미처럼 학원에 다녔던 애들은 별 문제가 없었지만, 몇몇 애들은 중학교에 들어가서 수업을 따라가지 못해서 과외를 받는다는 둥 어떤다는 둥 애를 먹었나 봐요."

뭐, 좋은 선생님이었겠지만 말이죠.

그 한마디를 붙이면 모든 일을 만회할 수 있다는 듯 아내는 마지막으로 덧붙였다.

그다음 주 수요일, 대학에서 강의가 없는 오후에 유키오미 네 모교를 찾았다.

도대체 무슨 생각으로 그런 일을 벌였는지 한마디로 설명하려고 해도 설명할 말이 떠오르지 않는다. 이런저런 요인이 조금씩 얽히고설켜 충동적으로 벌인 일이라고밖에 설명할 길이 없다. 아들을 위하는 마음이 있었는지 없었는지도 명확히 알 수 없다. 그런 거창한 취지가 아니라는 정도는 자신이 제일 잘 안다.

오 년 전의 졸업생 아버지라고 신원을 밝힌 나를 응대해 준 행정직 여성이 미심쩍은 눈초리로 바라보았다.

"하필 교장 선생님과 교감 선생님 모두 자리를 비우셔서⋯⋯."

그 여성의 입에서 나온 교장과 교감의 이름은 내 기억에 없다. 유키오미 때와는 달라졌다.

대신, 당시부터 학교에 있었다는 다른 교사를 수소문해 데려왔다. 그러나 유키오미네 학년과는 거의 접점이 없었다는 나와 동년배 여자 교무주임은 유키오미의 이름을 꺼내도 바로 떠오르지 않는 눈치였다. 사전에 전화도 하지 않은 깜짝 방문임에도 문전박대당하지 않았던 건 순전히 내가 내민 대학 이름이 들어간 명함 덕분이라고 생각했다.

타임캡슐에 얽힌 경위를 되도록 따지는 느낌이 들지 않도록 조리 있게 설명하고 "창고를 보여 주실 수 있을까요?"라고 청했다. 그러자 그 교사는 행정직원과 머리를 맞대고 의논했다.

"창고라고 하셔도⋯⋯. 체육창고인지 어딘지를 알아야 해서. 구체적으로 어디라고 하던가요?"

"저도 듣질 못해서, 창고라는 이름이 붙은 곳은 전부 보여 주실 수 없을까요. 염치없이 뻔뻔한 부탁인 줄은 알지만, 아무쪼록 부탁드리겠습니다."

"잘 알겠습니다만, 외부인에게 학교 안을 공개한다는 게 좀…….."

"아들아이 학년의 타임캡슐을 찾아서 교정에 묻기만 하면 그만입니다."

오 년이 지나 아들이 이 학교에 다니지 않는다는 이유만으로 학교라는 장소는 완고하게 우리를 거부하고 차갑게 멀어진단 말인가. 아버지 모임으로 뻔질나게 드나들던 이 장소가 낯선 공간으로 변모했다는 인상은 아무래도 개축 공사 탓으로만 돌릴 수는 없으리라. 가벼운 실망을 느끼며 한편으로는 세상 돌아가는 이치가 그런 법이라고 체념했다.

아내는 히루마 선생님이 돌아와 나중에 타임캡슐을 묻었을지 모른다고 얼버무리듯 말했지만, 그럴 리가 없다. 불완전하지만 '학교' 관계자이기에 나도 잘 안다. 한번 자기 것이 아니게 된 장소에 다시 돌아오는 일은 있을 수 없다.

"어찌 됐든 교장 선생님이 출장에서 돌아오면 다시 의논해 보겠습니다."

진상 고객 때문에 애를 먹는다는 듯한 말투라 욱 하고 치미는 분노에 "찾아보기만 한다니까요"라고 물고 늘어졌다. 그러나 확실한 결정권을 가진 관리자가 없는 상태에서 그날은 달리 손 쓸 여지가 없었다.

"다시 오겠습니다."

재방문을 통보하고 학교를 나섰다.

오 년 전, 처음으로 아버지 모임으로 학교를 찾았을 때보다 훨씬 마음이 무거웠다.

굳이 말하자면, 히루마 선생님 개인만이 아니라 학교 측에도 과실이 있다는 이야기는 틀린 말이 아니다. 왜 이쪽에서 이렇게 저자세로 나가야 하는지 탐탁지 않은 마음도 있다.

그 히루마 선생을 '그 선생님이라면……'이라고 잘라 말하는 지금의 유키오미의 내면에 우리가 염려하는 만큼 깊은 상처가 남아 있지 않을 수도 있다. 그렇지만 아직 어리고 감수성이 예민한 나이였던 유키오미는 무척이나 좋아하고 존경하던 히루마 선생에게 배신당했다는 사실을 알고 마치 세상에 종말이 찾아온 것처럼 상처받고 슬퍼했을 가능성이 크다. 어쩌면, 그 길로 당장 교사의 꿈을 접을 수도 있을 정도로.

6

그 후, 초등학교에서는 전혀 연락이 없었다.

자기들 손으로 창고를 뒤져 줄 수도 있다. 아니면, 유키오미의 후배가 발견했을 때 타임캡슐이 다른 잡동사니, 쓰레기와 같이 놓여 있었다고 하니 벌써 처리해 버렸는지도 알 수 없는 일이다.

유키오미네 육 학년은 졸업할 때까지 정말로 다양한 일을 경험했다. 행사 하나하나에 임하는 자세도 장난이 아니었다. 학교에 남긴 졸업 작품 제작도 기념품도 이벤트로서 할 수 있는 일에는 다 같이 최선을 다했다. 땅에 묻지 못한 타임캡슐의 추억 따위 그다지 소중한 추억이 아닐 수도 있다. 다른 기억에 뒤섞여 차츰 망각했을 수도 있고. 아니면, 지금까지 기억하는 아이가 거의 없을 수도 있다.

"다시 오겠습니다"라고 선언했지만, 다음에 학교를 방문할 때는 극성 학부모라는 딱지가 붙을 각오를 해야 하리라. 생각만 해도 기분이 울적해진다.

극성 학부모다. 진상이다. 말로 하기는 쉽지만, 세상에는 나처럼 무사 안일주의로 일관하려 안간힘을 쓰다가 어이없는 이유로 속절없이 총대를 메고 나서야 하는 사람도 있다. 상대에게 허물이 있어도 어떻게든 정중함과 평정심을 잃지 않고 일이 커지지 않도록 수습할 궁리만 하는, 제비에서 꽝을 뽑은 재수 없는 진상이.

그러니 슬슬 무거운 엉덩이를 들고 일어나야 한다. 여기서 유야무야 없던 일로 한다면 유키오미네 타임캡슐은 두 번 다시 찾을 수 없으리라. 잘 아는 사람이 없다고는 하지만, 아직 히루마 선생을 아는 교사들이 있는 지금 서둘러 움직이는 수밖에 없다.

휴, 하고 크게 한숨을 내쉬고 퇴근하는 길, 무심코 휴대전화기를 들여다보니 부재중 전화 메시지가 남아 있다. 내 휴대전화기에는 아내 아니면 직장 관계자들한테서만 전화가 걸려 온다. 깊이 생각하지 않고 최근 통화 목록을 열고 나서 어라, 하고 숨을 삼켰다. 순간, 착오라고 생각했다. '사와타리 씨'라고 표시되어 있다.

통화 버튼을 누를 마음이 선뜻 생기지 않았다. 멀거니 화면을 바라보고 있자니 갑자기 휴대전화기가 진동하기 시작했다. 이번에도 '사와타리 씨'라는 이름이 표시된다.

"여보세요."

"어이, 담뱃가게."

사와타리 씨네 집안과는 지금은 거의 왕래가 없다. 그 집 아들은 상업고등학교로 진학해 유키오미와는 학교가 달라졌다. 상가 여행이나 축제는 초등학생 위주고, 애들도 동아리 모임이다 학원이다 해서 각자의 생활을 우선하게 된다. 그러다 보니, 부모가 개입해 뭔가를 할 기회는 중학교에 들어가면서부터 뜸해졌다.

몇 년이라는 거리를 느낄 새도 없이, 넉살 좋게, 원래 친하다고도 할 수 없는 사람에게 뜬금없이 '담뱃가게'라는 말을 듣다니, 과연 사와타리 씨답다.

"네, 잘 지내셨어요?"

어정쩡하게 인사를 건네는 내게 "들었어"라고 그가 말했다.

"나가하마 선생님에게 타임캡슐 이야기를 들었어. 담뱃가게가 찾아달라고 혼자서 학교에 와서 머리를 조아리고 갔다며. 다시 봤어, 담뱃가게."

"네?"

꿀꺽, 숨을 삼킨다.

부탁하러 갔다는 사실은 빼도 박도 못할 사실이지만, 사와타리 씨가 말하니 어쩐지 일이 심상치 않게 커진 기분이다. "다시 봤어"라고 그가 다시 한 번 말한다.

"혼자서 애썼어. 근데, 왜 나랑 먼저 의논하지 않았어? 교장에게 따지러 갈 거라면 같이 가자고. 히루마 녀석한테 항의할 거라면 그 녀석을 학교까지 불러내든가 해야지. 불러서 안 오면 지금 있는 학교로 쳐들어가야지. 나가하마 선생님께 듣자니, 지금은 옆 동네 초등학교에 있다더라고. 사 학년 담임이라나."

"잠깐만요. 나가하마 선생님이라니요?"

"만나지 않았어? 우리 아들이 육 학년일 때 이 학년 담임이었던."

나를 응대해 주었던 그 여자 교사인 모양이다. 이름도 기억하지 못하다니, 나에겐 진상의 재능은 없다고 탄식했다.

"그 선생님이랑 어머니가 이 대체 우리 가게 단골이거든. 담뱃가게가 찾아왔을 때는 긴가민가했는데, 혹시 우리 아들이랑 같은 반이 아닌가, 하고 어제 우리 가게로 찾아와서 이야기를 꺼내더라고. 완전 어이가 없다니까. 히루마 선생이라는 그 작자, 영 몹쓸 녀석이야. 어떻게 할래? 일단, 그 녀석을 손보러 갈까?"

"잠깐만요, 잠깐만. 진정하세요. 부탁입니다. 제발 일을 크게 벌이지 말아 주세요!"

사와타리 씨의 기세에 눌리지 않도록 큰소리를 낸다.

'그럴 줄 알았다'라고 마음속으로 몰래 혀를 찬다. 사와타리 씨가 알게 되면 십중팔구 일이 커진다. 학교도 히루마 선생도, 거기다 아이들까지 말려들어 '사건'이나 '불상사'가 되어 결국 유키오미와 친구들에게까지 알려지게 될 것이다. 그런 상황만은 어떻게든 피하고 싶었다.

"타임캡슐을 찾아내서 교정에 묻기만 하면 그만입니다. 학교에 책임을 물을 이유도 없고, 히루마 선생에게 사죄 받을 생각도 없습니다."

"그거야 담뱃가게가 물러 터져서 그런 거고."

사와타리 씨의 목소리에서 맥이 빠진다.

"이건 담뱃가게 혼자 나선다고 해결될 문제가 아니야."

"혼자 나선 건…… 죄송합니다. 멋대로 나서서."

하지만 가능하다면 밖으로 새어나가기 전에 나 혼자서 어떻게든 해결하고 싶었다. 전화 너머의 사와타리 씨가 "그럼 됐고"라고 말한다.

"말썽을 일으키고 싶지 않은 마음은 잘 알아. 담뱃가게다운 행동이야. 그런데 말이야. 이 건에 관해서라면 히루마 선생이 우리 모두를 속인 거라고. 수업도 제대로 안 하고, 뺀지르르하게 그럴듯한 말만 늘어놓고 애들을 구워삶아서 사랑받는 선생님 놀이를 한 거잖아. 한 술 더 떠서 이번 타임캡슐 사건. 이 기회에 따끔하게 혼을 내는 게 그 녀석을 위한 길이기도 해."

"그럴 거라면 사와타리 씨가 굳이 바쁜 시간을 쪼개서 그런 돼먹지 못한 녀석에 본보기를 보이러 갈 필요는 없잖아요. 제 버릇 개 못 준다고 그런 사람은 평생 바뀌지 않는 법이라니까요."

강하게 나가자 사와타리 씨가 잠시나마 기세에 눌린 듯 입을 다물었다. 열혈 교사를 연기하다 뒷수습하지 못해 사달이 난 히루마 선생은 칭찬받아 마땅한 인물은 아니지만, 나는 이해할 수 있다. 충분히 이해한다.

교사도 어차피 인간이다. 아무리 자신을 존경하는 아이들을 상대로 교실 안에 왕국을 건설해도 밖으로 나가면 만만치 않은 어른들이 기다리고 있다. 수업을 제대로 하지 않았다는 히루마 선생의 소행이 어떤 형태로 어디까지 주위에 알려졌는지, 아니면 숨겨져 있었는지는 알 수 없다. 개축 공사 중이었다고는 하지만, 교장·교감을 비롯한 관리들에게 타임캡슐을 묻어도 좋다는 허가를 받지 못했다는 건 히루마 선생의 교무실에서의 평판과도 뭔가 관계가 있지 않을까.

졸업식이라는 이벤트의 열기에 들떠 여세를 몰아 아이들에게 모아들인 타임캡슐을 둘 곳을 찾지 못해 골치를 썩였을 것이다. 그러다가 어차피 애들이니 실제로 성인이 될 무렵에는 잊어버리겠지, 하며 대수롭지 않게 생각했을 수도 있다. 게다가 전근이라는 자기 발등에 떨어진 불까지 더해지면서 머릿속은 새로운 학교에 적응할 생각으로 가득 찼으리라. 그래도 타임캡슐을 자기 손으로 처분하지 않고 창고에 남겨두었다는 사실을 근거로, 설령 쓰레기와 같이 놓여 있었을지라도 일말의 양심으로 볼 여지가 있다고 생각했다.

히루마 선생의 일은 어찌 되어도 좋다. 사와타리 씨에게 말한 대로, 그런 녀석을 위해 소중한 시간을 할애할 생각은 없다. 문제는 유키오미다.

"우리 유키오미가 교사가 되고 싶답니다, 초등학교 교사요."

타임캡슐 안에 넣은 편지에도 아마 자신의 꿈을 적었을 터였다.

"히루마 선생님을 본받아서 초등학교 시절부터 줄곧 교사가 되겠다고 입버릇처럼 말하더니, 내년에는 모 대학 교육학부에 지원한답니다. 지금 히루마 선생에게 환멸을 느끼면 진로를 바꾸려고 할지도 몰라요. 게다가 타임캡슐을 파내기로 한 스무 살에는 순조롭게 합격하면 대학교 이 학년일 때죠. 취직을 고려해야 할 시기에 동요할 일은 안 만드는 게 낫죠."

빼먹을 등골도 없는 못난 부모인지라 제 밥벌이는 해 주기를 바랐다. 아무튼, 꿈이 있으니 그래도 기특한 일이라며 안심했다.

"그러니까, 될 수 있는 대로 일을 크게 벌이지 않았으면 하고요. 사과를 받을 필요도 없으니, 애들은 아무 일도 없었던 것처럼 스무 살에 타임캡슐을 파낼 수 있게 해 주고 싶습니다."

"히루마 녀석을 영웅으로 계속 두자는 말이야?"

사와타리 씨가 숨을 죽이고 말하는 목소리를 듣고, 아, 그렇구나, 하고 생각했다. 영웅. 현실에 존재하지 않는 영웅을 믿는 순진무구함은 당시의 유키오미에겐 없었는지도 모른다. 하지만.

"산타클로스 같은 것으로 생각하면 어떨까요? 실제로는 존재하지 않지만 일단 존재하는 걸로 해 두면요."

실제 크리스마스를 진심으로 축하하지 않았던 주제에 뻔

뻔하게 말은 잘한다고 생각하면서도 어쩔 수 없이 자신을 합리화했다. 현실에 존재하지 않는 영웅의 효력은 내버려두어도 언젠가 사라진다. 아이가 시나브로 산타의 부재를 알아차리듯. 한 해면 끝날 유행 타는 장난감을 가지고 싶다고 막무가내로 조르듯. 효력은 일시적이고, 신기루나 다름없다. 그러나 신기루로 끝내서는 안 될 때도 있다. 어른들이 만들어 낸 수많은 신기루를 보며 아이들은 시나브로 어른이 된다.

"사와타리 씨의 분한 마음은 저도 잘 압니다. 그래도 이번만은 물러서 주시지 않겠습니까? 타임캡슐은 제가 책임지고 찾아내서 잘 묻어 두겠습니다."

전화 저편이 잠잠해졌다. 이윽고 사와타리 씨가 대답했다.

"그럴 수 없어."

"……죄송합니다!"

"담뱃가게 혼자 찾게 둘 수는 없다고. 나도 같이 가. 학교 창고를 다 뒤져서라도 꼭 찾아서 교정에 묻어 주자고."

"네."

사와타리 씨가 말했다.

"담뱃가게 말대로 하지. 히루마 녀석이랑 학교에 따져 봤자 뭐가 남겠어. 우리 아들 녀석한테 말 안 하기를 잘했지."

"감사합니다! 큰 신세를 졌습니다."

전화 너머로 보이지도 않는데, 꾸벅꾸벅 고개를 숙였다.

"천만 다행입니다! 실은 혼자서 다시 학교에 가려고 하니 엄두가 나지 않던 참이라. 사와타리 씨가 같이 가 주신다고 하니 천군만마를 얻은 기분입니다."

나는 내 주변에서 사와타리 씨만큼 '진상'으로 적합한 사람을 알지 못한다. 일당백이다. "인사는 집어치워"라고 전화 너머가 보이지도 않는데, 내 인사를 간파한 듯 사와타리 씨가 말했다.

"가는 김에 다른 학부모들한테도 연락할까? 아버지 모임 명부를 아직 가지고 있거든."

"아직도 그 분들이랑 정기적으로 모이십니까?"

유키오미가 졸업한 이듬해까지는 술자리 초대를 받았던 기억이 있지만, 어느새 연락이 뜸해졌다. 그때부터 줄곧 모임을 꾸려 왔다면 나름대로 대단한 일이라고 생각했다. 그러나 사와타리 씨는 시원스레 "뭐? 설마. 그 정도로 한가하지는 않다고"라고 대꾸했다.

"연락은 하지 않았지만, 와 달라고 하면 몇 명은 올걸. 애들이 중학생만 돼도 동아리다 뭐다 해서 부모 품을 떠나잖아. 나도 마찬가지지만, 초등학교 육 학년 아버지 모임이야말로 부모시대의 황금기지. 그 황금기를 함께 보낸 동지들이니, 연락하는 건 어려운 일이 아니야."

"히루마 선생이 한 짓은 아무쪼록 입단속 부탁드립니다."

"알았어. 산타할아버지의 요령은 잘 안다고."

사와타리 씨가 전화를 끊는다.

귓전을 폭풍우가 스치고 지나간 것처럼 얼빠진 기분으로 휴대전화기를 귀에서 떼고 하늘을 올려다보니 달이 나왔다. 가냘프고 애처롭게 야윈 수박 껍질 같은 달이다. 눈을 가늘게 뜨고 달을 바라보는 순간, 안도와, 그와는 정반대의 이대로 괜찮을까, 라는 불안이 동시에 같은 크기로 가슴을 찔렀다.

사와타리 씨가 연락한 아버지들 중에는 히루마 선생을 규탄하자는 사람도 있으리라. 소동이 벌어질 위험을 감안하면 역시 지원을 부탁하지 않는 게 나았을까. 이제 와서 가슴속이 불안으로 술렁인다. 하지만 하늘과 달을 바라보는 동안 순리대로 되겠지, 괜찮을 거야, 쪽으로 가닥을 잡을 수 있었다.

근거 따위는 없다. 그러나 그 사람들만 해도 태연하다. 그저 아들과 같은 학년의 아버지 모임일 뿐인 사이지만, 그 정도로 확신할 수 있다는 게 신기했다.

학교 수업이 없는 토요일 밤, 사와타리 씨에 의해 소집명령이 떨어졌다.

가게 단골이라는 나가하마 선생님의 연줄로 불려 나온 교장을 상대로 "일을 크게 벌일 생각은 없소"라고 사와타리 씨가 낮게 위협적인 목소리로 을러댔다.

"오히려 일을 크게 벌이지 않기 위해 창고를 보여 달라고 부탁하는 거요. 게다가 당신들한테 찾아달라고 할 생각도 없고. 우리 손으로 직접 찾을 생각이니 누이 좋고 매부 좋은 이야기 아니겠소?"

그의 요청은 내 눈에는 협박이나 다름없었다. 적이라고 생각하면 만만치 않은 사와타리 씨가 우리 편이라는 사실에 내심 감사했다.

타임캡슐을 찾아내면 교정 벚나무 둥치에 묻어도 좋다는 허가를 받았다. 가족이 물어오면 한잔하러 간다는 핑계를 대고 나오라는 명령을 받았다. 그러나 우리 가족한테는 그런 핑계가 통하지 않았는지 "당신이 한잔 할 사람이 있기나 해요?"라고 아내의 핀잔 섞인 추궁을 당했다.

학교에 도착하자, 어슴푸레한 학교 건물 앞에 제법 많은 수의 아버지들이 모여 있었다. 몇 년이나 만난 적도 없거니와, 같은 동네에 산다고 해도 지금까지 동네에서 우연히 마주친 적도 거의 없다. 당시 멤버가 모두 모이지는 못했지만, 스무 명 가까이 모인 얼굴은 또렷하게 기억에 남아 있었다. 다들 작업하기 편한 트레이닝복이나 후줄근한 후드점퍼 차림이다.

"미즈우치 씨"라고 말을 거는 사람 중 고마쓰 씨의 얼굴이 있기에 "오셨어요" 하며 반가운 마음에 인사를 건넸다.

고마쓰 씨는 이런 상황에서도 재킷에 셔츠 차림으로 예나 지금이나 달라진 게 없다. 그 집 딸 유카리는 우리 대학 부속 중학교에서 그대로 고등학교까지 진학했다고 한다.

"중학교에 들어가서는 친구들과 헤어져서 만날 기회가 없다고 얼마나 서운해 하던지."

고마쓰 씨가 근황을 전해 주었다.

"그건 그렇고, 이번에 사와타리 씨에게 연락받고 얼마나 놀랐던지. 솔직히 감동스럽기도 했고요. 아드님의 꿈을 지키기 위해 아버지가 발 벗고 나서다니 정말 감동했습니다!"

"아닙니다. 아니에요. 그렇게 말하니 대단해 보이지만 실은 진로를 포기하고 방황하면 골치 아플 거 같아서요. 고등학생이면 한창 예민할 나이라 어른에게 실망해서 비뚤어지기라도 하면 공부에 지장을 줄 수도 있겠다 싶어서요."

한 조각의 사심도 섞이지 않은 진심이었다. 그러나 고마쓰 씨는 물론이고 다른 아버지들까지 "그렇게 쑥스러워하실 필요 없습니다"라거나 "겸손도 지나치면 흉이 된답니다"라고 멋대로 나를 대단한 부모인 양 추켜세워 준다. 겸손이 아닌 쑥스러움에 어깨가 자연스럽게 앞으로 움츠러든다.

학교 창고는 체육용 창고가 네 곳, 교재용 창고가 세 곳이라고 했다.

"주어진 시간은 오늘뿐이니 단기전으로 승부를 겨뤄 봅시다."

사와타리 씨의 지휘로 각자 맡은 창고를 뒤지며 혼자서 떠맡지 않아 정말 다행이라고 가슴을 쓸어내렸다. 먼지를 뒤집어쓴 곰팡내 나는 창고 안의 케케묵은 냄새에 진저리를 치며 작업한 지 한 시간쯤 지났을 무렵이었다. 별관 건물 가장 안쪽에 있던 교재용 창고 쪽에서 "찾았다!"라는 함성이 들렸다.

본관과 별관, 체육관, 교정으로 흩어져 각자 맡은 창고를 뒤지던 아버지들 사이에 환호성이 퍼졌다. 먼지와 모래에 뒤덮여 회색으로 바랜 투명한 상자 안에 아이들 수만큼 작은 상자가 들어 있었다. 제일 위에 있는 상자에 적힌 이름을 보고 한 아버지가 "우리 애 이름이잖아"라고 중얼거렸다. 삐뚤빼뚤한 초등학생의 글씨 위에 쌓인 먼지를 손가락으로 훑으며 그 아버지가 "나도 모르게 눈물이 나네"라고 먹먹한 목소리로 혼잣말하더니 멋쩍게 웃으며 고개를 들었다. 안을 열어보자고 나서는 아버지는 한 사람도 없었다. 히루마 선생을 탓하는 아버지도 없었다.

타임캡슐을 묻어도 좋다는 허가를 받은 벚나무 아래. 눈에 띄지 않도록 오로지 희미한 손전등 불빛에 의지해 파 내려갔다. 단단한 지면을 삽으로 파는 작업은 뜻밖에도 힘에 부쳐 허리와 팔이 금세 뻐근해졌다. 혼자가 아니라서 다행이라고 다시 한 번 안도의 한숨을 내쉬었다.

"아이들이 그 선생님의 애정이 이만큼 깊었다고 생각할 수 있도록 기왕 팔 바에야 제대로 깊이 파서 묻자고."

누군가의 제안에 웃음이 일었다.

"히루마 선생님도 딱하다면 딱한 사람이죠."

고마쓰 씨가 재킷과 셔츠 차림에 어울리지 않는 삽을 고쳐 잡으며 문득 말했다.

"그 사람이 특별히 나쁜 사람이었다고는 생각하지 않습니다. 유카리네 육 학년은 한 반밖에 없었으니까요. 눈을 번뜩이며 감시해 줄 옆 반이 없었던 게 문제죠. 이런 건 공금 횡령과 비슷하거든요. 어차피 들통날 거라면 저지른 사람이 결국 제일 손해를 보는 구조라고 할까요. 지은 죄가 있으니 직장도 퇴직금도 다 날리고 빈손으로 쫓겨나는 사람을 저 같은 일하는 사람은 매일 같이 보거든요."

말하다 말고 고마쓰 씨는 문득 내 쪽을 보며 "우리 은행 이야기는 아닙니다"라고 쓴웃음을 지었다. "네"라고 나도 그렇게 알고 있겠다는 마음을 담아 고개를 끄덕였다.

"그러니까 위에서는 빠져나갈 구멍이 없는 구조를 만들면 안 되는 겁니다. 환경이 달라졌다면 히루마 선생님도 좋은 선생님이 될 수 있었겠죠. 그 선생님이 수업을 제대로 하지 않았다는 이야기는 오늘 처음 들었습니다만. 그것도 애들이 신이 나서 들뜨다 보니 그리 되지 않았을까요? 그때는 아무도 수업이 엉망이라고 말하지 않았잖아요. 공부를 시키지 않고 평평 놀 수 있으니 애들에게는 즐거울 수밖에 없죠."

"그렇지만 학교는 공부하러 가는 곳이니까요."

내가 말했다.

"즐겁지 않아도 좋으니 누군가는 꼭 해야 할 말이었다고 저는 생각합니다."

말하고 나서 지금 한 말은 실언이라는 생각에 사와타리 씨와 다른 아버지들의 눈치를 살폈다. 우리 유키오미나 고마쓰 씨 네 유카리처럼 학원에 다녔던 아이들은 그나마 낫다. 학원에 다니지 않았던 아이들도 많았던지라 나중에 고생이 이만저만이 아니었다는 이야기를 들었다.

그러나 그 순간, 끼어드는 사람이 있다.

"딱 잘라서 나쁘다고는 할 수 없지."

고개를 들자 사와타리 씨가 있다. 작업하던 손을 멈추고 내 얼굴을 물끄러미 바라본다.

"그 집 유키오미가 중학교에 들어가고 나서 시험 전에는 항상 우리 집에 와서 우리 아들한테 공부를 가르쳐 줬거든. 학원에 다니지 않았던 다른 애들한테도 듣자 하니 다른 애들이 찾아가서 초등학교에서 배우고 올라가야 했던 공부를 가르쳐 줬다더라고. …… 그게 그 선생 덕분인지 아닌지는 모르지만, 우리 아들 학년 애들은 누구 말마따나 단결력이 있고 친구를 배려할 줄 아는 애들이야. 다들 사이가 좋았어."

나는 모르는 이야기다. "그러니까 말이야"라고 사와타리 씨가 하던 말을 계속했다.

"담뱃가게네 유키오미는 틀림없이 좋은 선생님이 될 거야! 우리 아들 공부를 봐 주는 모습을 봐서 잘 알거든. 등록금을 아끼지 말고 좋은 대학에 보내 주라고."

"어, ……아."

알겠습니다, 라고 확실하게 대답할 요량이었지만 한숨 같은 외마디 말밖에 나오지 않았다.

"뭐야, 그 얼빠진 대답은."

결국 한소리를 들었지만, 이번에는 부끄러움에 몸 둘 바를 몰라 어떻게 반응해야 할지 갈피를 잡지 못했다. 또 "아"라고 반벙어리처럼 대답하는 내게 사와타리 씨가 놀라 자빠질 만 한 이야기를 계속했다.

"담뱃가게네 유키오미가 선생님이 되겠다고 나선 건, 전적으로 히루마 선생의 영향이 아니야. 담뱃가게 네 녀석의 영향도 있다고."

"네?"

그럴 리가 없다. 황급히 부정하려던 내게 사와타리 씨가 고개를 가로저었다.

"전에도 말했을걸. 옛날에 상가 사람들이랑 캠프 갔을 때 담뱃가게 네 녀석이 급한 용무를 처리해야 한다며 중간에 슬쩍 빠졌던 때, 기억 나?"

그러고 보니, 가족에게 봉사해야 할 시간이 아까워 사와타리 씨와 다른 사람들에게 뒤를 맡기고 내뺐던 해가 있었다. 뒤통수가 따가웠지만, "기억합니다. 그런 적이 있죠"라고 대답했다.

"내가 아니면 아는 사람이 없어서 가야 한다며 돌아가던 니 녀석을 그 집 아들이 엄청 자랑스러워하더라고. 우리 아빠가 없으면 대학이 안 돌아간다고. 역시 한 분야의 전문가는 대단하다고 으쓱거리더라니까."

숨을 들이마시고, 그대로 멈췄다. 충격으로 말이 나오지 않았다.

"초등학교랑 대학교는 다르겠지만, 그 집 아들은 어떤 길을 택하든 그 분야의 전문가가 될 테지. 히루마랑은 달리 진짜 열정이 넘치는 교사가 될 거야."

그때는 학생한테 걸려 온 전화를 핑계로 쾌재를 부르며 도망쳤을 뿐이다. 사실대로 말하자면, 여벌 열쇠를 둔 장소는 경비원이든 다른 교직원이든 충분히 알 수 있다. 하지만 그랬구나. 한심한 아버지였지만, 적어도 당시의 나는 아들에게 미움 받는 아버지는 아니었던가.

일 미터가량 파 내려간 구덩이 안에 투명한 상자에 든 타임캡슐을 넣었다. 그대로 흙을 덮기 아까웠다. 집에 돌아가면 다들 고등학생이 돼 있는 아들딸을 만날 수 있다. 옛날에 알던 얼굴들을 마주하니 타임캡슐을 묻어 버리면 초등학교 시절의 내 자식과 헤어지는 것 같아 묘하게 서운했다.

초등학교를 졸업하고 스무 살 성인식이 될 때까지의 팔년 동안 잠자는 타임캡슐이 아이들에게 주는 것과 남기는 것은 그다지 크지 않으리라. 무엇보다 타임캡슐을 여는 것은 지금보다 덜 사랑스러운 스물세 살 성인이다. 옛날 자신의 보물과 편지를 받아 봤자 한번 웃고 끝내 버릴 수도 있다. 아무리 초등학생이라고 해도 진지하게 편지를 쓴 아이가 몇이나 될까. 이렇게 한밤중에 모인 아버지들의 노력이 허무할 정도로 당사자한테는 하잘것없는, 어찌 되든 상관없는 일일 수도 있다.

하지만 그래도 상관없다. 투명한 상자에 흙을 덮고 지면을 원래대로 메우며, 아래에 묻힌 타임캡슐에 대한 생각에 잠긴다. 우리 아버지들이 오늘밤 즐거웠으니 그걸로 충분하지 않을까.

고개를 드니 흐릿한 불빛만 있을 뿐 그저 넓기만 한 교정에서 보는 밤하늘에 얼마 전보다 한결 둥그스름해진 달이 떠 있었다.

그로부터 삼 년 후.

유키오미와 친구들의 성인식에 맞춰 우리는 히루마 선생이 보냈다며 타임캡슐을 묻은 장소를 적은 편지를 아이들 대표에게 보냈다. 성인식 날 오후, 유키오미는 반 친구들과 함께 타임캡슐을 파내 안에 들어 있던 자신의 상자를 들고 집으로 돌아왔다.

"스무 살이 된 나는 선생님이 되어 있을까요?"

열두 살의 자신이 적은 글을 보고 유키오미는 "벌써 선생님이 됐을 리가 없잖아"라며 씁쓸하게 웃었다.

7

그런 편지가 없었더라도 어차피 유키오미는 오늘처럼 첫 출근을 맞이했으리라.

하지만 말이다. 팔 년 동안 잠들어 있던 타임캡슐을 연 지이 년. 유키오미가 초등학교를 졸업하고, 올해로 딱 십 년째되는 해다.

하늘도 무심하시지, 하필 히루마 선생이랑 같은 학교라니. 하지만 두 사람이 얼굴을 마주하는 순간을 상상하니 나도 모르게 입가에 미소가 번졌다. 묻은 적이 없는 타임캡슐을 파낸 이야기를 들을 기회도 앞으로 있을 수 있다. 십 년 전의 히루마 선생은 자신이 담임을 맡았던 반 아이가 다시 자기 앞에 이번에는 어른이 되어 나타나는 날 따위는 상상도 하지 않았겠지.

울상이나 짓지 마라, 라고 평소에는 입에 담지 않는 문자을 입에 담고 속으로 깜짝 놀랐다. 그래도 다시 생각하고 만다. 울상이나 짓지 말라고. 너 따위와는 비교도 되지 않을 정도로 우리 유키오미는 훌륭한 교사가 될 거다. 프로페셔널 교사다.

실제로 유키오미는 초식남에 마더 콤플렉스가 의심되는, 듬직함과는 거리가 먼 녀석이다. 그러나 자신이 졸업시킨 아이들한테 타임캡슐을 파내자는 연락을 받고 불편한 마음으로 거절하는 비겁한 교사는 되지 않을 것이다.

툇마루에서 바깥을 내다보며 나도 모르게 입이 귀에 걸리도록 미소를 지었다. 아내가 곁에 와 전화기를 내밀었다.

"여보, 사와타리 씨한테 전화 왔어요. 오늘 저녁에 아버지 모임이 있대요."

"어, 그래?"

휴대전화가 연결되지 않으면 사와타리 씨는 이런 식으로 종종 집 전화로 연락한다. 예상대로 "여보세요"라고 수화기를 귀에 대자마자 "휴대전화기는 어디다 팔아먹었어?"라는 불평이 들려왔다.

오늘 저녁, 참가자 수 확인을 마치고 전화를 끊자 아내가 "아빠들끼리 자주 모이네요"라고 쓴웃음을 지으며 전화기를 받아든다. "어쩌다 보니"라고 내가 대꾸했다.

타임캡슐을 묻은 날 밤부터 어쩌다 보니 재회한 아버지 모임 멤버들은 한동안 뜸하다가도, 소식이 끊어지지 않고 어찌어찌 한 달에 한 번 빈도로 모임을 이어 왔다. 물론 강제는 아니라 한 사람도 빠지지 않고 매번 모이는 경우는 없다. 아이들의 이벤트라는 공동의 목적도 사라진 모임은 지금은 단순한 술자리가 되었지만, 희한하게도 그만두자는 분위기는 여태까지 한 번도 없었다. 직장에서 인간관계에 서툰 나에게는 거의 유일한 사교의 장이다.

유키오미가 처음 출근했다는 이야기를 하면 다들 어떤 표정을 지을까. 아니면, 자기 자식들의 취직 걱정하느라 남의 자식 이야기를 들을 여유가 없을까.

사와타리 씨네 아들은 대학을 다니며 가게를 물려받지 않고 밴드 하고 싶다고 나섰다고 한다. 사와타리 씨는 "가게와 가수 일을 병행하지 않으면 절대 허락할 수 없다"고 길길이 날뛰었다. 지금은 어찌 되었을까.

전화기를 들고 거실로 돌아가려던 아내가 마침 생각났다는 듯 "아, 그러고 보니"라며 나를 바라본다. 그리고 "아버지 모임에 유카리네 아빠도 와요? 고마쓰 씨 말이에요"라고 물었다. "어"라고 내가 대답하자, 다음 순간 아내의 입에서 엄청난 말이 쏟아졌다.

"둘이 사귀나 봐요. 우리 유키오미랑 그 집 유카리랑."

사귄다는 말이 마치 처음 듣는 단어처럼 생경하게 들렸다. 눈을 끔뻑이다 눈이 휘둥그레졌다. 나를 놀라게 해 만족스럽다는 듯 아내가 웃었다.

"나도 유키오미한테 직접 들은 건 아니고. 사와타리 씨네 아들이 듣고, 다시 사와타리 씨가 전해 준 이야기라. 뭐, 아무튼 사귄 지 한참 됐나 봐요."

"맙소사!"

유카리는 고등학교에서 그대로 우리 대학 법학부로 진학했다고 들었다. 도쿄에 있는 대학으로 진학한 유키오미와는 접점이 없다고 생각했다. 내 생각을 말하자, 아내가 "성인식"이라고 귀띔해 준다.

"그날 자기들끼리 오후에 타임캡슐을 파내러 갔잖아요? 그때 나온 유키오미의 편지에 '유키라와 결혼했습니까?'라고 적혀 있었다나 뭐라나. 친구들이 그걸 보고 놀리고, 그러다 둘이 그 길로 진짜 눈이 맞아 사귀게 됐다나 봐요. 다행이지 뭐예요. 고향으로 돌아와 취직한 것도 유카리가 여기 남아 있기 때문이겠죠. 단순하다니까요."

"……아."

이 녀석이! 아슬아슬하게 목소리가 나올 뻔했다.

교사가 되겠다는 꿈만 입에 올리던 녀석이 얌전한 고양이 부뚜막에 먼저 오른다고 떡하니 좋아하는 여자애의 이름을 적었단 말인가.

타임캡슐이 잠든 기간은 팔 년. 그 이상의 시간이 타임캡슐에서 생각지도 못한 형태로 이어져 있었다는 생각도 든다. 영원에 가까운 시간의 알맹이를 그곳에 갈무리해 둘 수도 있다는 확신이 든다. 가령, 유키오미가 좋아하는 여학생과 사귄다. 그 여학생과 사귀기 위해 고향으로 돌아온다고 선택했다는 사실이 하나의 증거다.

우리는 부탁한 적도 없거든요. 본인들은 그리 말하리라. 하지만 타임캡슐을 팔 년 동안 지킨 것은 아버지 모임의 공적이다. '지킨다'는 말로 표현해 버린 나 자신이 무척이나 마음에 든다.

문득 고개를 드니 활짝 갠 하늘에 따스한 냄새가 감돈다. 봄이다. 새로운 바람에 실려 온 것처럼, 유키오미네 학교의 벚나무의 모습이 눈동자 안으로 흘러든다.

1992년의 가을하늘

）

하루카는 《학습》.

우미카는 《과학》.

가쿠겐 출판사의 《과학》과 《학습》이 나오는 날은 급식 조리실 앞으로 장사진을 이루었다.

줄을 그대로 지나쳐 교실로 향하는 아이들도 있지만 학교에서 쇼핑할 수 있다는 이 느낌은 평소 아침과는 완전히 다른 색다른 두근거림을 선사한다.

"하루카, 안녕!"

"안녕!"

뒤를 돌아보니 같은 반인 미나였다. 손에는 돈이 든 봉투. 봉투에는 사월부터 순서대로 눈금이 그려져 있고 《과학》과 《학습》 각각에 동그라미를 치는 난이 있다. 어느 쪽을 구매할지 표시해서 합계 금액을 적고 담당자에게 건네면 담당자가 학년과 내용을 확인하고 책을 내주는 방식이다. 미나의 봉투에도 내 것과 마찬가지로 《학습》 쪽에 동그라미가 쳐져 있다.

주변을 살펴보니, 나와 같은 육 학년 중에 이미 《학습》을 받아들고 돌아다니는 애들이 몇 명 있다. 그 모습을 보고 조마조마했다. 지금 《6학년 학습》에 연재되는 만화를 지난달부터 손꼽아 기다렸다. 고학년이 되자 《학습》에는 연애가 중심인 아기자기한 화풍의 만화가 실렸다. 집에 돌아가면 물론 《리본》이나 《나카요시》 같은 만화잡지를 읽겠지만, 선생님께 꾸중을 듣지 않고 학교에서 공공연하게 읽을 수 있는 만화라는 이유만으로도 특별한 가치가 있다. 마음이 들떴다.

"요즘에 《5학년 학습》에서 하는 만화도 엄청 재밌대. 사나에 여동생이 사서 얼마 전에 집에 놀러 갔을 때 봤거든."

"정말?"

"응. 육 학년에 비하면 아직 유치하지만, 그림도 예쁘고. 하루카 너희 집은 우미카가 사지 않아?"

"어?"

나는 바로 앞에서 조금 전부터 입을 다물고 줄을 선 우미카의 뒷모습을 바라보았다. 우미카는 연년생인 여동생으로 초등학교 오 학년이다. 우미카는 곧 죽어도 《학습》을 사지 않는다.

"우미카는 《과학》인가?"

앞사람 차례가 되자 우미카는 담당자한테서 돈과 맞바꾼 《과학》을 받아든다. 《학습》에 비해 큼직하고 두툼한 부록 상자 안에 이번엔 무엇이 들어 있을까.

나는 허둥지둥 소곤거리는 소리로 말했다.

"우미카가 좀 별나서.《과학》이 더 좋대."

책을 받아들고 우리 쪽을 돌아보던 우미카가 미나를 향해 "미나 언니, 안녕" 하고 인사했다.

엄마를 빼닮은 또렷한 쌍꺼풀에 진 둔덕이 살짝 도톰하다. 그 눈꺼풀 탓에 우미카는 언제 봐도 마음이 반쯤 콩밭에 가 있는 사람처럼, 졸음이 덕지덕지 매달린 것 같은 눈을 하고 있다. 내가 아빠를 닮은 길고 가는 홑꺼풀 눈을 한 것과는 딴판이다. 머리 모양도 내가 배구에 방해되지 않도록 짧게 다듬은 것과는 반대로 우미카는 언제 잘랐는지 알 수 없을 정도로 치렁치렁하게 긴 머리를 늘어트리고 있다. 가끔 다듬는 것도 같지만 더는 자를 생각이 없어서 엄마를 애먹인다.

최근에 백 살 먹은 쌍둥이인 킨 할머니와 긴 할머니가 세간의 화제가 되고 있다. 똑 닮은 모습과 남다른 우애로 연일 전파를 타고 있지만, 우리 집은 전혀 해당 사항이 없다는 걸 우미카를 보고 깨달았다. 할머니들은 쌍둥이고 우리 자매는 연년생이라는 차이는 물론 있지만, 설령 처음 보는 사람이 과연 우리를 보고 한눈에 자매라고 알아볼지 의문이다. 겉모습도 성격도 판이하다.

꿈꾸는 듯한 발걸음으로 《과학》을 받아든 우미카가 어정

어정 자기 교실로 걸어간다.

그 모습을 눈으로 배웅한 후 《학습》을 받아든 나는 "우와, 빨리 읽고 싶어!"라고 말하며 교실에 도착할 새를 참지 못하고 책장을 팔랑팔랑 넘겨 본다. 그러자 미나가 말했다.

"우미카 말이야, 야무진 애더라."

그 목소리에 나는 "뭐?" 하고 목청을 높이며 돌아본다.

"야무져? 우미카가?"

"우리보다 어린데도 의젓하잖아, 조숙하다고나 할까."

"그래?"

우미카가 제 나이답지 않다는 건 인정한다. 우미카는 툭하면 말대답에, 귀여운 구석이라고는 눈을 씻고 봐도 없다. 건방지다고 하면 이해가 가지만, 야무지다는 말은 받아들일 수 없다. 미나는 하던 말을 계속했다.

"《과학》을 읽는 애들은 별로 없잖아. 연애 이야기는 없이 진지한 만화 위주고. 저학년일 때는 부록이 갖고 싶어서 《과학》을 선택하기도 했지만. 우미카는 달라. 자신감이 있어."

"그런가?"

막 입학했을 무렵에는 나도 《과학》과 《학습》 중 어느 쪽을 살지 둘을 놓고 비슷한 정도로 고민했다. 하지만 학교 도서실에 비치된 과거의 《과학》과 《학습》은 학년이 올라감에 따라 《학습》 쪽이 너덜너덜하다. 만화를 통해 다 같이 들뜰 수 있다는 건 역시 강력한 동인이 된다. 우리 반에서도《과학》을 구매하는 애들은 대부분 남학생이고, 여학생은 별로 없다.

그러나 우미카는 옛날부터 줄곧《과학》을 택했다.

부모님이 대형 서점이나 도서관에 데려가도 내가 냉큼 소설과 만화 코너로 달려가는 것과는 달리 우미카는 '사이언스'나 '인체', '자연'이라는 팻말이 붙은 책장 앞에 오랜 시간 서 있곤 했다.

제일 좋아하는 건 '우주' 코너.

어려워 보이는《호킹, 우주를 이야기하다》나《만화로 읽는 상대성이론》등의 책을 몇 시간이고 읽고 있다. 시험 삼아 나도 몇 번인가 옆에서 훔쳐보았지만, 통 무슨 말인지 이해가 가지 않아 금방 질리고 말았다. 우미카가 제대로 이해하고 있는지 어떤지 알 길이 없다. 하지만 그런 점도 내가 우미카를 건방지다고 생각하는 이유 중 하나다.

"아직인가, 아직인가, 가쿠엔 출판사 아줌마는 언제 오시려나."

저학년 남학생이 자전거를 모는 시늉을 하고 흥얼흥얼 콧노래를 부르며 지나갔다. 미나가 고개를 갸웃거렸다.

"저 노래, 요즘 텔레비전 광고에서 자주 들리더라? 근데, 좀 이상하지 않아? 가쿠엔 출판사 아줌마라고 하는데, 잡지를 팔러 오는 사람은 남자잖아."

"우리는 학교에서 구매하지만 안 그런 학교도 있다더라. 우리 사촌은 아줌마가 집까지 배달해 준다던데. 아마 그래서 그런 거 아닐까?"

미나가 "우와, 그런 곳도 있구나!" 하고 놀란다.

"이상하긴 해. 부록에도 '반드시 집에 가서 여시오'라고 주의사항이 붙어 있잖아."

"맞아."

상자에 들어가는 덩치가 큰 부록은 《학습》보다 《과학》 쪽이 훨씬 많다. 시험관이나 개미집 관찰 세트, 미니 믹서, 돔 모양의 천문대 세트, 물총, 공기총, 인체 골격 모델 등.

우미카의 책상 위에 늘어선 컬렉션들을 떠올린다. 내가 저학년 시절에 받았던 부록도 어느새 우미카가 자기 물건인 양 제 전리품으로 추가해 두었다.

내가 점점 《과학》이 아닌 《학습》 쪽으로 기울어진 건 우미카 탓이기도 하다. 햇빛으로 현상하는 청사진 세트가 부록으로 따라왔을 때 설명서대로 했지만, 사진이 나오지 않아 우미카가 "내가 해 볼게"라고 손을 내밀었을 때 군말 없이 내주었다. 우미카는 책에 나오는 것과 똑같이 깨끗한 사진을 현상했다. 엄마도 감탄했다.

IC 라디오도 마찬가지다. 내가 아무리 주의를 기울여 조립해도 나오지 않던 소리가 우미카의 손이 닿자 '지지직' 하고 첫소리를 내기 시작했다. 충격을 받지 않을 수 없었다. 속상한 마음에 울음이 터졌다. 그리고 우미카와 다퉜다. 그때 말리러 들어온 엄마에게서 결정적인 한마디를 들었다. "센스 문제야"라고.

"사람에게는 각자 적성이라는 게 있는 법이야."

그 당시에는 이해하지 못했지만, 그 후로도 우미카는 자기 학년의《과학》을 열심히 사들이고, 책에서 설명하는 관찰과 실험을 하나에서부터 열까지 백이십 퍼센트 시험해 본다. 인정하기 싫지만, 우미카는 정말로 '과학'에 재능이 있는지도 모르겠다고 나중에야 생각했다.

우주 관련 책을 읽을 때와 마찬가지다. 멍한 구석이 있지만 좋아하는 일에 대한 집중력은 엄청나다. 내가 알 상태에서 부화시키지 못한 투명한 투구새우가 일 년 뒤 우미카의 손에서 태어나 둥실둥실 수조를 헤엄치던 모습을 보았을 때는 패배를 인정하지 않을 수 없었다.

생각해 보면, 우미카는 저학년 무렵부터 약간 별난 구석이 있었다. 우미카의《과학》에 딸려 온 미니 믹서로 갈아 만든 분말 재료로 제조한 바나나 주스를 마셨을 때의 일. 학교에서 산 책 부록으로 간식을 만들 수 있구나, 하고 감동하는 나를 곁눈질로 살피며 "역시 가루랑 물맛이네"라고 김빠진 얼굴로 말한다. 그 시절부터 귀여운 구석이라고는 없는 아이였다.

내 여동생 우미카는 도통 다른 사람들 눈을 신경 쓰지 않는다. 그리고 나는 그런 그 아이에게 수시로 짜증이 난다.

작년 여름, 가족끼리 바다에 갔을 때였다. 해변 근처의 호텔에 묵으며 부모님과 우리 자매, 네 가족이 밤의 해변을 산책했다. 해거름의 오렌지빛이 점점 감색으로 물들고 하늘이 밤으로 바뀌었다. 탁 트인 바다와 하늘을 올려다보다 보니, 어느새 우미카가 옆에 와 있었다.

사실, 나는 우미카의 이름이 부러웠다. 하루카와 우미카. 엇비슷한 이름이지만, 하나만 놓고 봤을 때 하루카는 평범한 이름이지만, 우미카는 개성적이고 예쁜 이름처럼 느껴진다. 우미카의 이름에는 '바다 해海' 자가 들어간다. 캄캄한 밤바다와 우미카는 잘 어울린다.

평소부터 《과학》 파로 우주에 관한 책을 잔뜩 읽던 여동생은 나보다 훨씬 많은 것들을 생각하고 감동하며 밤하늘을 바라보겠지. 그렇게 생각하니, 섣부르게 말을 걸어서는 안 될 것 같다는 생각이 들었다. 잠시 망설이고 나서, 겨우 "좋네"라고 이야기해 주었다.

"아름답다! 나는 그림 그릴 때 달을 노란색으로 칠했는데, 알고 보니 하얀색에 가까운 금색이라는 사실을 지금 깨달았어!"

먼 곳에 와서인지, 구슬을 흩뿌려 놓은 것처럼 아름다운 밤하늘은 우리 집에서 보던 하늘과 다른 '우주'임을 생생하게 실감할 수 있었다. 파도 소리가 들렸다.

"하늘이라고 하면 낮에 보는 하늘색 하늘을 상상하지만, 우리 눈에 보이는 하늘은 사실 얇은 막이고, 지금 같은 밤하늘 빛이 지구를 감싼 진짜 하늘이라는 생각이 들어. 신기하다! 어둡지만 무섭지 않아! 따스한 느낌이 들어!"

여행의 흥분과 낮 동안 바다에서 헤엄친 피로, 무엇보다 가족과 함께 있다는 안락함이, 전에 없이 암흑을 친근하게 느끼게 해 주었다.

우미카가 "어?" 하고 뚱한 반응을 보이며 나를 본다. 못 들었나. 내 딴에는 낯간지러운 대사였지만, 다시 말하지 않고 고개를 숙였다.

해변에는 일부러 만든 것처럼 예쁜 모양을 한 조가비가 잔뜩 떨어져 있었다. 가재의 집게발처럼 표면이 까칠까칠한 고둥을 집어 들었다. 귀에 대고 "우와" 하고 탄성을 내질렀다.

"바닷소리가 들린다, 우미카."

분홍색에 반질반질하게 윤이 나는 조개 안쪽에서 물속에서 듣는 것처럼 아득하게 느껴지는 소리가 흘러나왔다. 문득 축복받은 삶을 산다는 생각이 들었다. 조개가 가라앉은 바닷

속에서는 이렇게 또렷한 별은 보지 못했을 테니 말이다.

"이 조개는 얼마나 깊은 바다에서 왔을까? 어쩌면 이렇게 신기하게도 바닷소리가 들릴까? 조개가 기억하고 있다가 우리한테 들려주는 소리일까? 꼭 녹음기 같아!"

우미카에게도 들려주고 싶어 조개를 건네준다. 조개를 귀에 댄 우미카는 내가 했던 것처럼 잠시 소리를 듣고 나서 "언니"라고 불렀다.

"왜?"

"조개 속에서 들리는 소리는 바닷소리가 아니라 우리 귀에서 나는 소리야."

우미카의 얼굴에는 미소의 흔적조차 없다.

"사람들이 흔히 조개껍데기에서 바닷소리가 들린다고 하는데, 조개가 내는 소리가 아니라 언니 자신이 내는 소리야. 양호실에서 귀 단면도 사진 본 적 있어? 우리 귀에는 달팽이 모양을 한 세반고리관이라는 기관이 있거든. 그 속에 우리가 들은 소리를 고막에서 뇌로 전달하는 액체가 들어 있어. 그 액체가 파도처럼 일렁일렁 움직인대. 언니가 들은 소리는 세반고리관 속의 액체가 움직이는 소리야. 평소에는 너무 작아서 들리지 않지만 조개껍데기에 반사돼서 돌아오는 소리를 듣는 거지. 그러니까 이 소리는 바닷소리가 아니고 조개의 기억도 아니야."

미소가 그대로 얼어붙고 표정이 딱딱하게 굳어진다. 우미카가 나를 보고 "그 소리는……"이라고 하던 말을 계속하려는 순간, 머릿속에서 새하얀 섬광이 번뜩였다.

맹렬하게 분노가 치밀어 한참을 노려보다가 말없이 호텔 방면으로 걷기 시작했다. 갑자기 뒤돌아선 나를 우미카가 놀라 쫓아온다.

"기다려. 왜 그래, 언니."

"몰라!"

실제로 어떻게 말해야 할지 몰랐다.

"아, 조개껍데기……."

우미카가 "이거 돌려줄게" 하고 내밀었지만 받아들 마음이 들지 않았다. 우미카는 항상 그 모양이다. 그런 부분이 건방지다. 내가 뭐라고 말하면 반드시 되받아치고, 그걸로 화를 내도 자기가 무슨 잘못을 했는지 깨닫지 못한다. 다른 친구들 여동생은 언니가 하는 말에 순순히 귀를 기울여 준다던데.

학교에서 우미카가 특별히 친하게 지내는 친구가 없어서 내가 신경 쓰고 있다는 것도 알지 못하겠지.

우미카네 학년 애 중에 우미카를 나쁘게 말하는 애들은 없다. 오히려 "우미카는 재미있어!" 하며 호의적으로 받아들여 준다. 하지만 교실을 이동할 때도 화장실에 갈 때도 우미카를 볼 때마다 늘 혼자다. 우리 학교는 작아서 어느 학년이나 대개 한 반이나, 많아야 두 반이다. 전교생이 서로의 얼굴을 아는 환경에서 형제자매가 다른 학년에 있다는 의미는 크다. 인기 있는 여동생을 둔 언니는 그만큼 여동생 학년에서 존경받고, 따분한 여동생을 둔 언니는 자기 학년에서도 여동생과 마찬가지로 별 볼 일 없는 취급을 받는 걸 익히 보아서 알고 있다.

나는 육 학년 우리 반에서는 눈에 띄는 편이고, 스포츠 소년단에서 배구를 하기 때문인지 친구도 많다. 누구와도 편하게 이야기 나눌 수 있지만, 우미카가 있는 오 학년 애들한테는 어쩐지 인기가 없다는 사실을 피부로 사무치게 느끼고 있다. 아무래도 '우미카의 언니'이기 때문일 것이다. 어쩌면 우미카는 자기 반에서도 내게 하듯 사사건건 말대답하고 고분고분 넘어가는 법이 없는지도 모른다. 불공평해.

한 학년밖에 차이가 나지 않아 종종 체육 수업을 같이한다. 그러나 다른 학년끼리 조를 짜는 농구 패스 연습에서도, 나랑 패스 연습하겠다고 나서는 오 학년은 거의 없다. 그렇다고 자매끼리 조를 짜는 것도 모양새가 나지 않아, 그럴 때는 되도록 우미카와 시선을 마주치지 않으려고 애쓴다. 따돌림당하거나 미움을 받는 건 아니다. 그렇지만 내 동생은 심하게 겉돌고 있다.

2

"오늘의 《은하》는 히사카즈 친구가 작성했어요. 다 같이 볼 수 있도록 나누어 줄 테니 함께 살펴봅시다."

종례시간 교단에서 체육복 차림의 유카미 선생님이 목소리를 높였다. 유인물을 받아든 앞줄에서부터 차례로 "이게 뭐야", "심하다"라고 키득키득 숨죽인 웃음소리가 새어 나왔다. 내 차례까지 돌아온 《은하》를 보고 나 역시 '맙소사'라는 반응을 보일 수밖에 없었다.

괴발개발 눌러 쓴 글씨에 게임 캐릭터 그림, '남학생 열 명에 물었습니다!'라는 제목 아래에 좋아하는 게임 소프트 웨어 이름을 줄줄이 늘어놓았다.

작성자인 히사카즈 본인은 자랑스럽게 앞을 보고 있다. 태연한 얼굴을 가장하고 있지만, 친구들의 반응을 살피는 눈치가 고스란히 드러난다. 겉도는 아이는 어디에나 있다. 우리 학년의 경우 《은하》를 작성할 때 확연히 티가 난다.

육 학년이 되면서, 그때까지 담임선생님이 작성하던 학급 일지인 《은하》를 우리가 쓰게 되었다. 처음에는 독후감 쓰기 대회에서 자주 상을 타는 학급위원 위주로 작성했다. 그러나 서서히 친한 애 몇몇이 모여 만드는 스타일이 유행하면서, 지금은 출석번호 순으로 남녀가 번갈아 작성하는 게 관례가 되었다.

부모님께 연락사항을 전하는 알림장 역할 등 들어가야 할 내용을 선생님이 전해 주면, 그 기사를 싣고 남은 공간은 제각각 자기 좋을 대로 써도 좋다. 지렁이 기어가듯 삐뚤빼뚤한 남학생의 글씨를 해독하지 못하거나, 글재주가 없다 보니 글 내용이 중구난방이라 기사의 의도를 도무지 짐작할 수 없는 경우도 있다. 그럴 때는 선생님이 보충설명을 곁들인다.

"야, 부끄러워서 집에도 못 가져가겠다."

앞자리에 앉은 미나가 뒤돌아보며 말한다. 눈이 웃고 있다. 나는 "응" 하고 고개를 끄덕이며 짜증스럽게 히사카즈의 《은하》를 접어 가방에 넣었다.

얼마 안 있으면 여름방학에 들어간다. 일 학기 동안 내 순서는 돌아오지 않았지만, 구월이 되면 내 차례가 온다. 나는 무난하고 성실한 내용으로 채워 넣겠다고 다짐했다. 사무적으로 연락사항을 전달하고 눈살 찌푸리게 하는 튀는 내용은 절대로 넣지 않을 것이다.

불현듯 우미카라면 무슨 내용을 적을까, 하고 생각했다. 지나치게 튀어서는 안 된다는 불문율이 있는 《은하》지만, 여태까지 딱 한 번 글이 빛나 보였던 적이 있다. 학년위원인 구누기가 쓴 기사였다.

'육 학년 일 반, 우리 모두의 《은하》 이야기'라는 제목이 붙은 그 호는 육 학년 일 반 친구들이 어떻게《은하》집필을 선생님께 물려받게 되었는지 경위와 지금까지 어떤 기사가 실렸고, 어떤 반향이 있었는지, 재미있는 글을 쓰자며 경쟁자를 의식하는 학생이 있다는 등의 내용을 설명을 섞어 가며 생생한 이야기체로 묘사했다. 진짜 잘 썼다고 생각하며 감탄했다.

우리 반 이야기에서 크게 벗어나지 않으면서 알차고 재미있는 내용이다. 집으로 가지고 돌아가 책상 앞에 두었더니 우미카가 훔쳐 읽고 있었다. '재밌지?' 하고 물어보니, 우미카는 그때도 마찬가지로 차분한 목소리로 "내 생각이랑은 다르네" 하고 대답했다.

"'은하' 이야기라고 하기에 은하 관측의 역사나 구조 이야긴 줄 알았지."

여전한 반론이다. 내 여동생이라고는 생각할 수 없는 사고방식에 골이 났다.

"니가 무슨 우주인이야?"

"맞아. 우리 지구인은 모두 우주인이야!"

우미카가 태연하게 대답해 할 말을 잃고 말았다.

그날 이불에 들어가서도 짜증이 가라앉지 않아 우미카의 얼굴을 떠올리며 '바보 우주인!' 하고 부르며 마음속으로 실컷 분통을 터뜨렸다.

우리 자매는 《과학》과 《학습》뿐 아니라 각자 산 책도 바꾸어 읽는다. 취향에 맞지 않을 때도 있지만, 적어도 가쿠엔 출판사의 잡지는 군소리 없이 읽는다.

우미카의 《과학》은 역시나 《학습》에 비해 만화가 적어 얄팍했고, 문체도 설명문처럼 건조한 기사가 많았다. 아니면, 공부나 다름없는 내용도 우미카에게는 놀이처럼 보일 수도 있겠다. 하지만 나는 다르다.

"언니."

부르는 소리에 "응?" 하고 《5학년 과학》에서 고개를 들자, 우미카가 "부탁이 있는데" 하고 말문을 열었다.

"다음 달부터는 《6학년 과학》을 사 주면 안 될까?"

"뭐?"

우미카가 "부탁이야"라며 고개를 숙였다. 여동생이 이렇게 저자세로 나온 적은 지금까지 한 번도 없었다. 우미카가 펼친 《6학년 학습》 뒤표지에 다음 달 《과학》과 《학습》 예고가 실려 있었다. 그걸 보고서야 이유를 알 수 있었다. 《과학》 예고에 '특집, 우주는 항상 우리 옆에 있다'는 글귀가 보였다. 가슴이 두근거렸다.

우리 반에는 《과학》과 《학습》을 모두 사는 아이도 있다. 그렇지만 우리 집은 아니다. 아직 일 학년이던 무렵, 엄마가 둘 중 한 권만 살 수 있다고 못을 박았다. 나는 "싫어" 하고 반사적으로 대답했다.

해도 해도 너무하잖아. 우미카가 얼마나 우주를 좋아하는지 알지만, 그렇다고 내게서 즐거움을 빼앗아 갈 권리는 없다. 평소에 그렇게 건방진 태도를 보여 놓고 필요할 때만 뻔뻔하게 부탁하다니.

"나는 《학습》을 손꼽아 기다린다고. 어차피 오 학년 걸 읽잖아. 내년이 되면 싫어도 육 학년이 될 테고."

"올해가 아니면 안 돼. 부탁이야, 언니!"

바로 물러설 것으로 생각했더니, 건방질 정도로 끈덕지게 물고 늘어진다. 나만 해도 《5학년 학습》을 읽고 싶은 마음이 굴뚝같지만, 꾹 참고 한 번도 우미카에게 부탁한 적이 없건만. 눈에 힘을 주고 노려보았지만, 우미카가 예상 밖으로 필사적으로 매달린다.

"올해 《과학》은 특별하다니까!"

"왜?"

"모리 씨가 구월에 우주에 가니까!"

어이가 없다. 우미카의 눈은 진지했다. "부탁이야"라는 말을 되풀이한다.

"오 학년 《과학》보다 자세한 기사가 실릴지도 모른단 말이야. 올해가 아니면 영영 볼 기회가 없을 텐데."

"……그렇게나 좋아?"

모리 씨와 우주에 대한 열정 탓인지, 아니면 나와 다투느라 흥분한 탓인지 모르지만 우미카의 눈이 토끼 눈처럼 새빨개졌다. 우미카는 말없이 풀썩 고개를 숙이더니 얼굴을 묻고 엎드린다. 펼쳐진 다음 달 예고 페이지에 또르르 눈물방울이 떨어진다.

결국, 둘이서 엄마에게 《6학년 과학》과 《6학년 학습》을 둘 다 사 달라고 부탁하러 갔다. 엄마는 '음' 하고 잠시 생각에 잠기더니 우미카에게 "대신 열심히 해야 한다"라는 조건을 덧붙였다.

"우미카! 너, 이제 철봉 거꾸로 오르기 할 수 있어?"

우미카의 온몸에 찌르르 전기가 흐르는 것처럼 보였다. 아픈 곳을 찔렸다는 표정이다.

"너희 반에서 우미카 너만 못한다고 지난번에 징징거렸잖아. 친구들한테 웃음거리가 됐다고 울기까지 했잖아."

우미카는 대답하지 않았다. 나는 소스라치게 놀랐다.

여동생이 속상해하거나 다른 사람의 눈을 신경 쓰는 광경은 상상할 수 없다. 무언가 착오가 있었겠지, 생각했더니 어머니가 "우미카 너는 편식이 심해서 탈이야"라는 말을 남기고 휭하니 주방으로 돌아갔다.

결국 《6학년 과학》의 추가 구매 승인이 떨어졌는지 아닌지 확답을 받지 못했다. 그 날 저녁 식사 자리에서 우미카가 나폴리탄 스파게티의 피망을 시간을 들여 하나하나 꿀꺽 삼키는 소리가 옆자리의 내게 들렸다. 우거지상을 하고 억지로 접시를 비웠다.

우미카는 요령이 없다. 멜로디언 갖고 오는 걸 깜빡한 그날도 그랬다. 오 학년 교실로 가서 빌려 달라고 부탁하니, 우미카가 살짝 야릇한 표정을 지었다. 어리둥절하다는 듯, 숨을 삼키는 듯.

그러나 금세 "알았어"라고 고개를 끄덕이더니 하늘색 멜로디언 케이스를 들고 왔다. 어쩌면 멜로디언 호스로 간접 키스한다는 생각에 진저리를 쳤는지도 모른다. 뭐, 어때. 어차피 자매잖아. 다른 학년에 아무리 친하게 지내는 친구가 있다고 해도 멜로디언을 빌릴 생각은 하지 않지만, 자매니까 가능하다. 나는 이득을 본 기분이었다.

깜짝 놀란 건 수업을 마치고 빌렸던 멜로디언을 돌려주러 갔을 때였다. 우미카 근처에 있던 오 학년 아이가 "어라, 우미카. 너 멜로디언 있었어?" 하며 아는 척한다.

"오늘 잊어버리고 안 갖고 온 줄 알았어. 언니가 갖고 왔네. 근데, 너무 늦었나 보다."

"응."

고개를 끄덕이는 우미카는 침착했다. 멜로디언 옆구리에 적힌 우미카의 이름이 우리 사이에서 조롱하듯 도드라져 보였다. 순간, 내 실수를 깨달았다. 아까의 야릇한 표정의 의미가 이거였나.

"같은 시간이었어?"

"어."

"말하지 그랬어."

"그냥."

짤막하게 대꾸하는 우미카의 말투에 화가 난 기색은 없었지만, 그럴수록 마음이 답답했다. 멜로디언을 깜빡해 친구들 사이에 오도카니 앉아 있는 여동생을 상상한다. 육 학년 교실에서 부는 멜로디언 소리가 들렸겠지. 수업시간 내내 그 소리를 들으며 아래층에서 앉아 있으면 어떤 기분이 들까. 입술을 앙다물자, 가슴속이 찌르르 아팠다. 순순히 사과의 말이 나오지 않을 정도로 어색했다.

"철봉 연습은 좀 했어?"

화제를 돌리듯 물었다. 우미카가 끔벅끔벅 눈을 깜빡였다.

"같이 연습하자."

속죄할 생각은 아니었다. 그저 혼자서 친구들의 멜로디언 연습을 물끄러미 바라보는 여동생을 상상하니, 혼자서만 거꾸로 오르기를 하지 못해 조바심내는 모습과 겹쳐져 가슴이 죄어들 뿐이었다. 내 동생이 무시당하게 둘 수는 없노라고 굳게 다짐했다.

3

철봉 훈련은 근처 '어린이 공원'에서 방과 후에 하기로 약속했다. 내가 같이하자는 말을 꺼내기 전부터 우미카는 매일 공원에서 연습했던 모양이다.

모리 씨가 우주에 가는 건 구월. 우주왕복선 인데버호 Endeavour라는 이름을 얼마 전부터 텔레비전에서 소개하고 있다.

"그렇게 기다려져?"

"당연하지."

딱히 시비를 걸 마음은 없었지만, 우미카의 반응은 뚱했다. 철봉을 양손으로 잡고 영차, 하고 하늘을 향해 차올린 우미카의 다리가 중력을 거스르지 못하고 털썩 아래로 떨어졌다.

"다리를 잡아 줄까?"

내가 거꾸로 오르기를 익힌 건 일 학년 때다. 그 당시, 선생님이나 아버지가 연습하는 내 다리를 받치고 돌려주었다.

"무거울걸."

"괜찮아!"

시큰둥한 반응이지만 우미카가 영차, 하고 다리를 차올리는 동작에는 제법 박력이 있었다. 잡을 수 있겠다. 한 번만 더. 힘껏 손을 뻗었더니 우미카의 신발이 내 이마를 긁고 지나갔다.

"아야!"

"아, 미안!"

부딪힌 부위를 누르며 쪼그려 앉은 내게 우미카가 다가온다. "그럴 줄 알았어"라고.

"됐어. 혼자 해 볼게."

"나는 필요 없다는 말이야?"

욱신욱신 쑤시는 이마를 누르며 바라본 우미카의 얼굴에 표정이 없다. 뭐야, 라고 생각할 틈도 없이 우미카가 고개를 가로저었다.

"아니야. 같이 있어 줘."

이번에는 내 얼굴에 표정이 사라질 차례였다. 너무나 솔직한 반응에 맞받아칠 수도 없었다.

"내가 시범을 보일게. 잘 봐."

"알았어. 부탁해."

꾸벅 고개를 끄덕여 보이고, 몇 번이고 몇 번이고 공중을 향해 발을 차올렸다.

"언니는 인데버라는 게 무슨 뜻인지 알아?"

몇 번의 실패 후에 우미카가 숨을 고르며 말했다. 손바닥에 적갈색 물이 들어, 보기만 해도 철봉 냄새가 물씬 풍겨 온다.

나는 "몰라" 하며 고개를 내저었다. "노력"이라고 우미카가 알려주었다.

하늘에 어렴풋이 감색 빛이 드리워지고 희미하게 달이 보이기 시작한 지 얼마 지나지 않았을 무렵, 드디어 우미카가 연습을 중단했다. 여동생이 철봉을 떠나자, 교대하듯 이번에는 내가 거꾸로 오르기를 한다.

다리를 차올릴 때 발끝 너머로 하얀 달이 보였다. 오늘, 우미카는 몇 번이고 몇 번이고 이렇게 나처럼 달을 찼겠지. 거꾸로 오르기에 성공하고 훌쩍 땅으로 내려온 나를 향해 우미카가 "좋겠다"라고 중얼거렸다.

"도움닫기하고 힘껏 발을 굴러서 그 반동을 이용하는 방법도 있어."

나도 처음에는 그 방법으로 성공했던 기억을 떠올렸다. 이렇게, 라고 시범 삼아 돌아 보였다. 이삼 미터 떨어진 곳에서 달려와 기세를 몰아 철봉을 붙잡는다. 달을 차고 한 바퀴 빙그르르 돈다.

"이렇게?"

우미카가 나를 본받아 힘껏 달려온다. 어설픈 자세였지만, 그대로 철봉을 붙잡고 여태까지 연습한 것 중 제일 힘차게 다리를 차올렸다. 조금만 더 노력하면 원을 그릴 수 있을 것 같다.

"아깝다!"

나도 모르게 탄식이 터져 나왔다. 우미카는 적잖이 놀란 얼굴이다.

"조금만 더 연습해도 돼?"

"이 방법으로 내일부터 또 연습해 보자. 오늘은 너무 늦었잖아."

집에 돌아가니 일곱 시가 훌쩍 넘은 시간이라 우리는 할아버지와 엄마께 꾸중을 들었다. 그나마 아버지가 돌아오시지 않아서 다행이다.

"내일도 같이 연습해 줄래?"

우미카와 오래간만에 같이 욕조에 들어갔다. 철봉을 너무 세게 잡아서 손이 저린지 우미카가 몇 번이고 주먹을 쥐었다 폈다 하며 손을 움직인다.

"그래"라고 대답했다.

누군가가 무언가를 할 수 있게 되는 순간에 함께한다는 게 이렇게나 즐거운 일인 줄 몰랐다.

다음 날은 만화잡지인 《리본》과 《나카요시》가 나오는 날임을 나는 까맣게 잊고 있었다. 미나가 "우리 집에 올 거지?"라고 묻고 나서야 깨달았다. 매달 만화책이 나오는 날 방과 후에 미나와 편의점에서 한 권씩 사서 두 사람 중 한 사람의 집에서 읽는 게 어느새 우리끼리의 약속이 되었다.

만화책이 읽고 싶어 우리 무리에 들어오고 싶어 하는 애들도 있다. 하지만 미나는 "하루카랑 나는 단짝이니까"라며 다른 아이들을 물리쳤다.

"가야지!"

물론 만화가 보고 싶어서였지만, 바로 대답한 것은 다른 이유에서였다. '단짝'인 미나의 제안을 거절하면 미나는 다음부터는 사나에나 다른 친구를 초대할지 모른다. 다음부터는 나를 불러 주지 않을지도 모른다.

우미카와 철봉 연습하기로 한 게 마음에 걸렸지만, 연습은 내일이나 모레 해도 늦지 않다. 오늘 방과 후 연습을 미루자는 말을 전하려고 오 학년 교실로 들렀더니 우미카는 벌써 집으로 돌아간 뒤였다.

어떻게 할까, 잠시 망설였지만 될 대로 되라는 생각에 마음을 고쳐먹었다.

"너, 이마가 왜 그래?"

학교를 나설 때 미나가 물었다.

"아침부터 신경 쓰였는데. 살짝 빨개졌다."

"어, 그래? 몰랐어. 있잖아.《리본》이번 달 부록은 뭐래?"

여동생의 철봉 연습을 도와주기로 했다고 말하면 미나는 분명 나를 '착한 언니'라고 불러주겠지. '사이좋은 자매구나'

라고 말하겠지. 그렇게 생각하니 아무것도 말하고 싶지 않았다. 미나는 외동딸이라 모를 수도 있다. 하지만 나는 싫다. 착한 언니라는 말을 듣는 건 나와는 어울리지 않는다. 벌써 육 학년에 오 학년이니 여동생의 연습을 도와주는 것도 꼴불견처럼 느껴졌다.

미나 집에서 나섰을 때는 벌써 여섯 시가 넘은 시간이었다. 집과 논밭, 포장된 아스팔트 길과 자갈길이 불규칙하게 이어지는 귀갓길을 자전거로 지나며 그 시간까지 우는 매미 소리를 듣고 여름방학이 다가옴을 새삼 실감했다. 논에 훌쩍 키가 커진 벼 이삭의 곧은 그림자가 일렁일렁 흔들린다. 개구리 울음소리가 들린다.

아직도 우미카가 '어린이 공원'에 있을 리 없다고 생각하면서도 어차피 가는 길이라 일단 들러 보기로 했다.

공원을 둘러싼 잿빛 울타리 너머로 보이는 철봉 근처에는 인기척이 없었다. 텅 빈 공원을 확인하고 안도의 한숨을 내쉬었지만 동시에 아쉬운 마음도 들었다.

자전거를 세우고 집으로 들어가 "다녀왔습니다"를 말할 새도 없이 할아버지와 할머니가 "어딜 갔다 이제 오니?"라고 다그치기 시작했다. 험악한 분위기에 기가 죽어 대답다운 대답도 하지 못하고 우물쭈물 두 사람의 얼굴을 바라보았다.

엄마가 없었다. 무언가 이상한 분위기를 감지하고 나는 주방 쪽을 본다. 이 시간이면 어김없이 나는 밥 냄새가 나지 않는다. 주방의 불이 꺼져 있다.

우미카가 다쳤다고 했다. 오른팔이 부러져 엄마와 함께 병원에 갔다고 했다. 우미카는 어쩌면 그 길로 입원할 수도 있단다. 할머니가 설명하는 소리를 나는 멍하니 듣는다. 조개껍데기를 대고 소리를 듣는 것처럼 멀리서 아스라하게 들리는 목소리였다. 우미카는 철봉에서 떨어졌다고 했다.

4

퇴근한 아버지와 함께 병원으로 향하는 동안 나는 줄곧 고개를 숙이고 있었다. 머릿속에서 '네 탓이야' 라는 누군지도 모르는 목소리가 맴돌았다.

자동차 안 내 옆에 엄마가 가져오라고 부탁했다는, 우미카가 갈아입을 옷이 반투명한 봉투 속으로 비쳐 보였다. 회색, 나에게서 물려받은 하의. '하루카'라고 적은 이름을 매직펜으로 지우고, 아래에 여동생의 이름인 '우미카'를 써 놓았다.

우미카가 다쳤다는 소식을 들었을 때부터 울고 싶은 마

음이 굴뚝같았지만 눈물이 나오지 않았다. 그러다가 고쳐 쓴 이름을 보자 나오지 않던 눈물이 욱신욱신 눈 안쪽에서 배어 나오기 시작했다. 차 안에서 국도 너머의 야경이 선을 그리듯 흘러갔다.

골절당한 아이는 우리 반에도 몇인가 있다. 다들 깁스하고 학교에 왔다. 그러나 입원했다는 이야기는 들은 적이 없다. 우미카는 그 정도로 심각한 부상인가. 그 아이는 연습에 오지 않은 나를 원망하고 있겠지. 제대로 사과해야겠다고 다짐했지만, 약 냄새 나는 병실에 한 걸음 들어서는 순간 입이 떨어지지 않았다.

우미카는 축 처진 쌍꺼풀이 평소보다 더 무겁다는 듯 희미하게 눈을 뜨고 침대에 누워 있었다. 힘도 빛도 없는 눈으로 내 쪽을 바라본다. 아침까지의 우미카와 전혀 다른 모습이다. 얼굴을 보니 달려가서 끌어안고 사과하고 싶었다. 하지만 나는 다리를 벌리고 버티고 선 채 여동생에게 다가갈 엄두조차 내지 못했다.

"우미카, 언니 왔네."

엄마가 격려하듯 건넨 말이 괴로웠다. 나는 약속을 어겼다. 아무 말 없이, 적어도 눈을 피하지 않으려고 몸부림쳤다. 우미카가 "왔네" 하고 고개를 끄덕였다. 오른팔을 하얀 붕대로 칭칭 동여매 고정한 채 침대 위에 늘어트리고 있다. 손 상태가 어떤지는 붕대로 감아 놓아 알 수 없었다.

내 탓이다. 다쳤을 때의 자세한 상황은 모르지만, 내가 도움닫기를 해서 반동을 이용하라고 가르쳐 주었다. 우미카는 있는 힘껏 뛰어와 철봉 너머로 곤두박질치지 않았을까. 원망들을 각오를 했다. 엄마한테도 분명 혼이 나겠지.

그러나 우미카는 아무 말도 하지 않았다. 멍하니 천장을 본다. 엄마가 시키는 대로 나는 우미카 옆에 앉았다. 사과해야 한다고 생각했지만, 여기까지 와서도 말이 나오지 않았다. 부모님이 두 분 다 입원 여부를 두고 의사 선생님과 의논하기 위해 병실을 나가 버렸다. 나는 고개를 숙이고 침묵의 시간을 그저 견딜 수밖에 없었다.

"구월까지, 손, 다 나으려나."

우미카가 불쑥 내뱉은 말에 고개를 든다. 우미카의 입술이 까칠하게 말라 허옇게 떴다. "아파" 하고 중얼거리며 얼굴을 찡그린다.

"인데버호 발사 장면은 집에서 보고 싶은데."

"……그래, 같이 집에서 보자."

같이, 라고 말하는 목소리가 떨렸다. 같이 연습하자는 약속을 깬 내가 입에 담아서는 안 되는 말인지도 모른다. 하지만 우미카는 천천히 나를 본다. 어째서인지 입가에 웃음기가 있다.

"있잖아, 언니."

"응."

"우주비행사가 되고 싶어!"

도대체 왜 이 때를 골라 우미카가 그런 말을 했는지는 알
수 없다. 중대한 비밀을 털어놓듯 우미카가 "비밀이야"라는
다짐을 덧붙였다.

"그래!"

나는 고개를 끄덕였다. 그리고 입술을 깨물었다. 안 그러
면 다시 눈물이 나올 것만 같았다. 아픈 사람은 우미카인데,
내가 울면 볼썽사납다.

누운 채 말하는 우미카의 목소리가 겁에 질려 있다는 사
실을 말하던 도중에 알아차렸다. 다른 사람들의 시선을 개의
치 않고 '과학'에 탐닉하는, 별나지만 씩씩한 내 여동생의 마
음이 약해졌다.

"될 수 있어"라고 나는 대답했다. 물속에 처박힌 듯 코가
먹먹해져 눈물을 참기 힘들다.

"될 거야!"

다시 한 번, 이번에는 고쳐서 말했다.

"우미카, 금방 퇴원할 수 있대요?"

"조금 길어질 수도 있다더라."

돌아오는 차 안에서 엄마에게 물으니, 잠시 뜸을 들인 뒤 대답이 돌아왔다. '조금, 길어질 수도 있다.' 모순되는 그 말에 불길한 예감이 스치고 지나갔다.

"왜요? 그냥 골절이잖아요."

"뼈가 자라는 중요한 시기의 부상이라 살짝 길어질 수도 있대."

"하루카, 너는 걱정할 필요 없어!"

운전석의 아버지가 다독인다. 하지만 두 분의 목소리는 지치고 기운이 없었다. 결국, 부상에 관한 중요한 정보를 내게 가르쳐 준 사람은 우미카 자신이었다. 일 학기 종업식을 맞아 여름방학에 들어가도 우미카는 퇴원하지 못했다. 나는 오 학년 우미카의 반 아이들이 우미카에게 전해 달라고 준 위문편지와 "빨리 낫기를"이라고 적은 종이를 늘어트린 천 마리 종이학을 들고 병실에 들렀다.

"뼈가 굽은 방향으로 붙어 버려서 수술해야 할 수도 있대."

우미카의 말투는 평소처럼 담담했다. 나는 "뭐?" 하고 중얼거리다 그 말을 듣고 화들짝 놀라 우미카의 팔을 본다. 그리고 허둥지둥 눈을 피했다.

"수술한대?"

"응. 아마도."

우미카는 반 친구들에게 받은 색종이에 적은 메시지를 눈으로 읽는다. 한차례 읽더니 그만하면 됐다고 생각했는지 미련 없이 선반에 올려 둔다. 알록달록한 형광펜을 바꿔 가며 깜찍한 그림을 곁들여 우미카에게 보내는 메시지를 적은 아이들과 우미카가 사실 그다지 친하지 않은 사이라는 것을 나는 안다.

"언니, 있잖아."

"응."

"골절당해서 수술하고 팔에 볼트를 한 개라도 박으면 우주비행사가 못 된다더라."

"뭐?"

두 번째의 "뭐?"는 목소리가 커졌다. 우미카가 눈을 내리깔고 대수롭지 않다는 듯 창밖을 내다본다. 하지만 나는 안다. 저건 연기다. 억지로 평정심을 가장하고 있다. 우미카는 항상 똑바로 내 눈을 보고 말한다.

"고통에서 도망칠 수 없어."

할 말을 잃은 내 앞에서 우미카가 작게 한숨을 내쉰다.

"무엇을 한들 시름을 잊을 수 없으니까 우주에 가는 수밖에 없어."

"우주?"

"이따금 내가 우주에 있다고 상상하곤 해."

우미카는 그렇게 말하고 살짝 웃었다. 바다에 잔물결이 밀려와 바로 사라지는 순간처럼 고요한 미소였다.

여름방학이 되고 얼마 지나지 않아 우미카는 긴 머리를 병원에서 싹둑, 엄마한테 잘리고 말았다. 부상 때문에 생각대로 욕조에 들어가거나 머리를 감을 수 없게 되면서 긴 머리를 깔끔하게 유지하기 힘들어졌다. 부스스하게 엉키기 일쑤인 데다 마침 무더운 계절이라 시원하게 자르는 것도 나쁘지 않겠다고 엄마는 간단히 말했다. 그러나 병문안을 간 병실에서 짧은 머리 한 우미카를 봤을 때는 충격을 받았다.

"바람이 술술 들어오네. 뭔가 허전하다."

우미카는 아무 일도 아닌 것처럼 말했지만, 그때도 내 눈을 보려 하지 않았다.

내 초등학교 육 학년 여름방학은 거의 우미카의 부상에 관한 기억으로 메워졌다. 우미카 자신이 느끼고 있듯 그 아이의 부상은 내가 생각했던 것보다 훨씬 중상이었다. 내가 잠자리에 들고 난 뒤 부모님이 늦게까지 거실에서 이야기하는 소리가 들려 나는 살그머니 이불을 빠져나와 문에 귀를 갖다 대고 가만히 엿들었다.

'팔꿈치 쪽을 절개해서 신경을 하나하나 다시 이어야 한다'는 말을 들은 날, 나는 온몸의 피가 한꺼번에 빠져나가는 것 같은 충격을 느꼈다. 진실을 알아버린 사실을 후회하며 이불 속으로 들어가자 등허리에 열이 났을 때처럼 오싹오싹한 한기가 들었다.

우미카가 수술을 받는다. 멀쩡한 내 팔을 보며 피부에 메스가 들어오는 장면을 상상하고 '싫어'라고 소리치고 싶었다. 안 돼, 안 돼, 안 돼! 우미카의 팔에 칼을 대다니 있을 수 없는 일이야!

우주비행사를 꿈꿀 수 없다니 말도 안 돼! 잠을 이루지 못하고 이불에서 빠져나오자 이층침대 위에서 우미카의 책상이 보였다. 줄지어 늘어선 과학 잡지의 부록들. 그중에 돔 모양의 천문대 지붕이 눈에 들어오자 더는 버틸 수 없었다.

남쪽을 향한 커튼 너머로 달빛과 별빛이 들어와 방안은 창가만 밝았다. 침대에서 내려와 창을 여니, 밤 매미가 울고 있었다. 맑은 하늘에 뜬 별 이름. 학교에서 배웠지만 나는 북극성과 북두칠성 정도밖에 알지 못했다.

우주비행사가 되려면 공부를 잘해야 하는 건 물론이거니와 건강한 신체가 필요하겠지. 어떡하지. 그 아이는 진심이다. 그런 식으로 부끄럽다는 듯 꿈을 고백할 정도로 소중하게 여긴다. 인데버호의 발사를 학수고대한다. 나는 우미카를 위해 무엇을 할 수 있을까.

우미카에게 이야기를 듣고 나서 도서관에서 우주비행사에 관한 책을 찾아 샅샅이 읽기 시작했다. 수술하면 자격이 없어지는지, 어떤 자격조건이 필요한지, 깨알같이 빽빽한 글씨가 가득한 어른용 두꺼운 책도 읽어 보았다.

우미카는 나 때문에 다쳤다. 어떻게 하지, 어떻게 하지. 열심히 내용을 읽었지만 확실한 대답을 주는 책은 한 권도 없었다. 부모님이나 선생님께 물어볼까 생각도 해 보았다. 하지만 우주비행사가 되고 싶다는 꿈에 대해서는 비밀로 하겠다고 우미카와 약속한 터라 그럴 수도 없었다.

어둠이 조금도 두렵지 않았다. 작년 여름, 우미카와 거닐던 바닷가의 하늘도 이렇게 따스한 빛으로 가득했다. 그 날 일을 떠올리니 가슴이 먹먹해 그때 다퉜던 기억마저 매달리고 싶을 정도로 그리웠다.

해변에서 조개껍데기 소리를 가지고 나는 우미카에게 화를 냈다. 그 아이가 '그 소리는……'이라고 말하려던 걸 가로막고 씩씩대며 혼자서 가 버렸다. 그때 우미카는 무슨 말을 하려던 걸까. 내가 왜 화를 내는지 알지 못하는 그 아이에게 나는 한 번도 화가 난 이유를 설명해 준 적이 없다. 말대꾸를 일삼는 우미카와 대화를 포기했다. 그 아이가 하는 말은 어차피 시건방지고 귀여운 구석이라고는 눈을 씻고 봐도 없다고 단정 짓고 제대로 들으려 하지 않았다.

병원에서 들은 우미카의 말을 떠올린다. '고통에서 도망칠 수 없으니 우주에 가는 수밖에 없어. 무슨 일을 해도 시름을 덜 수 없어. 내가 우주에 있다고 상상하곤 해.' 그리고 웃었다.

아아. 알았어, 우미카. 마음속으로 가만히 말을 걸어 본다. 달이 무척 가깝다. 내가 보는 이 하늘 너머에 있는 것을 우미카라면 훨씬 다양하게 상상할 수 있겠지. 그 아이라면 볼 수 있겠지.

우미카는 아마 우주에 있을 터다. 우울한 일이 생길 때마다 항상 사랑하는 우주를 떠올리고 가만히 참고 견뎠겠지. 그래서 태연하다. 자기 반에서 외톨이가 되어도, 멜로디언을 혼자만 불지 못해도, 철봉에서 거꾸로 오르기 하지 못해 다른 아이들에게 뒤처졌을 때도, 애지중지하던 긴 머리를 잘라야 했을 때도. 괴롭지 않았던 게 아니다. 그래서 자기가 있을 장소를 따로 만들었다. 좁은 교실이나 눈에 보이는 장소가 전부가 아니었다. 그래서 그렇게 씩씩할 수 있었다.

저 멀리 있는 별빛을 올려다보며 나는 내가 할 수 있는 일이 무엇일까 필사적으로, 필사적으로 생각하고 또 생각했다.

5

학교 소식지의 교정용 원고지를 앞에 두고 "뭐든지 좋아하는 걸 써도 괜찮아요?" 하고 물으니 유카미 선생님은 "뭐라고?" 하며 목소리를 높였다. 내가 웃지 않고 물끄러미 바라만 보는 걸 알아차리고 표정을 가다듬었다. 그러고는 "괜찮아"라고 대답해 주셨다.

"일 학기부터 다들 그렇게 하고 있잖니. 본인의 관심사를 적으렴."

"알겠습니다."

나는 미나와 함께 교무실을 뒤로하고 나왔다.

지금까지 다른 친구들이 《은하》에 적은 기사는 '구기대회 선수 발표'나 '소풍을 다녀왔습니다' 등의 소소한 일상 위주다. 행사가 있을 때는 그나마 낫지만, 별다른 일이 없을 때는 '임원 소개'나 '수업 진도는 여기까지입니다' 등의 시시한 기사들로 채워진다. 그래도 볼썽사나울 정도로 튀는 기사보다는 훨씬 낫다. 나는 될 수 있는대로 무난한 기사를 쓰자고 다짐했다. 이 학기, 실제로 오늘이 될 때까지는.

"하루카, 뭘 쓰면 좋을까? 특별히 관심 가는 내용이라도 있어?"

"약간 신경 쓰이는 게 있기는 한데."

말하고 나서 지나치게 의미심장하게 들리지는 않았는지 걱정이 되어 허둥지둥 부정한다.

"미안! 부끄러워서, 미나한테도 나중에 보여 줄게."

"그래?"

미나는 삐쳤는지 입을 비죽거렸다. 결국, 우미카는 여름
방학 내내 입원해 있어야 했다. 그나마 인데버호 발사에는
어떻게든 맞출 수 있어 우리는 텔레비전으로 우주왕복선의
꽁무니에서 내뿜는 불길과 하늘을 향해 사라져 가는 그림자
를 보여 주는 중계방송을 시청했다. 우주비행사 모리는 앞으
로 일주일 남짓 우주에 머문다고 한다.

가장 흥분해야 할 우미카는 우주왕복선이 발사되는 동안
재잘거리는 것도 잠시 잊고 빨려 들어갈 듯 화면을 뚫어지
라 응시했다. 녹화한 영상을 몇 번이고 몇 번이고 재생해 매
일 뉴스 시간에 인데버호 발사 소식이 보도될 때마다 열심
히 시청한다. 깁스하지 않은 손으로 불끈 쥔 주먹이 떨리는
모습을 보았다.

'아, 우는구나'라고 생각하며 얼굴을 살폈는데, 우미카의
표정이 지금까지 본 적이 없을 정도로 기쁨에 들떠 반짝반
짝 빛나고 있다. 인간은 웃는 얼굴이 아니라도 기쁨을 표현
할 수 있다는 사실을 처음으로 깨달았다. 나에게도 여동생의
기쁨과 흥분이 고스란히 전염되었다. 어째서인지 내가 울먹
였다.

엄마께 허가받은 《6학년 과학》을 우미카는 자신의 《5학
년 과학》과 합해 탐독했고, 나에게도 《과학》과 다른 책과 신

문에서 알게 된 수많은 정보를 가르쳐 주었다.

아폴로 계획부터 이번 인데버호 발사까지의 역사. 모리 씨가 우주에서 무슨 일을 하는지. 우주와 지구에 대하여, 그리고 인데버호에서 일본 초등학교를 텔레비전 생방송으로 연결해 우주비행사 모리 씨가 우리 어린이들에게 우주에서 수업을 해 줄 수도 있다는 이야기를 듣고 우미카뿐 아니라 나까지 두근두근 가슴이 설렜다.

1986년 챌린저호 사고로 이번 계획이 연기되었다는 사실도 그때 우미카에게서 전해 들었다. 그런 역사가 있다는 것조차 나는 알지 못했다.

책상 앞에서 나는 심호흡하고 원고지에 《은하》의 제목과 첫 줄을 적어 나가기 시작했다.

"지금 우주에 나가 있는 우주왕복선 인데버호의 이름인 '인데버'는 '노력'이라는 뜻을 담고 있습니다."

학교와 관계없는 내용을 적으면 왕따 예비후보가 될 수도 있다. 하지만 우리에게는 교실이 있는 '이곳'이 전부가 될 필요는 없지 않을까. 교실 책상 앞에 앉아서도 마음은 머나먼 우주를 향할 수도 있다.

그냥 글을 적는 것뿐인데도 도중에 몇 번이나 숨을 참았다. 손발이 오그라들 정도로 부끄러운 짓을 하는 건 아닐까, 모범생 연기하는 것처럼 보이지는 않을까, 허튼짓을 해 놓고 모두에게 보여 주려고 용을 쓰는 게 아닐까, 불안이 뱃속 깊은 곳에서 목구멍까지 꾸역꾸역 치밀어 올랐다.

하지만 나는 우미카가 내 글을 읽어 주기를 바랐다. 그 아이에게 배운 지식이 인쇄되어 모두에게 배부되고 학교에서 인정받았다는 걸 보여 주고 싶었다.

원고지용 펜을 고쳐 잡았다. 수정액을 거의 쓰지 않고 마무리했다. 단숨에 써 내려 갔다. 글을 쓰는 즐거움을 처음으로 깨달았다.

완성한 《은하》 원고를 양손으로 잡는다. 제목을 다시 바라본다.

"우주비행사 모리 마모루, 우주로!"

"무사히 임무를 마치고 귀환하기를 기도한다"고 적은 마지막 문장을 다 쓰고 나서 보니 볼이 달아오를 정도로 멋을 부렸다는 생각에 반성했지만, 결국 그대로 두었다. 그것은 아마도 우미카와 나의 가장 큰 소망이 그 문장에 담겨 있기 때문일 것이다.

모리 씨가 우주에 가 있는 동안 인쇄해서 나눠 주었으면 좋겠다고 선생님께 말씀드리자 유카미 선생님은 원고를 읽고 나서 "알았다. 오늘 나눠 줄게"라고 약속해 주셨다.

미나에게도 이번에는 읽지 못하게 했다. 평소라면 제출할

과제가 있을 때 사전에 서로 보여 주고 칭찬해 주던 우리에
겐 처음 있는 일이었다. 나는 친구 몰래 나쁜 짓을 했을 때처
럼 불편한 마음으로 종례 시간까지 보냈다.

"오늘 《은하》는 하루카 친구가 작성했습니다. 지금부터
나눠 줄게요."

앞에서부터 순서대로 《은하》를 나눠 준다. 눈에 익은 내
글씨가 종이에 인쇄된 모습을 보고 죽을 만큼 가슴이 두근
거렸다.

누군가에게 놀림 받을 수도 있다고 각오했다. 한편으로는
누군가 흥미롭게 읽어 주지 않을까, 감상을 말해 주지 않을
까, 하는 긍정적인 기대도 품고 있었다. 하지만 다들 《은하》
를 펼칠 생각도 하지 않고 그대로 접어서 가방에 넣는다. 내
어깨에서 풀썩 힘이 빠져나갔다.

종례가 끝나고 난 뒤, 같이 가자며 미나가 내 자리로 왔
다. 끝까지 읽지 못하게 한 터라 미안한 마음이 들었지만, 미
나는 내가 쓴 《은하》에 관해 한마디도 언급하지 않았다. 뭐
야, 이게 다였어? 그때까지 오기를 부린 나 자신이 바보 같
고, 너무도 비참해 넋이 나갈 정도였다. 어금니를 악물 정도
로 분했다.

집으로 돌아가려고 막 교실을 나서던 순간이었다. "하루
카"라고 누가 내 이름을 불렀다. 뒤를 돌아보니, 학급위원인

구누기였다. 《은하》에 '우리 모두의 《은하》 이야기'를 쓴 그 아이다. 평소에는 거의 이야기를 나눈 적이 없다.

"이번 《은하》, 재미있더라!"

커다란 안경 너머의 까만 눈동자가 나를 보고 있다. 나는 바로 대답하지 못하고 눈을 끔뻑이며 그 아이를 마주 본다. 구누기가 웃었다.

"여태까지 읽은 《은하》에 관한 기사 중에서 최고였어! 우주비행사 이야기로 한 호를 채우다니 대단해!"

"그랬니?"

"응!"

대답하며 뺨이 달아올랐다. "고마워"라는 말이 나올 때까지 긴 시간이 걸렸다. 몸 한가운데로 부드러운 빛이 비치듯 조금 전의 불쾌한 기분이 사라져 갔다. 따스한 기운으로 충만해졌다.

우미카와 함께 올려다본 밤하늘의 따스함과 어딘가 비슷한 기분이다. 기사뿐 아니라 우미카까지 칭찬받은 것 같은 자랑스러운 기분. 입가에 힘이 풀어져 나도 모르게 헤벌쭉 입이 귀에 걸리도록 웃는다.

집에 돌아온 내가 내민 《은하》를 우미카는 물끄러미 들여다보더니 읽기 시작했다. 반 친구들한테 보여 줄 때보다 훨씬 긴장했다. 우미카에게 감상적인 칭찬의 말이나 감격의 눈물을 기대한 건 아니지만, 끝까지 읽은 우미카는 평소와 같은 무표정을 유지했다.

"이거, 나를 위한 거야?"

거리낌 없는 말투로 묻는다.

"응."

"고마워!"

어째서 좀 더 감동적으로 반응해 주지 않는지 짜증이 솟구쳤지만 어쩔 수 없다고 단념했다. 이게 내 여동생이고, 우미카는 원래 그런 아이니까!

다음 날, 학교에 갔더니 유카미 선생님이 교무실로 불렀다. 당번도 아니고 교무실에 불려갈 이유도 짚이는 데가 없어 흠칫거리며 선생님의 책상까지 가니 원고지를 건네주셨다.

"한 번 더 써 볼래?"

그대로 숨을 멈추었다. 선생님이 계속했다.

"얼마 안 있으면 모리 씨가 우주에서 귀환한대. 귀환을 주제로 한 호 더 써 보면 어떨까?"

원고지를 잡은 손가락에 힘이 들어가지 않았다. 기뻐서! 그 순간에도 우미카의 얼굴이 떠올랐다. 감정 기복이 적은 아이지만, 그래도 내가 제일 먼저 기쁜 소식을 전하고 싶은 사람은 바로 그 우미카였다.

6

우미카의 팔은 당초 예상보다 훨씬 예후가 좋았다.

"우미카, 수술해야 한대요?"

큰마음 먹고 어느 날 저녁 부모님께 물었더니, 두 분은 동요했다. 답을 듣기 두려워 내 어깨도 표정도 긴장으로 뻣뻣하게 굳었다. 얼굴을 마주한 두 분이 나를 사이에 앉혔다. 그리고 가르쳐 주셨다.

"괜찮대! 똑바로 펴려면 수술하는 방법도 있다고 의사 선생님이 말씀하셨지만. 얼마 전에 엑스레이를 찍었더니 굳이 수술할 필요가 없을 정도로 우미카의 뼈가 바르게 펴졌대. 손가락도 자유롭게 움직일 수 있다더라."

아버지의 말씀대로 우미카는 시월에 깁스를 풀었다. 얼마 후에는 체육 수업에도 참여할 수 있게 되었다. 너는 견학하는 게 더 좋지?, 라고 물었더니 부루퉁한 말투로 "괜찮아"라고 대답한다. 이런 때 이 아이는 고집불통이다.

잘 못 하니까 농땡이를 부린다고 오해받는 게 마뜩잖은 게다. 속마음을 들려주지 않고 고집을 피우는 것도 정말로 우미카답다.

오륙 학년이 합동 수업으로 짝을 지어 하는 스트레칭 시간에 자진해서 "우미카랑 할게"라고 나섰다. 다친 사실을 아는 모두가 조심조심 우미카의 몸을 만진다고 생각하니 내가 하는 게 최선이라는 생각이 들었다. 자매가 짝을 지으면 어색하겠다고 생각했던 마음은 지금은 신기하게도 사라졌다. 다른 사람들이 '착한 언니'라고 착각해도 어쩔 수 없다.

살살 힘을 주어 등을 밀자, 우미카가 뜬금없이 말문을 열었다.

"지난번에……."

"응."

"문집 원고에 장래희망을 '우주비행사'라고 적었어."

"그랬구나!"

알고 있다.

오 학년 남학생들이 "과연 장래희망의 모범답안"이라며 호들갑을 떨었다. 파일럿이나 우주비행사처럼 거창해서 이루지 못한 희망의 대명사처럼 들리는 '꿈'. 떠들고 싶은 사람은 떠들게 두면 그만이다. 나는 다른 사람들이 나를 어떻게 볼지 여전히 신경 쓰이지만 우미카라면 대범하게 넘길 테지.

"우주에 가는 사람은 딱 너 같은 사람일 거야. 사물을 보는 방식이나 우주에 대한 생각이 나랑은 완전히 다르잖아!"

심호흡을 한다. 그리고 가까스로 "미안!" 하고 사과했다.

"다쳤던 날, 철봉 연습을 도와준다고 했으면서 못 갔잖아. 약속을 못 지켜서 미안해! 내가 갔더라면 다치지 않았을지도 모르는데."

"언니 잘못이 아니야. 언니가 있든 없든 철봉에서 떨어졌을 거야."

"그래도 미안!"

"괜찮다니까!"

평소 어떤 상황에서나 천연덕스러운 우미카가 드물게 불편한 기색을 드러내며 얼굴을 찌푸린다. 한동안 묵묵히 스트레칭을 하더니, 이윽고 우미카의 입에서 뜻밖의 말이 나왔다.

"나는 언니 같은 사람이 우주에 가야 한다고 생각해."

"뭐라고?"

농담인가 싶어 얼굴을 뚫어지게 바라보았지만 우미카의 사전에 농담이라는 단어는 없다.

"하루카라는 이름, 우주비행사에 어울려!"

"이름?"

"하루빨리 우주에 가고 싶다는 구절이 나오는 책이 많잖아. 그걸 볼 때마다 옛날부터 언니가 부러웠어. 언니 이름에는 '하루'가 들어가니까 하루빨리 우주에 갈 수 있지 않을까. 부럽다!"

놀라고 만다. 나는 줄곧 '우미카'의 이름을 부러워해왔다. 한데, 우미카는 반대로 내 이름을 부러워했다니. 얼굴을 마주 보고 이름이 '부럽다'고 칭찬받으니 쑥스러웠다. 어떤 표정을 지어야 좋을지 몰라 당황한 내 앞에서 우미카가 "그리고……"하며 이야기를 계속했다.

"나는 말로 표현하는 게 서툴러."

진지한 얼굴로 말한다.

"색깔을 보고 자연을 보아도 원리를 이해하는 게 즐겁고 기쁘지만, 그게 다야. 전에 언니랑 바다에 갔을 때 나한테 밤이 따스하다고 했던 거 기억나?"

그때의 느낌은 생생하게 기억하지만, 실제로 그런 말을 했는지는 모르겠다. 어쨌든 사소한 일이다. 잠자코 있는 내게 우미카가 말한다.

"나는 밤이 무서웠던 적이 없어. 언니가 깜깜하지만 무섭지 않다, 밤하늘이 지구를 감싼 진짜 하늘이라고 말했을 때 충격적이었어. '그렇구나, 밤을 무서워하는 사람이 보는 하늘은 그런 거구나' 하고 깜짝 놀랐어."

우미카가 나를 돌아보며 살짝 웃었다. 앞쪽에서 선생님의 호루라기 신호가 울려 이번에는 우미카가 내 등을 눌러 줄 차례가 된다.

"그때 달을 노란색이 아니라 하얀색에 가까운 금빛이라고 말했지? 나는 달을 좋아하지만, 내게 달은 그냥 달빛일 뿐이거든, 그걸 노란색이나 금색으로 표현할 수 있을 줄은 몰랐어. 우주에서 지구를 봐도 무슨 말을 어떻게 해야 할지 모를 테지. 유리 가가린이 최초로 우주에 갔을 때보다 한참 시간이 지났지만, 가가린처럼 '지구는 푸른 별이다'라는 말밖에 하지 못할 거야."

"그래?"

"응."

뚱딴지같은 말에 슬쩍 웃자, 우미카가 "그러니까 언니 같은 사람을 우주에 데려가는 게 내 꿈이야"라고 대답했다.

"만화가를 데려가서 지구를 직접 눈으로 보고 그림을 그려 달라고 부탁하고 싶어. 푸른색도 그냥 푸른색이 아니라 구체적인 말로 표현해 줄 수 있는 사람을 데려가고 싶어. 몇 십 년이 걸릴지는 모르지만."

"데려가 주라."

내가 말했다.

"내가 죽기 전에 그런 시대를 만들어 줘."

"근데, 솔직히 말하면 언니한테는 안 어울릴지도 몰라."

"뭐야?"

진지하게 팔짱을 끼고 곰곰이 생각에 잠긴 우미카의 말투가 정말로 우미카답다. "근데 말이야"라고 모처럼의 기회를 이용해 나도 묻고 싶은 게 있었다.

"바다에 갔을 때 조개껍데기 소리를 가지고 이야기했잖아. 내가 바닷소리라고 했더니, 니가 틀렸다고 핀잔을 줘서

화를 냈지만. 그때 사실 무슨 말이 하고 싶었던 거야? '그 소리는'까지밖에 말을 안 했잖아."

"아, 그거?"

우미카가 길게 숨을 들이마셨다. 아무래도 기억하고 있는 모양이다. 입술을 굳게 다문다. 우미카가 목소리를 낮추고 속삭였다.

"그 소리는……, 언니 귀가 연주하는 소리라고 말하려고 했지."

나는 순간적으로 여동생을 돌아보았다. 내 등을 낑낑대며 누르는 머리가 보인다. 머리는 병원에서 잘랐을 때보다 약간 길어 있다.

마음에 들어, 라고 생각했다. 나도 모르게 말해 버렸다.

"우미카, 너 표현력이 장난 아닌데! 연주한다는 표현, 나도 못하는데."

"그런가?"

삑, 하고 다시 호루라기가 울리고 스트레칭이 끝났다. 자리에서 일어난 우리는 서로의 얼굴을 바라보았다. 집합 신호가 울려 선생님 앞으로 내달릴 때 우미카가 내 팔을 슬쩍 잡았다. 부드러운 손의 감촉과 체온을 느끼는 순간, 본능적으로 이 아이는 내 여동생이라고 직감했다. 사고방식이 닮지 않아도 언니보다 머리가 좋아도 상관없다. 조건 없이 내 팔에 기대도 좋은 사람은 이 지구상에 단 한 명, 이 아이뿐이다.

날카로운 굉음이 머리 위에서 들려와 고개를 들자 하늘에 비행기가 날아간다. 하얀 비행기구름이 선을 남기고 있다.

1992년의 가을하늘이 이렇게 높았다고, 기억해 두자고 다짐했다.

"우리와 같은 하늘 아래에서 모리 씨와 인데버호의 무사 귀환을 기원하며 기다린 아이들은 우리뿐만이 아니다. 교실과 학교라는 틀을 넘어 우리는 낯선 이 땅의 아이들과 한마음으로 이어져 하나가 되어 있다."

내가 쓴 두 번째 《은하》의 마지막 문장. 내 초등학교 육학년 가을의 추억이다.

손녀와 생일파티

1

   미온네 가족이 고향으로 돌아오겠다고 결정한 것은 갑작스러운 사건이었다. 일이 바쁘다며 백중이나 설날에도 연락을 잘 하지 않던 큰아들 고지한테서 작년 연말 갑자기 전화가 걸려 왔다. 미국 뉴저지 주에서 걸려온 국제전화였다.

   "일본에 돌아가게 됐는데, 같이 사실래요?"

   오랜 세월 곁을 지킨 할멈을 암으로 잃은 지도 벌써 십 년 가까이 지났다. 그동안 나는 선조 대대로 물려받은 집에서 혼자 살았다.

   슬슬 일흔이 다가오는 내 치다꺼리하느라 "같이 살자"고 은혜를 베풀 듯 제안한 거라면 거절하려고 했다. 그러나 전화로 제안하는 아들의 목소리에 그런 기색은 거의 느껴지지 않았다.

   "집사람도 미온도 이제 이사나 전학에는 신물이 난다고 난리네요. 여태까지 질리게 돌아다녔잖아요. 일본에 돌아가면 이제부터는 한 곳에 터를 잡고 살고 싶다네요."

   "알았다. 그런데 왜 하필 고향 집으로 올 생각을 했니?"

"집을 새로 지을까 해서요."

고지는 손바닥 뒤집듯 간단히 말했다.

"우리 집 용지 안에 농사일에 쓰던 헛간이 있죠? 어차피 안 쓰고 비워 둘 건물이라면 철거하고 그 땅을 제게 주시지 않을래요? 미나코가 아파트에는 살기 싫다고 성화를 부려서요."

아들의 업무는 신문 등 언론에서 자주 이름을 보는 유명 전기회사의 광고 담당이다. 사월부터 도쿄의 본사로 이동이 결정되어 지바 현에 있는 우리 집에서 두 시간 가까이 걸리는 통근 생활을 하고 싶단다.

농사일에 쓰던 헛간은 할멈과 같이 수박농사를 짓던 무렵에 출하할 수박을 상자에 담는 작업을 하던 곳이다. 지금은 대부분 농지는 소작을 주고 집에서 먹을 것과 친척이나 지인에게 나눠 줄 정도의 수박만 가꾼다. 상품으로 내다 팔 게 아니라 슬렁슬렁 소일거리 삼아 농사를 짓는다. 부지 안의 헛간은 창고처럼 쓰고 있다.

나는 큰아들이든 작은아들이든 자식들과는 두 번 다시 같이 살 일이 없으리라 생각했다. 그렇다고 섭섭하게 생각하지는 않는다. 동네 친구들과 팀을 짜서 하는 게이트볼은 봄과 가을에 대회로 바쁘고, 할멈이 저세상으로 떠날 무렵 심판 자격을 딴 뒤로 우리 지역 연맹의 임원까지 맡고 있다. 대회에 나가면 내 경기 모습을 본 상대 팀이 "이봐, 저 4번 선수는 프로잖아" 하고 감탄사를 연발한다.

연맹 임원이라는 직함이 붙고 나서는 우리 지역에서도 방재부장이다 노인 클럽 회장이다 하며 감투를 쓸 일이 끊이지 않았다. 모임이나 회의도 수두룩했고, 그에 비례해 여행이나 술자리처럼 흥이 나는 일에도 초대가 쏠쏠치 않게 늘었다. 애초에 농사일을 물려줄 생각도 없었던 두 아들은 나란히 대학에 진학한 후에는 고향 집을 떠났다.

작은아들인 에타는 이웃 도시 관공서에 근무하다 결혼하고, 자식이 생기자 고향 집과 떨어진 곳에 단독주택을 사들였다. 한집에 살지는 않지만, 같은 지역에 거주하며 손주인 노노카와 리쿠를 데리고 우리 집에도 자주 나들이한다. 유치원 운동회 같은 행사에도 곧잘 불려가 아들네 집에서도 일 년에 몇 번은 자고 온다. 하지만 큰아들인 고지와는 요 몇 년 찬바람이 부는 관계를 지속해 왔다.

삼 년 전에 미국으로 발령이 나며 가족을 데리고 그쪽으로 건너간 뒤에는 더더욱 소원해졌다. 전화를 거는 일 외에는 제 어머니 제삿날 만나는 정도로 고향 집에는 발길이 뜸했다. 몇 번인가 미국에 놀러 오라는 권유를 받았지만, 해외여행 준비가 번잡스러워 매번 사양했다. 그 바람에 손녀인 미온과도 한참이나 만나지 못했다. 그러고 보니 벌써 여덟 살이구나.

그렇다고 같은 부지 안에 살겠다는 청을 잘라 거절할 이유도 딱히 떠오르지 않았다. 작은아들인 에타도 자기는 벌써 집을 샀으니 형한테 땅뙈기를 떼어 준다고 해서 불공평하다고 볼멘소리할 상황도 아니다. 사실 볼멘소리는커녕 태평한 소리를 늘어놓는다.

"잘됐네요. 아버지도 지금보다 더 나이 드시면 혼자 살기 적적하시잖아요. 형네 가족이 들어와서 같이 살아 준다면 저야 한시름 덜고 좋죠."

늙은이 취급받는 건 괘씸하지만, 결국 못 이기는 척 큰아들의 청을 받아들이기로 했다. 그렇게 유명한 회사에 다니면서도 막상 집을 지을 때가 되자 나고 자란 땅을 골라 처자식을 데리고 들어와 살겠다는 생각을 하다니 기특하다는 생각도 든다.

고지가 미국에서의 일을 정리하고 고향으로 돌아온 건 올해 삼월이었다. 아들네가 살 예정이었던 집은 아직 한창 공사 중이라 완공될 때까지는 당분간 내가 사는 본채에서 함께 살기로 했다.

"아버님, 염치없지만 신세 좀 질게요."

오래간만에 만난 며느리 미나코가 공손하게 허리 굽혀 인사한다. 할멈이 떠난 이후 나는 내 손으로 끼니를 준비하고 생활을 꾸려 왔다. 며늘아기는 눈 깜짝할 사이에 주방에 자기 짐을 부리더니 미국에서 썼다는 정수기까지 순식간에 수도에 연결했다.

"새집으로 이사한 후에도 같이 식사하세요."

일반적으로 젊은 세대는 부모 세대와의 합가를 꺼린다고 생각했지만, 우리 며느리는 그다지 개의치 않는 사람인 모양이다. 바꿔 말하면, 온 집안을 자기들이 쓰기 편하도록 멋대로 바꿔 놓는, 염치를 모르는 뻔뻔한 성격이라고도 할 수 있다.

새집을 짓기 위해 농사용 헛간을 철거하고 땅을 평평하게 골라 둔 부지는 아직 기초를 세우는 단계였다. 오두막 앞에 매년 튤립과 수선화를 심던 나는 주위를 정리하려고 작업복 차림으로 손에는 목장갑을 끼고 흙을 주무르고 있었다. 그때 뒤에서 인기척이 느껴졌다.

"뭐 하세요?"

손녀 미온이었다. 미온은 봄방학이 끝난 사월부터 집에서 가까운 공립 초등학교에 다닐 예정이라고 한다. 아들 녀석들이 다녔던 학교에 손주가 다니게 된다고 생각하니 감개무량하다. 봄부터 삼 학년이다.

"전에 심었던 모종이나 구근이 남아 있으면 좋지 않거든. 그래서 파내고 있었지. 자, 이것 좀 보렴."

우연히 뒤적거린 곳에 굵직한 지렁이가 꿈틀거리고 있었

다. 장난삼아 놀래 주려고 손바닥에 올리고 돌아보니 미온은 자지러지게 "으악!"하고 소리를 지르며 꽁무니를 뺀다. 상상 이상의 반응에 만족해 너털웃음을 터트린다.

아들네 가족이 미국으로 건너가고 나서는 손녀를 보지 못 했다. 미온이 아직 유치원에 다닐 무렵이었다. 초등학생이 되어 제법 여자 티가 날까 싶었더니 짧게 자른 머리에 비쩍 마른 미온은 사내아이라고 해도 믿을 정도로 선머슴 같다. 팔다리만 훌쩍 길어서 비실비실하다.

"미온은 왜 저렇게 말랐다니."

"그런가? 요즘 애들은 평균이 저 정도예요."

밥은 제대로 챙겨 먹이는지 의문스러웠지만, 같은 밥상에 몇 번 앉고 나서 고개를 절레절레 내저을 수밖에 없었다. 미 온은 편식이 심해 밥을 거의 먹지 않는다. 아침에는 상자에 서 꺼낸 과자 부스러기에 우유를 부어 먹는다. "그건 뭐니?" 하고 내가 마뜩잖은 눈길로 묻자, 뾰로통한 얼굴로 "콘플레 이크요. 콘플레이크 처음 봐요?"라고 핀잔을 준다.

그까짓 과자 부스러기는 끼니 축에도 못 낀다고 생각하지 만 며느리도 손녀의 투정에는 못 당하는지 "죄송해요. 주먹 밥을 만들어 줘도 통 먹을 생각을 하지 않아서요" 하며 쓴웃 음을 짓는다. 출근이 이른 큰아들도 따끔하게 혼을 내지 않 고 집을 나선다.

저녁 식사 자리에서도 별반 다르지 않다. 밥에는 거의 손도 대지 않고 반찬으로 대충 허기를 채우고 자리를 뜬다. 보다 못한 내가 "그것만 먹고 되겠어? 더 먹어야지" 하고 말을 걸면 노골적으로 짜증스러운 얼굴을 한다.

"난 밥이 싫거든요."

그 말을 듣고 내 귀를 의심했다. 미국에 살다 와서 어쩔 수 없는 부분도 있겠지만, 밥은 좋고 싫고를 떠나 매일 먹어야 하는 거라고만 생각해 왔으니까. 이해할 수 없어 고개를 내젓는 내 앞에서 미온은 재빠르게 거실로 도망쳐 혼자서 휴대전화기로 게임을 한다.

일본에 돌아와서 아직 학교도 시작하지 않아 할 일이 없겠지만, 미온은 집에서 텔레비전을 보거나 책을 읽거나 게임하는 데만 열중한다.

막 돌아왔을 무렵에 "영어로 말할 수 있니?" 하고 물으니 살짝 귀찮다는 얼굴을 한다. 그러더니 "할 수 있죠" 하고 대답한다. 내 손녀가 영어로 말한다고 생각하니 신통해 "그럼, 영어로 말 좀 해 보렴" 하고 부탁했더니 오만상을 쓴다. "싫어요. 무슨 좋은 구경이라고 그래요" 하며 퇴짜를 놓더니 쪼르르 안쪽 방으로 들어가 틀어박힌다.

삼 년 전에는 나를 잘 따라 우리 집에 오면 같이 밭에 가기도 했지만 지금은 마치 생판 남을 대하는 것처럼 데면데

면하다. 어쩌다 밖에 나와도 지렁이를 보고 벌벌 떨거나 꺅 하고 비명을 내지르는 이른바 '온실 속의 화초'다.

"지렁이가 무서워?"

내게서 멀찌감치 물러난 미온한테 물으니 "별로"라는 대답이 돌아온다. 말은 그렇게 하면서 언제 다시 지렁이를 내밀지 몰라 움찔움찔 눈치를 보며 시선이 내 손에 못 박혀 있다.

"할아버지, 그것 좀 내려놔요."

나를 향해 좌우로 손을 흔들어 보인다.

학교가 시작하기 얼마 전, 며느리가 미온을 자리에 앉혀 놓고 "열심히 해야지" 하고 다독이는 모습을 보았다. 나는 막 욕실에서 나오던 참이라 두 사람은 내가 보고 있다는 사실을 알아차리지 못했다. 며느리가 말했다.

"너무 걱정하지 말고. 이번 학교에서는 틀림없이 좋은 친구가 생길 거야."

미온은 대답이 없다. 며느리가 다정하게 타이르며 손을 잡아도 가타부타 말이 없다. 나른하다는 듯 마치 고양이가 기지개를 켤 때처럼 며느리의 앞치마에 어리광 부리듯 얼굴을 묻는다.

그 날 밤늦게, 미온이 잠자리에 들고 나서 퇴근한 아들에게 물었다.

"미온은 전에 다니던 학교에서는 친구들이랑 잘 어울리는 편이었나?"

"음. 저쪽에서는 국제학교에 입학시켰는데, 잘 맞지 않았나 봐요."

아들의 대답이 신통치 않다. 국제 학교는 일본인뿐 아니라 다양한 국적의 아이들이 영어로 수업하는 학교라고 했다.

"일본인 학교라면 또 달라졌을지도 모르죠."

아들이 설명을 덧붙였다.

"마음이 맞는 친구가 없었던 모양이더라고요."

"저런."

아이들은 원래 내버려두어도 자기들끼리 어울리는 게 아니었던가. 혹시나 해서 다시 물었다.

"죄다 외국 애들이라서 어울리질 못했던 게냐? 아니면, 저쪽에서 무슨 불미스러운 일이라도 있었니?"

자꾸 캐물으니 아들이 얼굴을 찌푸렸다.

"불미스런 일이라뇨. 시대에 뒤떨어지는 말씀 좀 그만하세요."

면박을 주고 나서 어깨를 으쓱한다.

"요즘 애들이 얼마나 예민하다고요. 아버지나 저 때랑은 달라요. 무슨 일이 있고 없고는 중요하지 않아요. 그렇게 단순한 문제가 아니라니까요."

"그게 무슨 말이니. 아무 일도 없는데, 친구가 생기질 않아?"

아무래도 미온이나 며느리가 이사나 전학이라면 신물이
난다고 지레 몸을 사렸던 건 미온의 교우관계 때문인 모양
이다. 다른 나라의 아이들을 상대해야 한다고 해서 친구가
생기지 않았다는 미온은 너무 약해빠진 게 아닐까. 당한 만
큼 되돌려 준다는 마음가짐이 아니면 해외에서든 모국에서
든 생활할 수 없다. 아들 내외는 역시 응석을 무조건 받아 주
는 경향이 있다.

2

사이좋은 친구가 생기지 않으면 어쩌나, 하는 아들 내외
의 걱정은 아니나 다를까 기우로 끝났다.

"엄마, 에리네 집에서 놀다 올게요."

책가방을 툇마루에 내려놓기 무섭게 새 자전거에 올라타
고 쏜살같이 나가 버린다.

"저녁 먹기 전에 돌아오렴."

딸을 배웅하는 며느리의 목소리가 흐뭇하다.

나는 미온이 내팽개친 책가방을 바라보며 신문지를 펼치
고 손톱을 깎았다.

미온이 놀러 간다는 에리는 우리 동네 급수탑 뒤에 있는 새로 지은 주택가에 사는 아이다. 우리 동네는 옛날부터 이웃 간의 유대관계가 끈끈해 새로운 주민이 들어오면 금세 얼굴을 알 수 있다. 아들네처럼 고향 집 근처에 집을 짓고 사는 사람도 많다.

듣자 하니 미온이 다니는 초등학교에도 미온의 담임뿐 아니라 아들과 같은 반 친구였던 녀석이 지금 교사로 근무한다고 한다. 전학 절차를 밟으러 학교에 갔을 때 옛 친구와 재회했다는 아들은 무척이나 기뻐했다.

"고향으로 돌아왔다고 동네방네 소문내지 않았거든요. 다음에 옛날 같은 반 친구들 몇몇이 모여서 한잔하기로 했어요. 다들 부모님도 건강하신가 봐요."

아들 가족이 살 새집은 본채 옆에 반년 만에 완공되었다.

식사와 목욕은 여전히 본채에서 해결하지만, 칠월에는 미온네 가족은 본격적으로 가구 따위를 새집에 들여 그곳에서 생활하게 되었다. 미온한테도 자기 방이 생겼다.

큰아들네가 돌아오며 원래 가까이 살던 작은아들네 가족도 더욱 자주 드나들게 되었다. 작은아들네 손주인 노노카와 리쿠가 "할아버지!"라고 부르며 매달린다. 다섯 살과 세 살, 유치원에 다니는 두 녀석은 가을에 있을 '재롱잔치'를 손꼽아 기다리며 율동과 노래 연습에 한창이다. "할아버지, 나 좀 보세요"라고 내 앞에서도 몇 번이나 선보였다.

"할아버지 밭이 보고 싶어요"라고 졸라대 아직 수확 전인 수박이 남아 있는 밭으로 데리고 갔다. 올해는 작년만큼 실하지 않지만, 둘째네 손주들은 수박이라면 사족을 못 써 알이 작은 수박이라도 마다치 않는다. 듣자 하니 외식할 때도 레스토랑에서 수박이 들어간 과자나 메뉴를 발견하면 "이거 할아버지네 수박이에요?"라고 묻는다고 한다.

여럿이 모여 수박을 나누어 먹을 때 우리 집에서는 옛날부터 소반에 비닐 시트를 깐다. 그 위에 수박을 몽땅 갈라놓고, 소금 병을 두고, 각자 손에 잡히는 대로 양껏 먹는다. 입가도 손도 끈적끈적해진 노노카와 리쿠는 조그만 몸에 얼마나 많은 수박이 들어가는지, 수박을 잔뜩 먹어치우고 내 어깨나 등에 올라타고 까불까불 재롱을 부린다.

미온은 미국에 가 있는 동안 사촌들을 만나지 못했지만, 노노카도 리쿠도 금세 "언니, 언니" 하며 미온을 따라 새집에 있는 미온의 방에서 셋이서 노는 광경을 종종 볼 수 있었다. 미온이 아끼는 장난감을 험하게 다루어 망가트리거나 노노카가 집으로 돌아갈 때 선물로 인형을 달라고 떼를 써서 빼앗길 처지가 되자 기분이 상해 토라지기도 했지만, 대체로 사이좋게 어울린다.

터울이 진 사촌들과 달리 미온은 수박을 먹을 때도 깨작거린다. 보는 사람이 답답할 정도로 포크로 하나하나 씨를 골라내는 통에 보고 있으면 속에서 천불이 난다. 미온이 하나를 먹을 때 사촌들은 서너 조각을 먹어 치워 미온의 몫이 자꾸자꾸 줄어든다.

"씨는 입에 넣고 뱉어내면 될 것을."

내가 잔소리하자 미온은 "지저분하잖아요" 하며 얼굴을 찡그린다.

"좀 지저분해지면 어때. 나중에 씻으면 그만이지."

"할아버지랑 아빠가 수박씨를 퉤 하고 뱉는 소리를 들으면 나까지 입맛이 없어지거든요."

도대체 무슨 소리인가 싶어 눈치를 보고 있자니 며느리가 "죄송해요, 아버님" 하고 대신 사과해 나도 더는 말할 수 없었다.

여름방학이 얼마 남지 않은 어느 날, 미온이 열이 난다며 처음으로 학교를 쉬었다. 누워 있는 딸을 두고 며느리는 가까운 마트에 장을 보러 갔다. "아버님, 미온이 좀 부탁드려요"라는 말에 나는 "알았다" 하고 승낙하고는 본채에 남았다.

아들 부부가 집을 짓고 나서도 우리 집에는 우편함이 하나뿐이었다. 며느리가 집을 비운 사이 도착한 편지에 보내는 사람이 영어로 적혀 있었다. 영어 아래에 겨우겨우 판독할 수 있는 서툰 글씨로 '기하라 미온'이라고 적혀 있다.

미국 친구가 보낸 편지인가. 자리를 펴고 누운 미온이 보면 기뻐할지도 모른다는 생각에 평소 좀처럼 들르지 않는 새집의 미온 방까지 찾아갔다.

"편지 왔다."

문을 열었다. 미온은 자리에서 일어나 있었다. 열이 펄펄 끓어서 자리에 누워 있는 줄 알았는데, 잠옷 차림의 미온은 자리에서 일어나 책상 앞에 앉아 아이스크림을 오물거리며 게임을 하고 있다. 방으로 들어간 나를 돌아보는 얼굴이 눈에 띄게 빨갛게 달아올랐다.

나도 나대로 내 눈을 의심했다. 편지를 손에 든 채 "뭐 하는 게야?" 하고 말을 걸었다. 미온의 얼굴이 굳어진다. 다음 순간, "왜 마음대로 남의 방에 들어오고 그래요" 하고 앙칼지게 소리를 지른다. 손에 들고 있던 아이스크림과 게임기를 잽싸게 자기 등 뒤로 숨긴다.

"노크는 하셔야죠. 그 정도는 상식 아니에요?"

"나는 그냥, 편지가 와서. 그보다, 너 열은 괜찮아졌니?"

"조금 전까지 누워 있었어요. 누워 있다가 상태가 약간 좋아져서 일어났죠."

엄마가 나간 틈을 노려 아이스크림을 먹고 게임도 하고 있었나. 미온이 말한다.

"볼일 끝났으면 그만 나가 주세요."

"친구한테서 편지가 왔더라. 반갑지 않니?"

해외에서 온 편지를 들이밀자, 미온이 그제야 편지를 받아든다. 영어로 쓰여 있어 나는 읽을 수 없는 보낸 사람의 이름을 흘낏 보더니 "친구 아니에요" 하고 대꾸한다. 목소리에 힘이 없다.

"미국에서 다니던 학교 선생님이에요. 편지 읽을 거니까, 제발 좀 나가 주세요."

내쫓기듯 방을 나서자, 마침 며느리가 돌아왔다. 말을 할까 말까 망설이다 며느리한테도 밤이 되어서야 돌아온 아들한테도 미온이 학교를 빼먹고 게임을 하고 있었다는 사실을 귀뜸해 주었다.

"꾀병도 습관이 된다"고 훈수를 두자, 아들은 지긋지긋하다는 듯 "미온이 얼마나 화를 냈다고요. 내 집에서 감시당하느라 편히 쉬지도 못하겠다"고 따졌다며 도리어 성을 낸다.

무슨 말버릇이 그 모양이냐고 따져 묻고 싶었지만 열이 내렸다는 건 사실인지 미온은 다음 날에는 다시 학교에 갔다.

"아버님, 다음에는 꾀병을 부리고 학교를 빠지더라도 모른 척해 주세요."

며느리가 간곡히 부탁했지만, 나로서는 아들 내외의 사고방식을 전혀 이해할 수 없었다. 아들한테서 "시대가 달라졌다"고 한소리를 들었지만, 그렇다면 요즘 세상이 글러 먹은 거라고 맞받아치고 싶었다.

큰아들도 작은아들도 머리가 굵어지고 나서는 어떨지 모르지만, 어린 시절에는 자연 속에서 뛰어놀기를 좋아하는 아이들이었다. 도쿄 근교라고는 해도 이 주변에는 아직 곤충을 잡을 수 있는 숲도 나무도 지천으로 널려 있다. 아이들이 놀이터로 삼을 만한 신사나 공원도 많다.

미온도 친구들이랑 어울려 바깥에서 뛰어노는 모양이다. 수박도 밥도 먹지 않고 콘플레이크 따위만 먹는 입이 짧은 아이지만, 친구들과 뛰어노는 모습을 보면 마음이 놓이는지 "고향으로 돌아오기를 잘했어요" 하고 아들 내외는 입을 모아 말하곤 했다. 이후로는 꾀병을 핑계로 학교를 빠지는 일 없이 학교는 여름방학에 들어갔다.

그렇다고 만사가 마냥 순조롭다고는 할 수 없다. 여름방학 중의 어느 날, 미온은 다시 지난번에 엿보았을 때처럼 며느리와 둘이 앉아 있다. 제 엄마의 앞치마에 얼굴을 묻고 흐느끼고 있었다. 며느리가 식사 준비하고 있자니 갑자기 달려들어 엉엉 울기 시작했단다.

소곤소곤 "무슨 일이냐" 하고 물으니 며느리가 미온의 등을 쓰다듬으며 마찬가지로 작은 소리로 일러주었다.

"같은 반 친구 생일파티에 초대받지 못했다나 봐요."

"생일파티? 누구 생일인데?"

"리사라고……. 역 근처에 새로 지은 아파트에 사는 아이에요."

내가 물은 게 못마땅했던지 미온이 우는 소리를 낮춘다. 고작 그깟 일로 눈물바람이냐, 하고 혀를 차려다가 며느리가 심각하게 한숨을 내쉬는 바람에 그만두었다.

"미온이랑 단짝인 에리는 초대를 받았는데, 미온은 초대를 받지 못했거든요. 미온네 반 여학생 중에서 초대를 못 받은 사람은 세 명뿐이래요."

생일파티라 막연한 이미지밖에 떠오르지 않았지만, 아마 부모가 음식이나 케이크를 만들든지 사 오든지 해서 아이의 친구들을 초대하는 자리겠지. 초대받은 아이들이 선물을 가져와 주인공의 생일을 축하한다. 학교 행사가 아니니 몇 명을 부르건 누구를 부르건 생일파티를 주최하는 사람의 자유다.

미온이 초대받지 못했다는 리사의 생일파티는 일 학기에 초대할 아이들한테만 손수 만든 초대권을 나누어 주었다고 한다. "초대 안 하는 애들도 있으니까 몰래 봐야 해"라는 다짐과 함께 은밀한 거래가 이루어지고 있음을 미온도 눈치챘다고 한다.

오늘 리사의 생일파티가 열렸고, 미온은 항상 놀러 가던

공원에서 파티에서 돌아오는 아이들과 우연히 마주쳤다고
했다. 서로 눈치를 보며 쑥덕쑥덕 뭔가를 공모하는 어색한
분위기라 오늘이 생일파티였음을 미루어 짐작할 수 있었다.

"셋만 초대를 못 받았으면 그 셋이 놀면 되겠네."

내 말이 떨어지기 무섭게 그때까지 조용히 흐느끼기만 하
던 미온이 벌떡 몸을 일으켰다. 새빨간 얼굴에 눈물로 앞머
리가 이마에 찰싹 달라붙어 있다.

"싫어요!"

미온이 소리쳤다.

"나 말고 다른 두 명은 우울하거나 분위기 파악을 못 해서
줄곧 따돌림당하는 왕따들이란 말이에요! 날 왕따 취급하지
마세요!"

"미온아!"

며느리가 만류했지만 미온은 세차게 도리질한다. 그대로
본채에서 뛰쳐나갈 기세라 황급히 불러 세웠다.

"친구들을 왕따라고 부르면 못 써. 다 같이 사이좋게 지내
야지."

미온은 대답하지 않았다. 잔뜩 골이 나서 고집스러운 얼
굴을 하고 자기 집 쪽으로 달음질친다. 며느리도 쫓아가지
않았다.

"미온이 따돌림당하니?"

본인이 없는 자리에서 재차 물으니 며느리가 난감하다는
듯 "따돌림까지는 아니고요"라고 대답했다.

"같은 반에 친하게 지내는 애들도 많지만, 반에서 여왕벌
처럼 무리를 이끄는 아이와 틀어졌나 봐요. 미국에서 살다
와서 영어 좀 한다고 잘난 척한다며 뒤에서 수군수군 험담
했다나 봐요. 전학하고 나서부터 이따금 고민하는 눈치가 보
이기는 했어요."

"쯧쯧, 내 쪽에서 마음을 열어야 친구가 생기는 법이거
늘."

이것저것 생각이 많은 미온은 제가 먼저 말을 거는 법이
없이 상대편에서 말을 걸어 오기를 기다리는 성격이리라. 두
루두루 사이좋게 지내는 아이가 아니다.

미국에서 살다 왔다고 잘난 척한다는 말도 전혀 근거없는
비방은 아닐 것이다. 전학 초기에는 실제로 약간은 으스댔을
수도 있다. 미온이 다니는 초등학교는 한 학년에 두 반뿐인
작은 초등학교다. 아직 삼 학년이니 앞날이 걱정스럽다.

어째서 같은 반 여학생 중에서 '생일파티에 초대받지 못
한 세 명 중 한 사람'이 되고 말았을까. 미온은 제 나름대로
마음이 쓰였는지 제 엄마와 상의하기도 하며 제법 고민하는
눈치였다.

혹시 운동신경이 둔해서 체육 시간에 구기 경기나 이어달리기할 때 반 친구들의 발목을 잡은 게 원인일지 모른다고 생각했는지 여름방학이 끝날 무렵부터 매일 아침 달리기를 하기 시작했다. 내가 돌보는 수박밭 옆 오솔길도 코스에 들어가는지 이른 아침 밭에 물을 대고 있노라면 미온 혼자서 숨을 헐떡이며 달려온다.

나는 왕년에 발이 빨라 학교에서도 우리 지역에서도 종종 대표선수로 발탁되곤 했다. 미온이 달리기하며 팔을 마구 흔들어 대는 모습을 보고 안쓰러운 마음에 "팔을 흔들지 말고 옆구리에 딱 붙여야 속도를 낼 수 있지" 하고 조언했더니 미온은 불쾌하다는 듯 고개를 돌리며 "냅둬요"라고 중얼거렸다.

못된 말버릇이라고 생각했지만 아들 내외한테 "그냥 두고 보세요"라는 말을 들었다. 그래도 신경이 쓰였는지 다음 날부터 마구잡이로 흔드는 팔의 움직임이 줄어들었다. 그러자 이번에는 다리의 움직임이 둔한 게 눈에 들어와 허벅지를 높이 들고 뛰라는 말이 목구멍까지 올라왔다.

참지 못하고 끼어들자, 아니나 다를까 "냅두라니까요"라는 말이 돌아왔다. 아들 내외는 이번에도 "아버님, 고정하세요. 조금만 더 두고 보세요" 하고 당부했다. 마구잡이로 뜀박질하는 것보다는 누군가 제대로 지도해 주는 게 낫다.

아침에 달리고 나면 배가 고파지는지, 미온의 아침상에는 어느새 콘플레이크 이외에도 달걀프라이에 된장국, 때로는 하얀 쌀밥까지 올라오게 되었다.

3

학교에서 아이들에게 장난감 프로펠러를 만드는 법을 가르쳐 주었으면 한다는 요청이 들어온 것은 이 학기가 시작되고 나서 얼마 지나지 않았을 무렵이다.

구월 중순, 경로의 날에 맞추어 학교에서 '할아버지, 할머니와 함께하는 달'이라는 표어를 내걸었다. 동네 어르신들을 만나면 또박또박한 목소리로 공손하게 인사하자는 캠페인을 벌이거나 자기 할아버지, 할머니의 그림을 그리는 등 학년별로 다양한 이벤트를 준비했다.

우리 집으로 연락한 사람은 미온의 학교에서 근무하는 큰아들의 동창생이라는 선생님이었다.

"미온네 삼 학년에서는 어르신들께 전통 놀이를 배우는 수업을 기획했습니다. 어렸을 때 어르신 댁에서 아드님과 같이 장난감 프로펠러를 만들어 날리고 놀았던 기억이 나서 연락을 드렸습니다."

얼마 남지 않은 우리 수박밭 뒤편에 대숲이 우거져 있다. 예전에는 거기서 대나무를 꺾어 왔다. 칠석 장식을 만들기도 하고, 아이들이 어렸을 적에는 장난감을 사 줄 여유가 없어서 대나무로 장난감 프로펠러를 만들어 동네 친구들이랑 가지고 놀라고 쥐여 주곤 했다.

"별일 없으면 내가 하겠네."

나는 수업 요청을 받아들였다. 장난감 프로펠러를 만들기 전에 아이들한테 예행연습 삼아 주머니칼 쓰는 연습을 시키겠다고 했다. 문구용 칼조차 제대로 써 본 적이 없는 아이들에게 주머니칼은 엄청난 모험이리라.

학교에서 주머니칼로 연필을 깎아 오라는 숙제를 내 주어 미온도 집에서 저녁 식사를 마쳤다. 그런 다음, 책상에 신문지를 펼치고 엉성한 손길로 삐뚤빼뚤 연필을 깎았다.

오른손을 대는 법이 잘못되었다고 혹여 손이라도 벨까 염려스러워 참견하자 "그놈의 잔소리!" 하며 예상대로 되바라진 말대답이 돌아왔다.

"할아버지, 우리 학교에 온다면서요?"

손으로 주머니칼을 움직이며 미온이 물었다. 눈으로는 줄곧 주머니칼과 연필 앞을 보며 내 쪽을 돌아보지 않았다.

나는 나대로 수업에서 사용할 장난감 프로펠러 재료를 구하는 등 준비를 시작했다. 장난감 프로펠러는 날개와 축, 두

부분으로 만들어진다. 먼저 대나무를 톱으로 잘라 막대기 모양으로 만들고 큰 도끼와 손도끼로 쪼개 몸통을 만든다.

아이들 손에 도끼를 쥐어 주면 위험하기도 하거니와 수업 시간 안에 그 작업까지 마치려면 시간이 빠빠할 것 같아 수업 당일까지 내가 인원수만큼의 날개와 축을 준비해 가기로 했다. 아이들에게는 얇은 대나무 두 쪽을 주머니칼로 깎아 송곳으로 구멍 뚫는 작업을 시킬 요량이다.

"그래, 가기로 했지. 너희 반에."

"……애들이 전부 보는 앞에서 가르쳐 줄 거예요?"

"암."

쓱쓱 움직이던 미온의 주머니칼이 연필심을 집요하게 공략하더니 힘을 이기지 못하고 신문지에 칼날을 부딪히고 만다. '음' 하고 혼잣말하던 미온이 앞이 까마귀 부리처럼 뾰족해 볼품없어진 연필을 챙겨 넣는다.

"씻으러 가요."

그대로 거실을 나가 버린다.

구월 말의 장난감 프로펠러 만들기 수업은 미온네 반과 옆 반, 즉 삼 학년생 전원이 참가하는 수업으로 예정돼 있었다. 교실 대신 체육관에 대나무 향기가 가득 찼다.

미온 또래의 아이들이 육십 명이나 모였다. 무릎을 안고 쪼그려 앉아 발치에는 각자 준비한 주머니칼을 두고 일제히 나와 선생님을 바라본다.

미온은 키가 커서 뒤쪽에 앉아 있었다. 무릎을 세우고 앉아 무릎에 가슴을 기댄 칠칠치 못한 모습에 "조신하지 못하게 그게 뭐니" 하며 잔소리하고 싶어 입이 근질거렸다. 그러나 친구들 앞에 피붙이가 서 있는 게 쑥스러워서인지도 모른다는 생각에 입을 꾹 다물었다. 되도록 내 쪽을 보지 않으려고 애를 쓰는 눈치다.

학교 측에서 준비한, 다리에 바퀴가 달린 칠판에 담임선생님이 "장난감 프로펠러를 만들자~. 전통놀이를 즐겨 보자~"라고 적어 놓았다. 나를 아이들한테 소개한다.

"오늘은 미온이 할아버지이신 기하라 씨를 특별교사로 초빙했습니다. 사실, 미온이 아빠는 오 학년 요시무라 선생님과 초등학교 동창입니다. 요시무라 선생님이 여러분만 했을 때는 미온이 할아버지가 장난감 프로펠러를 만드는 데 도사였다고 합니다."

아이들이 "우와!", "그랬구나!" 식의 솔직한 반응을 보이며 서로의 얼굴을 마주 보거나 미온 쪽을 돌아본다.

미온의 바로 앞에 앉은 아이가 뒤를 돌아보며 "너희 할아버지 짱이다"라고 말하는 모습이 보였다. 미온의 무릎이 흔들리도록 가볍게 토닥인다. 미온은 부끄럽다는 듯 내 쪽을 보지 않은 채 그 아이를 향해 웃는다.

"그럼, 잘 부탁드리겠습니다."

선생님께 마이크를 넘겨받아 아이들 앞에서 첫인사를 한다.

요즘 아이들은 옛날 아이들과 달리 조숙하다는 뉴스를 자주 듣지만 아이들 앞에 서 보니 말짱 거짓말처럼 느껴졌다. 다들 흥미진진한 눈빛으로 눈동자를 초롱초롱 빛내며 나를 바라본다.

"우리 미온이가 여러분에게 많은 신세를 지고 있습니다" 하고 인사한다.

"장난감 프로펠러를 만드는 건 별로 어렵지 않지만 주머니칼을 사용해야 하니 다치지 않게 조심하세요. 궁금한 점이 있거나 막히는 부분이 있으면 언제든 이 할아버지에게 물어보세요. 다 같이 운동장에서 멋지게 날릴 수 있도록 지금부터 열심히 만들어 봅시다."

대답이 돌아올 거라고 기대하지 않았건만, 내 말이 끝나자 체육관이 떠나가도록 씩씩한 목소리로 '네"라는 대답이 돌아왔다. 생각했던 것보다 훨씬 착한 아이들이다.

작업을 시작하고 얼마 지나지 않아 몇몇 아이들이 "이건 어떻게 해요?", "저도 좀 봐 주세요" 하고 내게 도움을 요청했다. 몇 명씩 짝을 이루어 원을 만들고 작업하는 곳으로 보러 갔더니 능청스럽게 말을 걸고 나를 불러 세우기도 한다. 한 아이한테 가르쳐 주면 다른 아이가 어깨너머로 구경하느라 붙어 서서 내 주위에는 어느새 아이들이 옹기종기 모여들었다.

"사부님, 여기는 어떻게 만들어요?"

"사부님, 맞게 하고 있는지 좀 봐 주세요."

사부님, 사부님. 만화 따위에서 보고 배웠는지 한 아이가 나를 '사부님'이라고 부르자 다른 아이들도 덩달아 사부님이라고 부르기 시작했다. 어른을 놀리면 못쓴다고 따끔하게 혼을 낼까 싶었지만 아이들은 스승과 제자 놀이에 심취했는지 연신 사부님이라고 불러 댄다. 기왕 이렇게 된 바에야 애들 놀음에 맞춰 주자는 생각에 꼬마 제자들에게 주머니칼 사용법을 자세히 가르쳐 준다.

장난감 프로펠러를 만드는 작업에서는 좌우 날개를 똑같이 깎는 과정이 가장 까다롭다. 축을 끼울 구멍 부분만 남기고 대나무의 푸르스름한 겉껍질을 저미듯 얇게 깎아 내야 한다. 좌우 날개의 두께와 모양이 다르면 균형을 유지하며 바람을 맞을 수 없어 잘 날지 않는다.

아이들은 요즘에는 당연히 교실에 전동 연필깎이가 비치되어 있어 연필을 제 손으로 깎는 경험도 어제 내준 숙제가 처음이었다고 한다.

서툰 손길로 비지땀을 흘리며 날개를 깎는 아이도 있고, 넉살이 좋은지 작업을 시작하자마자 잽싸게 "어떻게 해요, 스승님? 시범 좀 보여 주세요"라고 시범을 빙자해 아예 작업을 통째로 맡기는 아이도 있다.

유난히 사람을 잘 따르는 아이가 몇인가 있고, 그중에 체격이 큰 콧날이 똑바른 여학생이 있었다. 마나카라는 이름의 그 아이는 미온네 반에서 반장을 맡고 있다고 했다.

"스승님, 저도 좀 봐 주세요. 바깥쪽은 잘 만들었는데, 안쪽도 똑같이 얇게 깎을까요?"

또랑또랑 제 의견을 말하는 아이였다. 아마 머리도 좋을 테지.

나는 지난번에 며느리가 들려준 이야기를 떠올렸다. 미온이 여왕벌처럼 군림하는 여학생과 틀어졌다고, 미국에 살다 와서 영어를 할 줄 안다는 이유로 따돌림당한다는 이야기였다. 혹시 이 아이를 두고 한 말일까.

다시 보니 확실히 기가 세 보이기는 했다. 하지만 가만히 살펴보니 마나카는 눈치가 빠른 아이였다. 다른 아이한테 맡기려고 꾀를 부리지도 않고, 헤매는 친구에게는 내가 가르쳐 준 대로 친절하게 가르쳐 준다. 아이들에게 두루 인기가 있는지 뒤처지는 친구가 있으면 손을 잡고 내 쪽으로 데려와 주기도 했다. 어른한테는 꼬박꼬박 존댓말하고, 주위의 친구까지 야무지게 보살핀다.

날개를 완성한 아이들부터 순서대로 이번에는 축 만들기 작업에 들어갔다. 송곳으로 뚫은 날개의 구멍에 축을 꿰기 위해 끝을 최대한 뾰족하게 깎아야 한다. 그렇다고 너무 많이 깎아 내면 헐거워서 축이 빠질 수 있어 주의가 필요하다. 완성한 축은 날개에 직각으로 끼워 넣지 않으면 제대로 날지 않는다.

한 시간이 지났을 무렵, 하나둘 장난감 프로펠러를 완성하는 아이들이 나오기 시작했다. 얇게 깎은 날개에 매직펜으로 자기 이름을 쓰고 체육관 곳곳에서 날리는 아이들이 눈에 띄기 시작했다. 마나카는 먼저 완성한 무리에 속해 담임 선생님께 "운동장에서 날려도 괜찮아요?"라고 물어본다.

"스승님, 날리는 법을 가르쳐 주세요."

마나카와 다른 남학생들의 부탁을 받고 나도 함께 운동장으로 나갔다. 체육관 바로 옆이라, 운동장에서도 열린 문으로 체육관 안에서 작업하는 아이들의 모습을 한눈에 볼 수 있다.

양 손바닥에 축을 끼워 오른손과 왼손을 비비듯 움직인다. 시범을 보여도 아이들은 처음에는 실수를 연발했다. 축과 날개의 각도가 직각으로 떨어지지 않는 아이도 많았다.

"어디, 이리 줘 봐라."

한 아이의 장난감 프로펠러를 빌려 축을 고쳐 끼웠다. 아이들의 고사리손보다 두툼한 내 손바닥에 축을 끼우고 날렸다. 나도 깜짝 놀랄 정도로 높이까지 피융 하는 소리를 내며 날아올라 하늘에서 춤춘다.

"우와!"

아이들 사이에서 환호성이 일었다.

"역시 스승님이야! 꼭 마술 같다!"

"왼손은 움직이지 말고 오른손만 내밀어. 잘못하면 자기 얼굴 쪽으로 날아오르니까 조심하고."

아이들의 재촉에 못 이겨 장난감 프로펠러를 날리고 있자니 담임선생님이 "실력이 녹슬지 않으셨네요"라고 말을 걸어 왔다.

"실은 저도 그렇게 높이 날리지 못해서. 재주가 없어서일까요?"

"아, 선생님은 날리는 방향이 문제네요. 약간 더 비스듬한 방향으로 오른손으로 살짝 눌러 잡고."

설명하며 곁눈질로 아이들을 살피니, 아이들은 다들 날개 두께나 모양에 따라 앞으로만 날리거나 위로 솟구쳐 올랐다가 바로 떨어지는 등 가지각색이다. 요리조리 시행착오를 겪으면서도 신나게 놀고 있다.

문득, 미온이 마음에 걸렸다. 오늘 수업시간에 "스승님"

하며 나를 찾아오는 아이와 그렇지 않은 아이가 있었는데, 미온은 한 번도 제 할아버지를 찾지 않았다. 미온과 친하다는 에리라는 아이도 온 기억이 없다.

뒤를 돌아보니 체육관 안에서 미온이 아직 날개를 붙잡고 씨름하는 모습이 보였다. 손에 쥔 주머니칼과 날개를 뚫어지게 바라보며 친구와 작은 원 안에서 작업에 몰두한다. 이대로 두면 수업이 끝나기 전까지 날릴 기회를 얻지 못할 게 뻔하다. 도와주려고 체육관 안으로 돌아가려던 찰나에 선생님에게 붙잡혔다.

"오늘 수업을 학교통신문에 실어도 될까요? 조금 전에 교장 선생님이 오셔서 무척 기뻐하시더라고요."

"아, 그렇다면야. 저야 영광이죠!"

"스승님! 이것 좀 보세요. 날았어요!"

목소리를 듣고 그쪽을 바라본다. 몇몇 아이들의 장난감 프로펠러가 청아한 소리를 내면서 회전하며 날아오른다.

"그래, 그래."

아이들 말에 맞장구치며 다시 체육관을 돌아보자, 조금 전까지 입구 근처에 있던 미온이 자리를 옮겼는지 더는 시야에 들어오지 않았다.

수업 다음 달, 담임선생님 말대로 학교통신문에는 내 기사가 실렸다. 며느리가 환하게 웃으며 학교통신문은 해당 학년 학생들뿐 아니라 전교생에 배부된다는 소식을 전해 주었다.

'장난감 프로펠러 만들기 수업 스승님, 가르쳐 주세요!'라는 제목이 붙은 기사에는 나를 주름이 자글자글한 호호 할아버지로 묘사한 삽화와 장난감 프로펠러 사진이 들어 있었다.

"아이들에게서 '스승님', '스승님'이라는 소리를 들은 미온 학생의 할아버지는 무척 자상하게 장난감 프로펠러 만드는 법을 가르쳐 주셨습니다."

기사를 읽고 며느리가 "미온, 잘 됐다"라고 말을 건다.

"할아버지가 친구들한테 인기가 많아서 우리 미온도 으쓱했겠네!"

그 말을 듣고도 미온은 실감이 나지 않는지 이렇다 할 반응을 보이지 않는다. 또 "별로"라고 무뚝뚝한 반응이나 보이겠지 싶어 기대도 하지 않았다. 그러나 다음 순간, 미온의 입에서 "그럭저럭"이라는 말이 나와 나를 놀라게 했다. 여전히 무뚝뚝한 반응이었지만, 설마 '그럭저럭'이라는 긍정적인 말이 나올 줄은 몰랐다.

놀라움에 고개를 드는 나를 두고 미온이 또다시 자리를 뜬다. 뒤에는 내 기사가 실린 학교통신문만 남아 있었다. 나는 학교통신문을 할멈의 영정을 모신 불단 앞으로 가져갔다. 말없이 합장하고 향을 피웠다.

작은아들네 노노카와 리쿠가 그린 낙서에 가까운 그림. 미온의 사진. 무언가 선물을 받았을 때 항상 할멈에 먼저 보고하듯 영정 사진에서 잘 보이는 곳에 통신문을 내려놓았다.

4

가을이 지나고 겨울이 되었다.

십이월이 되어도 미온의 달리기는 계속되었다. 내가 밭에 나가지 않는 날 아침에도 땀범벅이 된 미온이 "엄마, 배고파요!"라고 칭얼거리며 본채로 들어온다. 요즘에는 드디어 물렸는지 콘플레이크가 나오는 날도 줄어들었다.

아침에 제 엄마가 깨우러 들어가면 미온은 더러 "좀만 더 잘래요. 졸려요" 하며 어리광을 부릴 때도 있다. 그러면서도 졸음이 채 가시지 않은 상태에서 꾸역꾸역 옷을 갈아입고 졸음이 가득한 눈으로 대문을 나선다. 달리기를 마치고 돌아올 때는 잠이 완전히 달아났는지 상쾌한 표정을 짓고 있다.

요즘 들어 부쩍 이웃에서 "손녀가 아침마다 열심히 뛰더라고요"라거나 "얼마 전에 마주쳤는데, 인사를 하더군" 하는 말을 듣는 빈도가 늘어났다. 나는 나대로 장난감 프로펠러 수업 이후로 미온의 친구들을 통학로에서 만나면 "아, 스승님이다"라거나 "미온이 할아버지다"라는 말에 가던 걸음을 멈추고 인사를 받는 일이 늘어났다.

그러던 어느 날, 미온이 또다시 생일파티 이야기를 했다. 이번에는 미온도 정식으로 초대를 받았다고 한다. 생일을 맞이한 친구는 반장을 맡은 마나카. 장난감 프로펠러 수업에서도 적극적으로 나를 "스승님" 하고 부르며 따르던 아이다. 마나카의 생일은 연말이라 이 학기를 마친 후 겨울방학 중에 생일파티를 연다고 했다.

생일파티 초대장을 건네줄 때 마나카는 미온한테 "미온이 할아버지 멋진 분이시더라" 하고 말했다고 한다. 며느리가 나중에 "아버님 덕분인가 봐요"라고 감사인사를 했다.

생일파티 초대가 결정되고 나서 미온은 기쁨에 겨워 "무슨 선물을 할까"라며 제 엄마와 머리를 맞대고 열심히 의논했다. 며느리도 나름대로 "엄마가 바바로아를 근사하게 만들어 줄 테니까 선물이랑 같이 가져갈래?" 하며 팔을 걷어붙이고 나섰다.

전에 다른 친구의 생일파티에 초대받지 못해 울던 모습을 아는 나는 꺼림칙한 기분을 떨쳐 내지 못했다. 이번 생일파티에도 아마 반 친구들을 초대하지는 않았겠지. 세 명만 초대받지 못했다고 목 놓아 우는 여학생이 누구네 집에서 나올지 모르는데, 나는 초대받았으니 상관없다고 모른 척해도 괜찮을까.

쓸데없는 걱정으로 미온의 기쁨에 찬물을 끼얹을까 두려워 입단속 하다 습관적으로 펼쳐 읽던 지역신문에서 눈에 띄는 독자 투고 원고를 발견했다. 사십 대 남성이 보낸 사연으로 아들이 최근에 아들이 초대받았다는 십이월 크리스마스 파티에 관한 이야기였다. '아이들의 선물 교환에 대해 한 말씀 드립니다'라는 제목이 붙어 있었다.

얼마 전, 초등학생인 아들이 친구네 집에서 열리는 약간 이른 크리스마스 파티에 초대를 받았습니다. 서로 선물을 주고받는다고 해서 용돈을 받으려고 설거지나 걸레질 등 집안일을 열심히 도왔습니다.

파티 날, 아들은 연필과 공책 세트를 샀습니다. 문구점에 선물용으로 포장해 달라고 부탁했다고 합니다. 크리스마스 파티 당일, 아들은 울며불며 들고 갔던 선물을 가지고 돌아왔습니다. 선물 교환에서 아들이 가져간 선물이 걸린 아이가 "이렇게 촌스러운 선물은 싫다"며 아들 보는 앞에서 다른 친구의 선물과 교환하고 싶다고 말하는 바람에 아들은 그 길로 가져갔던 선물을 그대로 들고 집으로 돌아왔던 겁니다.

사연을 읽고 가슴이 철렁하고 내려앉았다. 아이들의 크리스마스 파티. 선물 교환.

마침 달리기를 마치고 "다녀왔습니다!" 하고 인사하며 식탁에 앉는 미온에게 그 기사를 건넸다.

"읽어 보렴."

미온이 의아한 표정으로 신문에 눈길을 준다. 기사를 읽자마자 미온의 낯빛이 변했다. 입을 꾹 다물고 신문기사를 뚫어지게 바라본다. 잠시 후, 고개를 숙인 미온의 입에서 목소리가 새어 나왔다.

"……그래서, 어쩌라고요?"

짤막한 대꾸라 바로 알아듣지 못했다. 잘못 들었나 싶어 "뭐라고?" 하고 되물으니 미온이 천천히 고개를 들었다. 미온의 얼굴이 심상치 않을 정도로 험악하게 굳어 있다.

미온이 나를 본다.

"할아버지, 도대체 무슨 말씀이 하고 싶어요?"

"하고 싶은 말이 있다기보다 할아버지는 애들끼리 선물을 교환하거나 초대하는 문화가 영 이해가 가지 않아서 말이야."

"무슨 상관이야!"

미온이 악을 썼다. 얼굴이 새하얗다.

"요즘 뭐가 유행하는지 정도는 나도 꿰고 있거든요. 마나카가 좋아하는 캐릭터 필통을 엄마랑 사러 가기로 약속했으니까 걱정하지 마시라고요! 할아버지가 뭘 안다고 나서요. 선물 때문에 따돌림당할 일은 없으니까 상관하지 마세요!"

"선물이 마음에 들고 안 들고의 문제가 아니야."

"됐거든요. 그만 좀 하세요. 기껏 초대를 받았는데, 왜 초를 치고 난리예요."

말을 하던 미온의 눈에 그렁그렁 눈물이 고였다. 그만한 일로 우느냐고 꾸짖으려다가 그만두었다. 울음보가 터진 미온은 그대로 엉엉 소리 내 울기 시작했다.

주방에서 "무슨 일이니?" 하고 물으며 며느리가 나오자, 구원의 손길을 찾듯 제 엄마의 앞치마에 얼굴을 묻는다. 그 순간, 미온이 말했다.

"어차피 할아버지는 노노카랑 리쿠가 더 좋으면서."

허를 찔린 기분이다.

"뭣이라?" 하고 정색했지만 미온은 멈추지 않는다.

"할아버지는 나보다 걔들을 더 예뻐하잖아요. 같은 집에 살아도 어차피 나는 할아버지가 원하는 손녀가 아닌 거 다 알거든요. 할아버지는 내가 마음에 안 들죠?"

"누가 널 마음에 안 들어 한다니."

피붙이고 다 같은 손주라 특별히 편애할 생각은 없었다.

그렇게 생각하면서도 속으로 나는 어렴풋하게 아픈 곳을

찔려 뜨끔했다. 미온의 말을 듣고 비로소 그 사실을 깨달았다. '노노카랑 리쿠가 더 좋으면서.' 미온도 그 아이들도 다 같이 사랑스러운 손주들이다. 그렇게 생각했다. 떨어져 살던 미온보다 노노카나 리쿠 쪽이 어려서부터 가까이서 보아왔고 만나는 횟수도 많았다는 건 부인할 수 없는 사실이다. 눈에 넣어도 아프지 않은 녀석들이다. 하지만 설마 그런 내 속내를 미온에게 들킬 줄이야.

반박할 말을 찾지 못하는 나. 미온이 우는 소리가 한층 크게 거실을 울리며 그대로 내 가슴속을 파고들었다. 당황한 며느리가 "미온아? 무슨 일이야?" 하고 묻는 소리에도 미온은 고개를 들지 않았다.

5

할멈이 저세상으로 떠나고, 나는 딱 한 번 할멈이 나오는 꿈을 꾸었다.

설마 그렇게 일찍 나를 두고 가리라고는 생각해 본 적이 없는 터라 할 수만 있다면 몇 번이고 꿈에서 만나고 싶었다. 하지만 야속하게도 할멈은 저세상이 즐거운지 좀처럼 나를 만나러 와 주지 않았다.

미온이 태어났을 무렵, 딱 한 번 할멈이 꿈에 나왔다. 며늘아기가 산부인과에서 퇴원하고 그 길로 아들과 함께 갓난쟁이를 우리 집으로 데려왔다. "아버님, 한번 안아 주세요"라고 내 품에 미온을 안겨 주었을 때 아득한 옛날에 고지와 에타가 태어났을 때의 일을 떠올리며 그립고 그리운 마음에 가슴이 벅찼다. 할멈의 위패를 모신 불단 앞에 아들 내외와 함께 미온을 데려가 "첫 손녀라오" 하고 말을 걸었다. 미온은 나와 할멈의 첫 손주다.

그 날 밤, 꿈에 할멈이 나왔다. 옛날 미온의 아빠를 업었던 포대기로 미온을 업고 칭얼대는 미온을 '옳지, 옳지. 착하다' 하고 어르며 등에서 흔들어 주었다. 젊은 시절의 모습이 아니라 세상을 떠날 무렵의 얼굴 그대로였다.

발치에 어딘가에서 고무공이 데굴데굴 굴러와 나는 '여보, 조심해' 하고 알려주었다. 할멈은 '괜찮수, 금쪽같은 손녀를 업고 설마 내가 넘어지겠수?' 하고 나를 달래며 요령껏 고무공을 피했다. 그러고는 "이것 봐요" 하며 환하게 미소 지었다. 등에 업은 미온도 어느새 울음을 뚝 그쳤다. 꿈은 그게 전부라 할멈과 대화다운 대화도 나누지 못했다.

할멈이 미온을 업고 있는 게 전부인 그 꿈을 그 후로 몇 년이 지나도 잊을 수 없다.

미온과 싸우고 난 다음 날은 벌써 2학기 종업식이었다.

학교에서 돌아온 미온은 아직 나한테 단단히 뿔이 나 있었다. 부루퉁한 얼굴로 "선생님이 전해 달래요" 하며 입술을 비죽 내밀고 말한다.

"장난감 프로펠러 수업이 좋은 평가를 받아서 겨울방학을 마치고 나서 봄방학에 들어가기 전에 오 학년이랑 육 학년 수업도 맡아 달래요."

"그래."

"분명히 전했어요."

가족이라는 건 싸움을 해도 어느새 다시 말문을 트게 마련이다. 같은 집에서 한솥밥을 먹는 가족이니 당연한 이치다. 미온의 심통이 언제까지 이어질지 모르지만 더는 심기를 거스르지 않도록 나도 "그래" 하고 응수했다.

6

겨울방학이 되고, 마나카의 생일파티가 다가왔다.

평소 학교에도 입고 가지 않는, 미국에 있을 때 샀다는 아끼는 원피스를 입은 미온이 명랑한 목소리로 "다녀오겠습니다" 하고 인사한다. 선물꾸러미와 며느리가 손수 만든 바바로아가 든 보냉가방을 자전거 앞 바구니에 넣는다.

생일선물로는 내게 선언한 대로 마나카가 좋아한다는 캐릭터(요즘 유행한다는 '프리러버'라는 만화)가 그려진 필통을 준비했다. 제 엄마와 백화점에서 사서 포장까지 해 왔다고 이야기해 주었다.

미온이 점심나절이 지나 집을 나서자, 나는 연말 대청소를 시작했다. 며느리도 새집에서 처음 맞는 연말 대청소로 분주했다. 청소하다 말고 와서 본채 청소까지 도와주었다.

며느리는 한동안 구슬땀을 흘리고 나서 "차 한잔 하실래요?" 하며 다과를 준비했다. 연말 선물로 받았다는 카스텔라를 가져와 둘이서 나누어 먹었다.

"조금 전에 청소하다 보니 연필꽂이에 이걸 꽂아 두었더라고요. 제법 잘 만들었어요."

"뭔데 그러니?"

며느리가 카스텔라 접시 옆에 내려놓은 물건은 장난감 프로펠러였다. 날개 부분에 매직펜으로 '이 학년 일 반 기하라 미온'이라고 이름을 적어 놓았다. 그 날 수업시간에 미온은 결국 학교에서 가족을 대하기 멋쩍었던지 한 번도 나에게 오지 않았기에 그 아이가 만든 장난감 프로펠러는 지금 처음 본다. 손에 들고 "오!" 하고 감탄한다.

장난감 프로펠러를 꽂아 두었다는 연필꽂이 쪽을 보고 깨달았다. 안에 들어 있는 내 연필이 모조리 끝이 뾰족하게 깎여 있다. 미온이 연습 삼아 깎은 모양이다. 대부분 들쭉날쭉 볼품없는 모양을 하고 있었지만, 몇 자루는 끝이 제법 가지런하게 다듬어져 있다.

주머니칼로 연필을 깎는 손놀림이 어설퍼 눈살을 찌푸렸지만, 연습한 보람이 있었는지 미온의 장난감 프로펠러는 좌우가 균등하고 얇고 단정하게 깎여 있다. 축도 정확하게 직각으로 꽂혀 있고, 날개 두께도 축의 굵기도 딱 좋은 정도다. 참 잘 만들었다.

그 날, 장난감 프로펠러에 공을 들이느라 시간이 부족해 운동장에서 날릴 여유가 없었을 것이다. 그렇다면 미온은 모처럼 만든 장난감 프로펠러를 한 번도 날려보지 못했을 수도 있다. 아깝게 됐다고, 아쉬운 마음에 혼잣말해 본다.

그 순간, 며느리가 말을 걸어 왔다.

"아버님, 내년에는 수박 수확할 때 미온한테도 도와달라고 하시면 안 될까요? 걔가 사실 수박이라면 자다가도 벌떡 일어날 정도로 좋아하잖아요. 제 손으로 거두어들여서 직접 잘라서 먹게 해 주고 싶어서요."

"미온이 수박을 좋아했어?"

여름에 깨작깨작 수박씨를 귀찮다는 듯 골라내던 미온의 얼굴을 떠올린다. 복스럽게 먹어치우는 노노카와 리쿠와 달리 그 아이는 수박을 그다지 좋아하지 않는다고 생각했다.

"좋아하는 거 치고는 통 먹질 않던걸. 먹는 속도도 굼뜨고."

무심코 본심을 말하자 며늘아기가 호호호 하고 웃는다. "아무렴요, 느리긴 하죠" 하고 고개를 끄덕인다.

"그래도 얼마나 좋아한다고요. 좋아하는 과일이 뭐냐고 물으면 제일 먼저 '수박'이라고 대답할 정도로 옛날부터 수박이라면 사족을 못 썼답니다."

"그래."

"조금만 더 빨리 먹어 주면 좋으련만."

"그러게 말이다."

그렇다면 내년에는 더러워져도 좋은 옷을 입혀 정원에서 마음껏 먹게 해 줄까. 생각만으로도 마음이 흐뭇해졌다.

마나카의 생일파티는 점심나절부터 저녁때까지 이어졌다. 애들이니까 아슬아슬하게 저녁 식사 시간이 될 때까지 신나게 놀다 올 거리고 며느리에게 들었다. 그런데 차를 마시고 대청소를 다시 시작하려던 참에 정원에 자전거를 세우는 소리가 났다. 마침 툇마루에서 창에 달린 방충망을 떼어내 닦던 중이라 그 소리를 듣고, 어렵쇼, 하고 몸을 내밀었다.

정원에 미온의 자전거가 돌아와 있다. 아들네 집 문이 쾅하고 닫히는 소리가 났다. 돌아오기에는 아직 이른 시간인데, 하고 생각하는 순간 새집 쪽에서 미온의 울음소리가 들렸다. 며느리가 그 아이의 이름을 부르는 소리도 들렸다. 뭔가 안 좋은 일이 있었던 모양이다. 서럽게 목 놓아 우는 소리다.

"이게 뭐야, 너무해! 앞으로 무슨 일을 해도 이제 다 소용없어!"

훌쩍훌쩍 우는 소리에 드문드문 알아들을 수 있는 말이 섞여 있었다.

"달리기도 그만둘 거야. 다 쓸데없는 짓이야!"

그 소리를 듣고 방충망을 내려놓은 다음 나도 본채를 뛰쳐나왔다. "무슨 일이니?" 하고 묻고는, 현관 앞에서 안을 보고 숨을 삼켰다. 현관 바로 앞의 매트 위에 눈에 익은 포장지가 꾸깃꾸깃 구겨진 채 뒹굴고 있었다. 포장지와 리본, 비닐과 캐릭터가 그려진 필통. 포장지를 뜯은 선물은 아마 미온이 마나카 준다고 가져갔던 물건일 게다.

'설마.' 머릿속에서 얼마 전 미온한테 읽어 보라고 줬다가 핀잔을 들은 신문 기사를 떠올렸다. 한 푼 두 푼 용돈을 모아 산 선물을 촌스럽다고 되돌려 받았다는 아이의 이야기. 미온은 그 기사를 읽고 자신의 센스라면 전혀 문제없을 거라며 나에게 있는 대로 성질을 부렸다.

거실을 엿보다 쪼그려 앉은 며느리와 눈이 마주쳤다. 미온은 속상할 때마다 하듯 제 엄마의 앞치마에 얼굴을 묻은 채 내가 왔다는 것도 알아차리지 못했다. 며느리가 나를 향해 '지금은 때가 아니에요' 하고 말하듯 가만히 고개를 가로저었다. 나도 말없이 "알았다" 하고 고개를 끄덕이고는 본채로 돌아왔다.

본채로 돌아와서도 바로 대청소할 마음이 나지 않았다. 미온의 울음소리는 제법 잦아들어 이제는 거의 들리지 않지만 목소리에 힘이 없어서 도리어 걱정스러웠다.

미온에게 무슨 일이 있었는지를 며느리한테서 전해 들은 것은 그로부터 한 시간쯤 지나서였다. 울다 지친 미온이 자기 방에 들어가 이불을 뒤집어쓰고 눕자, 본채로 마실 거리를 가지러 온 며느리가 가르쳐 주었다.

"생일파티 도중에 돌아왔나 봐요."

"왜 또?"

"가지고 갔던 선물이 다른 친구랑 겹쳤다네요."

"겹쳐?"

"같은 선물을 가져온 친구가 있었대요."

나는 크게 숨을 들이마신다. 호흡을 가다듬고 말했다.

"같은 선물이 두 개면 어때서. 두 개 다 가지면 그만인 것을."

"그야 그렇지만, 같은 선물을 들고 온 친구가 하필 마나카랑 단짝이었나 봐요. 그런데 그 아이 것보다 먼저 미온이 가져간 선물을 풀어 본 모양이에요."

마나카의 단짝은 예전에 미온이 생일파티에 초대받지 못했다고 울던 리사라는 아이라고 했다. 리사는 미온의 선물을 풀자마자 얼굴색이 안 좋아지더니 절망적인 목소리로 "나랑 똑같은 선물이잖아" 하며 투덜거렸다고 한다. 그러고는 눈물을 글썽이며 마나카를 바라보았다.

그때까지 마나카는 미온이 가져온 선물을 풀어 보고는 "우와, 고마워! 꼭 갖고 싶었는데. 짱이다!" 하며 들떠 있었지만, 단짝의 하소연에 번쩍 정신이 들었는지 표정을 가다듬었다. 눈치 백 단에 두뇌 회전이 빠른 마나카는 잠시 고민했다. 어떻게 해야 단짝한테 상처 주지 않고 수습할 수 있을까. 그러더니,

"맞아, 좋은 생각이 났어!" 하고 친구들한테 말했다.

"나는 리사가 준 필통을 쓸게. 그리고 지금 여기서 내가 미온에게 이 필통을 선물할게. 미온은 바바로아까지 가져왔으니까. 그걸로 대신하자."

공평하게 처리했다는 표정으로, 한 점의 악의도 없어 보였다고 한다. 뾰로통한 미온을 향해 "자, 미온. 이거 선물이야" 하고 방금 미온에게 받은 선물을 내밀었다.

"리사는 나랑 제일 친한 친구니까 나는 리사가 준 걸 쓸게. 그럼 너랑 나랑 다음 학기부터 같은 필통을 쓰겠다, 그치?"

그 순간, 처음으로 마나카가 희미하게 불쾌한 표정을 지었다.

분위기를 파악한다는 표현을 미온은 자주 쓰지만 다른 친구들도 대강 눈치 챘던 모양이다. 무슨 말이냐고 거듭 묻는 동안에 나도 차츰 감을 잡았다. 미온은 제 엄마한테 "나는 정말 분위기 파악을 못 하는 앤가 봐요" 하고 울며 하소연했다고 한다.

단짝이 가져온 선물과 똑같은 선물을 들고 온 분위기 파악 못 하는 아이.

다음 학기부터 여왕님과 같은 필통을 보란 듯 쓰는 분위기 파악 못 하는 아이.

"미온아! 그 필통, 집에서만 쓰면 안 돼?"라는 말을 꺼낸 건 리사였다. 엄청나게 좋은 아이디어를 떠올렸다는 듯이. 궁지에서 구해 준 마나카에게 은혜를 갚는다는 듯 제안한다.

"학교에서 똑같은 필통을 쓰면 헷갈리니까 집에서만 쓰면 되겠다. 게다가 미온 너는 마나카랑 달리 '프리러버'를 별로 좋아하지도 않았잖아?"

이야기 도중에 어떤 아이가 무엇을 쓰고, 누가 무엇을 어떻게 할지에 대한 내용이 내 머릿속에서 뒤죽박죽 뒤섞여 혼란스러웠다. 누가 무엇을 쓰는지는 중요하지 않다. 미온이 생일파티에서 무시당했다는 사실만은 확실하게 이해했다. 무시당하고 돌아왔다. 게다가 미온은 생일파티 도중에 집으로 돌아왔다.

확실하게 따지고 한바탕 퍼부어 주고 난 다음 돌아왔나 싶었지만 그럴 배짱도 없었던 모양이다. 집에서는 나를 상대로 앙큼한 말을 곧잘 늘어놓지만, 정작 밖에서는 얌전을 빼는, 집에서만 떵떵 큰소리를 치는 아이다.

그 자리에서는 "그래, 알았어" 하며 필통을 받아들고 아무 일도 없다는 듯 태연하게 있다가 더는 견딜 수 없게 되자 "미안, 갑자기 배가 아프네"라고 변명을 둘러댔다. 마나카와 다른 친구들이 "괜찮아?" 하고 걱정해 주자, 겉으로는 대범하게 "괜찮아, 먼저 집에 갈게" 하고 말하고는 집으로 돌아왔단다.

분위기를 제대로 파악한 훌륭한 퇴장 방식이다. 눈에는 눈, 이에는 이. 당한 만큼 갚아 주는 게 아이다운 대응 방법이다. 꽁무니를 빼고 도망치는 건 비겁하다. 내 손주답지 않다. 베개를 눈물로 적시는 울보나 마찬가지다.

따끔하게 충고하고 싶은 마음도 없지는 않았지만 지금은 그 이상으로 참을 수가 없었다. 연필꽂이에 꽂혀 있던 미온이 만든 장난감 프로펠러는 지금은 테이블 위에 놓여 있다. 날개도 축도 친구들보다 훨씬 더 잘 만들었다. 내 손녀는, 나무랄 데 없는 아이다.

ㄱ

새집의 미온 방에는 어지간해서는 들어갈 일이 없다.

요전에 혼이 났던 걸 기억하고, 문을 열기 전에 두 번 똑똑 하고 두드렸다. 대답이 없었다. 천천히 문을 열자, 안에는 커튼이 드리워져 있어 어둑하다. 미온은 침대에서 몸을 공처럼 말고 옆으로 누워 있다. 정말로 잠이 들었는지는 얼굴이 벽을 향하고 있는 탓에 알 길이 없다.

"미온아!"

이름을 부르자, 살짝 몸을 움직인다. 제 엄마나 아빠라면 몰라도 설마 내가 오리라고는 생각지 못했던 모양이다.

"할애비랑 같이 나갈까."

"장난감 프로펠러 날리러 가자꾸나."

시큰둥한 반응을 예상했지만 뜻밖에도 미온은 선선히 나를 따라나섰다. 둘만의 외출은 미온이 집으로 돌아온 후 처음 있는 일이다. 거기까지 생각하고, 문득 깨달았다. 나는 아들 가족을 부를 때 입버릇처럼 "미온네 식구"라고 부른다. 가족이라는 게 우습다. 아들인 고지의 이름을 제쳐 놓고 제일 어리고 귀여운 존재를 중심으로 생각하게 된다. 세상 돌아가는 이치가 그런 법이다.

미온과 나는 집 근처의 신사로 갔다. 신사 경내 옆으로 내가 매일 게이트볼을 치는 경기장이 있다. 경기장 한가운데선 미온은 장난감 프로펠러를 손에 쥐고 하늘을 본다. 겨울 하늘은 희미한 흰색을 띠고 있었지만, 맑은 공기 덕분에 멀리 펼쳐진 구름이 손에 잡힐 듯 시야에 들어왔다.

두툼한 패딩 속의 미온의 여윈 몸이 버거워 보인다. 그 아래로 청바지를 입은 가느다란 다리가 뻗어 있다. 머리를 짧게 자른 미온은 얼핏 선머슴 같아도 역시 여자아이다. 이목구비가 섬세하다.

장난감 프로펠러를 날리려고 미온이 양손을 마주 잡는다. 섣부르게 오른손을 당기자, 장난감 프로펠러는 날아오르지 않고 빙글빙글 돌며 일직선으로 추락했다.

"이리 줘 보렴."

미온의 손에서 받아들고, 이번에는 내가 장난감 프로펠러를 양손에 끼운 채 자세를 잡는다. 왼손으로 축을 잡고 오른손으로 힘을 주어 밀어 올렸다. 이번에는 장난감 프로펠러가 홀쩍 하늘 높이 날아올랐다. 처음으로 미온의 입에서 "우와!"라는 감탄사가 새어 나왔다. 작은 소리로 "굉장하다!" 하고 중얼거린다.

"날리는 법은 요령이야. 손에 익으면 이 정도는 식은 죽 먹기지. 미온이 만든 장난감 프로펠러는 다른 친구들 것보다 완성도가 높아서 이렇게 높이 날아오른 거야. 해 볼래?"

"네."

다른 친구들 것보다 완성도가 높다고 말한 순간, 희미하게 미온의 얼굴에 변화가 있었다. 그대로 묵묵히 연달아 장난감 프로펠러를 날린다. 아직 요령이 부족해 곧장 땅바닥에 떨어질 때도 있었지만, 나는 일단 아무 말도 하지 않고 잠자코 하는 양을 보고 있었다.

이윽고 한 번의 요행인지 미온의 손에서 장난감 프로펠러가 높이 하늘로 날아올랐다.

"우와!"

"오, 잘했다. 잘했어!"

한번 성공하고 나니 재미가 붙었는지 손맛을 익힌 미온이 폴짝폴짝 기뻐 날뛰며 떨어진 장난감 프로펠러를 주우러 간다.

"할아버지!" 하고 미온이 말을 건다.

"왜?"

"오 학년이랑 육 학년한테도 장난감 프로펠러 수업하러 오실 거예요?"

다음 학기에 수업해 달라는 이야기는 종업식 날 미온한테서 들은 뒤 직접 학교에서 전화가 와 정식으로 요청받았다. 나는 고래를 가로저었다. "안 할 거야" 하고 대답했다.

미온이 놀란 토끼 눈을 하고 나를 본다. 손에 쥐고 날릴 준비하던 장난감 프로펠러를 날릴 생각도 하지 않고, 그 자세 그대로 돌아본다. 나는 하던 말을 계속했다.

"벌써 거절했어."

"그래요?"

미온의 얼굴에 피어올랐던 놀라움이 가시지 않은 눈치다.

"할아버지가 절대 거절하시지 않을 줄 알았는데. 임원처럼 눈에 띄는 일 좋아하시잖아요."

"바보 같은 소리 마라. 그 수업은 미온네 학년이니까 특별히 해 준 거야. 손녀도 없는데, 다른 애들한테 가르칠 정도로 할애비는 한가하지 않다."

손녀 앞에서 우쭐거리고 싶어 대나무를 쪼개고, 손이 많이 가는 준비에 공을 들였지만, 생판 남이나 다름없는 애들을 위해 자원봉사하겠다고 나설 정도로 나는 한가한 사람도 인자한 사람도 아니다.

내 대답이 뜻밖이었는지 미온이 눈을 동그랗게 떴다. 무

언가를 곰곰이 생각하는 듯 살짝 고개를 숙이더니 다시 장
난감 프로펠러를 날린다. 이번에는 조금 전보다 요령이 부족
했는지 날아오르긴 했지만 높이 솟구치지는 못했다.

"있잖아요."

미온이 말을 꺼냈다.

"나한테는 어지간해서는 말을 걸지 않는 마나카네 무리
가 할아버지한테는 '스승님' 하며 사근사근하게 구는 게 약
간 기뻤어요. 할아버지는 말씀도 잘하시고 친구도 많고. 뭐
랄까, 나랑은 다른 타입이잖아요."

"그러니?"

"솔직히 그래서 할아버지는 나를 이해하지 못하시는구나,
라는 생각이 들어 짜증 날 때도 있기는 해요."

"그랬구나!"

"……이번 생일파티도 할아버지가 아니었다면 나를 초대
하지 않았겠죠. 초대받은 건 내 실력이 아니에요. 다들 할아
버지를 보고 나를 다시 보게 되었을 뿐이라고 생각해요."

미온은 떨어진 장난감 프로펠러를 이번에는 주우러 가지
않고 그 자리에서 발로 바닥을 밟아 다지며 이야기를 계속
했다.

"막 전학하고 나서 마나카랑 친구들이 할아버지가 전에
시키셨던 것처럼 영어로 말해 보라고 하더라고요. 그때 무슨

말이든 유창하게 했더라면 그 애들도 나를 다르게 평가했을 테지만 부끄러워서 빼기만 했거든요."

미온이 고개를 숙인다. 어린아이 입에서 나온 '평가'라는 단어에 마음이 짠하다. '분위기를 파악한다'는 말처럼 가슴이 아프다.

"영어 발음이 이상하다고 미국에서 다니던 학교에서 놀림당했거든요. 그래서 미국에서도 되도록 말을 아끼려고 노력했어요. 원래 말재주가 없기도 하고."

"지금 학교 친구들은 그런 걸 모르잖니."

외국 아이들한테는 통하지 않더라도 일본 아이들 상대라면 충분히 압도하고도 남을 수준이리라. 하지만 미온은 성실하고 고집스럽다.

"서툰 건 사실이니까요."

미온은 고개를 잘래잘래 내젓는다.

"계속 입을 다물고 있었더니 사실은 영어를 할 줄 모르는 거 아니냐며 놀리기도 하고, 마나카랑 다른 친구들을 무시하느라고 일부러 안 하는 거라는 등 이러쿵저러쿵 말이 많아서. 그 애들이랑은 좀처럼 친해질 수 없었어요."

미온이 나를 본다.

"할아버지는 마나카처럼 다른 친구들이랑 두루두루 사이좋게 지내는 애들을 아이다운 착한 아이라고 생각하시지만.

나는 그 애들이……."

말문을 흐렸지만, 아마 하려던 말은 "싫어요"일 테지. 미온은 내가 꾸중할 것으로 지레짐작하고 말을 아꼈다. 입술을 잘근 깨물더니 다시 말했다.

"그 애들이 불편해요."

나는 무슨 말을 해야 좋을지 알 수 없었다. 싫든 좋든 미온은 이곳에서 앞으로도 살아가야 한다. 마음에 들지 않는 친구가 있어도 다음 학기에는 다시 학교에 가야 한다. 육 학년까지 그 아이들과 같은 학년에서 줄곧 부대껴야 한다.

당한 만큼 갚아주라고 할까 잠시 생각했지만, 그 순간 비로소 깨달았다. 미온은 미온 나름대로 갚아 주지 못하는 만큼 그 이상으로 이를 악물고 노력하고 있다는 것을.

그때 신사 옆길로 도란도란 이야기하는 소리가 들려왔다. 안쪽 모퉁이에서 아이들 몇 명이 자전거를 타고 다가온다. 미온이 황망한 표정을 지으며 고개를 들었다. 입술을 깨물며 내 옆으로 다가와 옷소매를 잡는다. 마치 약한 동물이 몸을 숨기듯.

여학생 세 명이 자전거에 타고 있었다. 낯이 익다. 미온네 반 아이들이다. 그중 한 아이가 우리를 알아차렸다. 고개를 들고 "미온!" 하고 이름을 부른다. 나머지 두 아이도 자전거를 세운다. 미온이 느릿느릿 고개를 들었다. "에리……" 하고 중얼거렸다. 이름이 귀에 익다. 미온의 단짝이다.

셋이 자전거에서 내려 미온 쪽으로 다가온다. 제일 먼저 말문을 연 아이는 역시 에리였다.

"지금 미온네 집으로 가던 중이야. 엇갈리지 않고 만나서 다행이다."

미온에게 말을 걸고 나서 세 아이 모두 힐끔힐끔 내 눈치를 살핀다. 기어들어가는 소리지만 "안녕하세요!" 하고 인사하기에 나도 "잘 지냈니?" 하고 인사를 받아 주었다.

"너희들도 생일파티에 다녀오는 길이니?"

"네."

내 질문에 에리와 다른 두 아이가 고개를 끄덕이며 미온을 본다.

"미온, 괜찮아?"

"배 아프다며, 다 나았어?"

미온은 꾀병이 들통날까 불안했는지 평소보다 더 웅얼거리는 말투로 "응" 하고 짧게 대답했다.

그 순간, 세 아이가 서로 얼굴을 마주 보았다. 그러더니 에리가 용기 내어 말한다.

"오늘, 마나카랑 리사가 너무했어."

미온의 얼굴에 놀라움이 나타나더니 그대로 멈췄다. 나머지 두 명도 맞아, 맞아, 라며 열심히 고개를 끄덕인다. 에리는 이어서 말했다.

"오늘 왔던 애들도 다 한마디씩 했거든. 마나카가 멋대로 이것저것 결정해 버려서 미온이 안됐다고. 미온한테 너무했다고 다들 화를 냈어."

"미온이 배탈 난 것도 마나카가 마구잡이로 밀어붙였기 때문이라고 얼마나 걱정했는데."

"괜찮아?"

세 아이의 고백에 미온은 그저 눈만 깜빡거린다. 에리가 미온의 등에 손을 올렸다. 그리고 "미안해" 하고 사과했다. 속삭이듯 작은 목소리였지만, 그 말을 하는 에리는 금방이라도 울음을 터트릴 것만 같았다.

"마나카한테 아무 말도 못 해서 미안해!"

미온은 경기라도 일으킬 것처럼 눈이 휘둥그레졌다. 아무 말도 하지 않기에 내가 "미온아" 하고 부르니 퍼뜩 정신이 든 듯 고개를 가로젓는다.

"아니야…… 괜찮아!"

"게다가 '프리러버', 마나카는 엄청 좋아하지만, 사실 그 캐릭터 하나도 안 예쁘잖아."

에리 옆에 있던 아이도 거들었다.

"맞아 맞아! 눈만 왕방울만 하게 커서. 나도 전에 하던 만화가 더 좋아!"

"필통, 미온이 너 쓰라고 했지만 솔직히 쓰기 싫잖아. 반품해 달라고 하면 해 줄까?"

"괜찮아! 신경 쓰지 마."

이 아이들은 평소에는 이 정도로 수다스럽고 활발한 아이들이 아닐 것이다. 장난감 프로펠러 수업에서도 내게 다가오는 아이들은 아니었다. 얼이 빠진 듯 미온이 "응" 하고 고개를 끄덕인다.

세 아이의 얼굴에 근심이 가득했다. 에리가 말했다.

"다음에 또 같이 놀러 가자."

그 한 마디가 미온의 답답한 가슴을 뻥 뚫어 주었는지 옆에 있는 나한테도 한결 편안해진 기분이 전해졌다. 애써 표정을 감췄지만, 그래도 안다.

세 아이가 "그럼, 다음에 보자" 인사하고 자전거로 돌아가더니 "할아버지, 안녕히 가세요" 하고 내게도 인사한 다음 공터를 벗어났다.

"그래, 너희들도 조심해서 들어가렴."

아이들을 배웅하며 나도 안도했다. 무리의 여왕벌과 틀어져도, 앙갚음할 배짱과 용기가 없어도, 미온도 저 아이들도 앞으로 잘 헤쳐나가리라는 기분 좋은 예감이 들었다.

아이들이 가고 나서 얼마 지나지 않아 땅거미가 지고 하늘이 제법 어두워졌다. 미온과 나는 장난감 프로펠러 날리기를 중단하고 함께 집으로 돌아가기로 했다. 에리와 친구들을 만난 덕분인지 미온의 표정이 제법 부드러워졌다.

집을 향해 발걸음을 떼자, 미온이 "있잖아요" 하고 말을 걸었다.

"응?"

"오 학년이랑 육 학년 장난감 프로펠러 수업하시면 안 돼요?"

다음 학기에요, 하고 미온이 덧붙였다.

"선생님이 부탁하셨잖아요."

"갑자기 무슨 뚱딴지같은 소리냐?"

"……할아버지가 우리 학교에 한 번 더 오셨으면 좋겠어요."

나는 놀라 미온을 본다. 미온의 말이 빨라졌다.

"다른 학년 애들한테도 우리 할아버지 손녀라고 자랑하고 싶어서요."

"그러니?"

"안 돼요? 안 하실 거예요?"

나는 잠시 고민한다. "모르겠다" 하고 대답하고 나서 황급히 덧붙였다.

"앞으로는 미온네 학년에서 무언가 부탁해도 두 번 다시 안 하기로 했거든."

"왜요?"

"할아버지는 우리 미온이를 괴롭히는 고얀 녀석들한테는 아무것도 가르쳐 주고 싶지 않아서."

미온이 깜짝 놀란 듯 발걸음을 멈춘다.

나는 말을 하며 새삼 깨달았다. 내 손녀를 울리는 녀석들을 내가 예뻐할 이유가 없다. 아무리 사근사근하게 굴고 '스승님' 하며 친근하게 다가와도, 나한테도 감정이라는 게 있고 팔은 안으로 굽는다고 손녀의 편을 들어 주고 싶다. 어른스럽지 못하다고 욕을 먹어도 내가 아끼는 아이는 미온뿐이다. 남의 집 아이들이야 어찌 되어도 상관없다. 지금 미온을 위해 따지러 가라고 하면 당장에라도 쳐들어갈 수 있다. 이 세상에서 적어도 가족만큼은 절대적인 아군이 되어도 좋으리라.

"할아버지는 그 녀석들이 싫어."

내 말을 들은 미온이 발을 멈춘 채 머뭇머뭇 발치를 내려다본다. 내가 "가자" 하고 말하자 말없이 꾸벅 고개를 끄덕인다. 말없이 뒤에서 내 팔을 양팔로 꼭 잡는다. 그대로 매달린다. 미온한테 안긴 건 태어나서 처음이다. 가벼운 몸은 그래도 따스한 무게가 느껴졌다. 손녀에게 안기는 것도 나쁘지 않다는 생각이 들었다.

집에 돌아가면 할멈에게 보고할 일이 생겼다. '우리 손녀
는 착한 아이로 자라고 있다오, 여보!'

영혼 타임머신

신칸센 안내방송이 다음 역을 알린다. 고향 마을까지는 앞으로 십 분 남짓.

"슬슬 신타가 일어날 시간인가?"

창가 좌석에 앉은 노조미의 가슴에 착 달라붙어 잠든 아기의 볼을 가만히 쓰다듬는다. 차에 오르고 얼마 지나지 않아 잠들었으니 슬슬 평소 낮잠시간인 두 시간이 지나간다.

"더 있어야 깰걸. 도착할 때 맞춰서 깨면 마중 나오는 할머니랑 식구들도 좋아하실 텐데."

힘없이 가슴 앞에 축 늘어진 앙증맞은 손바닥을 노조미가 엄지손가락으로 어루만진다. 커다란 머리를 뒤로 기댄 신타의 미간이 움찔, 떨리듯 움직였다.

"귀엽기도 하지."

통로 반대편 삼 인석에 앉아 있던 할머니가 말을 건다. 노조미가 "감사합니다!" 하고 미소 지으며 "신타야, 안녕하세요, 해야지"라고 잠이 든 아기의 얼굴이 할머니 쪽으로 보이도록 가슴을 기울인다.

"귀성길인가 보우? 부모님이 기뻐하시겠어!"

"네!"

스스럼없이 묻는 소리에 나도 미소로 응답했다. 백중 연휴를 맞은 신칸센은 통로까지 꽉 들어찬 승객들로 만원이다.

신타는 우리 집안의 첫 손주로 우리 부모님과 할머니는 이 아이를 눈에 넣어도 아프지 않을 정도로 귀여워하신다. 긴 휴가를 받아 귀성할 때는 한시도 떨어지지 않고 신타야, 신타야, 하고 연신 이름을 부르며 신타를 마치 임금님처럼 떠받드신다.

"부모님도 부모님이지만, 저희 집은 특히 할머니가 예뻐하세요."

대답하며 말을 건 분도 우리 부모님보다는 할머니 세대에 가까운 연세라고 생각했다.

"아이고, 그래요!" 하고 들뜬 목소리로 맞장구를 친다.

"그야 그렇겠수. 어르신이 복도 많으시네. 증손자를 다 보시고. 나도 손주가 있지만 계집아이라……."

신타를 데리고 다니면 이렇게 다른 사람들이 말을 걸어오는 경우가 많아졌다. 예전에는 낯선 사람과 대화를 나누는 건 생각도 할 수 없는 일이었지만. 지금은 안 될 건 또 뭐가 있겠느냐고 마음을 고쳐먹었다. 한 번뿐이었지만 용기를 내어 내가 먼저 처음 만나는 사람에게 말을 건 적도 있다.

건너편 할머니의 이야기에 맞장구치는 노조미의 품 안에서 신타가 눈을 깜빡깜빡하더니 "으앙" 하고 가냘픈 울음소리를 내며 잠에서 깨어났다.

"그럼 '타임머신'은 어떨까? 실현 가능할까?"

선술집에서 화장실에 가려고 막 일어나려던 참에 목소리가 들려 왔다. 내가 참가한 회사 여름회식 자리의 옆 테이블에서 오가던, 낯선 남녀의, 아마 미팅으로 보이는 술자리에서 한 여자가 말했다.

얼떨결에 고개를 들고 목소리가 들리는 방향을 보니, 여자는 조심스럽게 살짝 난감하다는 듯 웃었다. 어깨까지 내려오는 염색하지 않은 찰랑거리는 머리에 핑크색 반소매 니트를 입고 있다. 손에 든 맥주잔은 거의 줄어들지 않았다.

사실대로 말하자면, 나는 조금 전부터 우리 자리는 뒷전으로 제쳐 놓고 옆 테이블에 정신을 빼앗기고 있었다. 왜냐하면, 옆에서 "도라에몽의 도구는 어디까지 실현 가능한가"를 주제로 이야기를 나누고 있었기 때문이다.

앞으로 타임머신이 정말로 가능해질까? 현실적으로는 거의 불가능하다고 하지만, 오늘날 텔레비전이나 휴대전화기도 이렇게까지 진화할 것으로 생각한 사람은 옛날에는 아무도 없지 않았을까. 맞다. 어디선가 읽었는데, 미래로 가는 일방통행은 가능하지만 과거로는 돌아올 수 없다더라.

"그러고 보니 도라에몽은 미래에서 왔지만, 진구 앞에서 휴대전화기를 사용하는 모습을 본 적은 없잖아."

나와 동년배인, 퇴근길에 곧장 들렀다는 느낌을 온몸으로 드러내는 와이셔츠와 넥타이 차림의 남자가 그렇게 말하더니 경박스럽게 웃는다. 더 들을 기분이 아니라 자리를 떠나야겠다고 생각한다. 나는 도라에몽의 아버지인 후지코 F. 후지오를 좋아하니까. 게다가 〈도라에몽〉을 사랑하니까.

도라에몽이 휴대전화기를 사용하는 모습을 본 적이 없다고? '실없는 실 전화'라는 게 있다고! 그렇다고 정식으로 따지러 갈 생각도 없지만. 만화책 몇 권에서 사용하는 장면이 있다거나, 지금의 닌텐도 DS와 똑같이 생긴 게임기 그림이 그려진 장면이 있어서 후지코 선생님이 예언자라는 소동이 벌어졌다던가, 그건 게임기가 아니라 게임워치라고 반론하는 녀석이 있었다던가……. 그런 고찰과 논의에 아무 의미도 없다는 것을 알고도 남을 정도로 나는 후지코 선생님의 골수 팬이다. 그렇다고 후지코 선생님이 그린 작품을 자랑스럽게 떠벌릴 생각은 추호도 없다.

옆 테이블의 대화는 한층 뜨겁게 달아올랐다. 앞으로 도라에몽에 나오는 '어디로든 문'이 실현 가능해질까? 대나무 헬리콥터는? 아, 그 정도야 가능하겠지. 아, 그러고 보니 몇 년 전에 도라에몽의 도구에 관한 입시문제를 낸 대학이 있었다나 봐, 등등 화제가 끊이지 않았다.

그 도구의 이름을 들은 건 냉가슴 앓듯 답답한 가슴을 부여잡고 옆 테이블의 대화에 귀를 기울이고 있을 때였다.

"노조미는 도라에몽 도구 중에 가지고 싶은 거 없어?"

화살이 돌아오자 노조미라는 여자가 대답했다.

"음, 나는 '영혼 타임머신'이 갖고 싶은데. 실현 가능할까?"

나는 헐레벌떡 고개를 들었다. 그때까지 거의 입을 떼지 않던 그 아가씨, 노조미의 첫 발언을 향해 간사처럼 보이는 남자가 "그러니까 처음부터 타임머신은 힘들 거라고 말했잖아" 하고 면박을 준다. 노조미는 화를 내지 않았다.

"아, 그랬나. 미안" 하고 모두에게 사과했다. 화제는 미래의 도구를 끝으로 자연스럽게 다음으로 넘어갔다.

화장실에 가려다가 그만두었다. 자리로 돌아와 옆 테이블의 대화에 귀를 쫑긋 세우고 집중했다. 가슴이 두근거렸다. 노조미는 그 뒤로 말수가 줄어들더니 얼마 후에 혼자서 슬쩍 자리에서 일어났다. 나는 부자연스럽지 않은 타이밍을 노려 뒤를 쫓아가려고 자리에서 일어나 후미진 곳에 있는 화장실 앞에서 그녀가 나올 때까지 줄곧 기다렸다. 헌팅 흉내를 내는 건 머리털 나고 처음 있는 일이다.

"진구가 아기였을 때의 자기 몸속으로 영혼만 바꿔치기 당하는 이야기잖아요. 자라면서 점점 부모님의 사랑을 적게

받는 것 같다고 해서 아기였을 때를 보러 갔죠."

살짝 술이 올라 발갛게 달아오른 볼을 한 그녀가 나오자
마자 용기 내어 말을 걸었다. 노조미가 깜짝 놀라 나를 바라
본다. 나는 기죽지 않고 계속 말한다.

"영혼 타임머신. 그냥 타임머신이 아니라 영혼 타임머신
이죠."

이상한 녀석이라고 생각하겠지. 그렇지만 어떻게든 말을
걸고 싶었다. 아마도 그녀는 시시콜콜한 주제지만 워낙 좋아
하니까 참을 수 없는 마음에, 전력을 다하지 않는 대화에 불
완전 연소하는 기분으로 끼어들어 반항하듯 속마음을 털어
놓았을 것이다. 그러나 금세 자신이 한 짓을 후회하며, 왜 이
렇게 소중한 비밀을 이 사람들한테 말하고 말았을까, 하고
자신을 탓하며 설명할 기력도 없어 그냥 포기하고 힘없이
웃지 않았을까. 나도 너무나 잘 아는 기분이라, 그 순간 그녀
를 남으로 생각할 수 없었다.

노조미는 몇 번이나 눈을 깜빡이더니 한동안 그대로 서
있었다. 그러더니 잠시 후 "네" 하며 고개를 끄덕였다.

"……아기지만 영혼은 지금의 진구라 분유가 아니라 어차
피 줄 거라면 콜라를 달라고 생뚱맞게 어른들에게 말을 걸
었었죠."

"갓난아기가 말을 하다니, 천재라고 아빠를 펄쩍 뛰어오

르게 했죠."

맞아요, 맞아요, 하고 열심히 고개를 주억거리며 몇 마디 주고받자 노조미가 경계를 푼 듯 처음으로 웃었다.

"마지막에는 아기였던 시절로 돌아가느라고 영혼이 빠져 나간 초등학생인 진구를 현재의 엄마가 걱정하며 울고 있다 는 사실을 알고, 울다 지쳐 잠든 엄마를 위해 진구가 자장가 를 불러 주잖아요."

그 얼굴이 무척 사랑스러웠다.

맙소사, 자신이 저지른 짓의 대담함에 당황하며 '말을 걸 기를 잘했다!' 라고 마음속으로 쾌재를 불렀다.

신타가 태어나고 나서도 나는 몇 번씩이나 그 날의 기억 을 기적처럼 떠올린다.

만약 후지코 선생님이 없었더라면, 도라에몽을 좋아하지 않았더라면 나는 노조미와 만나지 못했을 것이다. 그 후 그 녀와 결혼하는 일도, 신타가 태어나는 일도 없었겠지.

일에 쫓겨 일찍 퇴근하지 못하다 보니 신타의 목욕도 겨 우 주말에나 짬을 내 도와줄 수 있었다. 핵가족인 우리 집에 서는 낮 동안 신타를 돌보는 건 온전히 노조미의 몫이다. 육 아를 떠맡겨 면목이 없다고 사과하자 노조미는 이렇게 대답 했다.

"나는 말이야. 영혼 타임머신이 벌써 개발되었다는 생각이 들어."

"뭐?"

"지금이 아니라 우리 아기가 자란 미래의 이야기지만. 어쩌면 열 살이나 스무 살이 된 신타가 미래에서 영혼만 과거로 와서 아기인 자신의 몸속에 들어와 있을지도 모른다고 생각해."

졸음이 오는지 신타가 얼굴이 빨개져 응애, 응애, 하고 칭얼거린다. 도와주고 싶지만 잠투정할 때는 엄마가 아니면 소용이 없다. 노조미가 "착하지, 우리 아기 착하지" 하고 어르고 달래며 안아 올려 엉덩이를 도닥이자 금세 울음을 그치고 제 엄마의 품에 머리를 기댄다.

"자신이 사랑받는지 확인하러 왔더니 엄마라는 사람이 한숨을 푹푹 내쉬거나 오만상을 찌푸리고 있으면 속상하지 않을까 생각하며 우리 신타 옆을 지키는 거야."

"그렇게 생각하면 한시도 방심할 수 없겠는걸."

"맞아. 아기라고 해서 허투루 보면 못써. 당신도 미래의 신타가 아빠가 자기를 얼마나 사랑했는지 확인하러 온다고 생각해야 해."

보송보송 갈색 배냇머리가 난 신타의 뒤통수에 잠을 자다 눌려 머리털이 없는 빈 공간이 생겼다. 어느새 기분이 좋아진 신타가 꺄르르 웃음을 터트리자, 입에서 주르르 흘러내린 침을 노조미가 거즈 손수건으로 닦았다.

"〈도라에몽〉에 진구 할머니가 진구에게 할머니는 이미 이루고 싶을 꿈을 이뤘다고 말하는 이야기가 있잖아. 진구 할머니가 되는 게 꿈이었다고."

"맞아!"

정확하게 말하자면, 후지코 선생님의 원작 만화를 토대로 한 애니메이션 영화다. 〈도라에몽: 할머니의 추억〉은 나도 특히 좋아하는 작품이라 노조미와 함께 몇 번이나 복습하듯 열성적으로 관람했다.

"옛날에는 감이 잡히지 않았지만, 지금은 할머니 마음을 대강이나마 짐작할 수 있을 것 같아."

노조미가 말했다.

"신타가 태어나기 전에는 그런 식으로 생각해 본 적이 없는데, 지금은 신타의 엄마가 되어서 다행이라는 생각이 들어. 신타의 엄마가 되는 게 원래 내 꿈이었던 것 같아. 아직 한창 손이 가는 시기라 힘에 부칠 때도 잦고, 아빠가 조금만 더 일찍 퇴근해 주면 좋겠지만 말이야."

기분이 좋아진 신타를 노조미의 손에서 받아든다. 머리에서 노조미와 같은, 따뜻한 젖비린내가 난다. 정면으로 눈을 맞추고 커다란 눈망울을 들여다보니 갓난쟁이 상대지만, 묘하게 쑥스러워졌다. "영혼 타임머신을 타고 와 있습니까?" 하고 존댓말로 묻고 싶어졌다.

신타는 관심 없다는 듯 바로 시선을 홱 돌리더니 고개를 뱅뱅 돌려 엄마를 찾는다. 안아 달라고 조르듯 노조미를 향해 옹알이하며 손을 뻗는다.

"다녀왔습니다."

인사하며 현관으로 한 걸음 들어서자마자 "잘 왔다, 어서들 오렴" 하고 대꾸하며 안쪽 복도에서 할머니가 나오셨다.

"우리 손주며느리도 왔구나!"

반갑게 맞이하며, 눈은 노조미 품에 안긴 신타에 못 박혀 있다.

"신타야, 증조할머니다. 잘 있었니?"

"어머니, 안쪽에 짐 좀 내려놓고 천천히 인사하라고 하세요. 차를 오래 타서 피곤할 거예요."

자동차 트렁크에서 꺼낸 커다란 가방을 옮기던 아버지가 웃으며 말했다. 금방이라도 신타에게 손을 뻗으려던 할머니가 "그래, 그래. 내 정신 좀 봐라. 어서 들어와" 하고 사과하셨다. 그제야 처음으로 내 얼굴을 보고 "아범도 오느라 고생했다" 하며 미소 지으신다.

신타가 태어나고 가장 놀란 사실은 아기나 손주는 그때까지 멀게만 느껴진 부모님과 할머니와의 거리가, 그저 신타의 존재만으로 순식간에 사라져 버린 듯 가까워졌다는 것이다.

나를 대할 때는 어딘가 조심스럽던 부모님과 할머니가 신타에게는 확실히 달라진다. 손주가 생긴 후에는 "얼굴 한번 보자"라며 스스럼없이 말을 건다. "신타 얼굴을 보는 게 사는 낙"이라며 흐뭇해하신다. 노조미를 대하는 태도도 달라졌다. 예전에는 손님 취급했지만, 이제는 완전히 한 식구로 받아들이는 느낌이다. 아들이면서 손자인 내 호칭이 이 집에서 '아범'으로 바뀌는 날이 오다니.

안쪽 다다미방에 짐을 내려놓고 거실로 돌아오자 노조미의 손에서 신타를 받아든 할머니가 "어쩜 이리 잘 생겼누. 인물이 훤하기도 하지"하며 볼을 비비고 계셨다. 가는귀가 먹기 시작한 귀를 신타의 입가에 바짝 붙이고 "이 녀석, 그새 큰 것 좀 보게. 할미 힘으로는 마음껏 안아 줄 날도 얼마 남지 않았구나"하고 푸념하면서도 품에 안고 놓을 생각을 하지 않으신다.

"오래 살고 볼 일이야. 영감한테도 손주 얼굴을 보여 주었으면 좋았을 것을."

할머니의 넋두리는 벌써 몇 번이나 들었는지 모른다. 신타를 만날 때마다 할머니는 할아버지 이야기를 꺼내신다.

맞벌이했던 부모님을 대신해 나를 유치원까지 데려다주

고 데려오고, 식사와 화장실 뒤처리까지 해 주신 분은 할아 버지와 할머니였다. 할아버지가 돌아가신 건 내가 초등학교 에 입학하기 전이다. 솔직히 할아버지에 관한 이야기는 대부 분 할머니나 부모님께 전해 들어 실제로 내가 기억하는 부 분은 얼마 없다.

밭일을 좋아해서 일손을 놓지 않으면서 할머니와 때때로 바깥나들이를 즐기곤 했던 할아버지는 내 부모님의 걱정은 아랑곳하지 않고 아직 두 살이었던 나를 장거리 드라이브 여행에 데려가셨다고 한다. 여행지에서 만난 사람마다 "아이 고, 이런 갓난쟁이를 어찌 여기까지 데려오셨어요" 하고 감 탄했다며 틈이 날 때마다 친척들에게 자랑했다는 이야기를 아버지가 들려주었다. 정작 나는 그 여행에 대한 기억이 없다.

오카야마에서 찍었다는 그 사진 속에서 어깨를 나란히 하 고 선 할아버지와 할머니가 내 양손을 한쪽씩 쥐고 계신다. 관광용으로 제작한 실물 사이즈의 도깨비 섬의 도깨비가 무 서워 사진 속의 나는 금방이라도 울음보를 터트릴 기세다.

할아버지가 돌아가시기 전에 몇 번 병문안 갔던 일, 그때 의 약 냄새와 병실에서 맡은 감과 귤 냄새, 병원에서 돌아오 는 길에 들렀던 근처 공원에 대한 기억은 어렴풋하게나마 기억하고 있다.

"영감, 조금만 기다려요. 나도 금방 당신 뒤를 따라갈 테니.”

축 처진 어깨로 유골함을 품에 안고 우는 할머니 곁에서 함께 산소까지 걸었던 것도 희미하게 기억하고 있다.

할머니는 원래 친구가 많고 밝은 성격이라 할아버지가 돌아가신 후에도 정정하게 바깥활동을 하셨다. 다리가 약해지고 귀가 멀기는 했어도 큰 병환을 앓는 일도 없어 나도 할머니의 건강을 한 번도 걱정한 적이 없다.

중학생이 된 후 동아리 활동에 재미를 붙이고 친구들과 어울리느라 바빠진 나는 그다지 좋은 손자는 아니었다. 옛날처럼 “할머니, 할머니” 하며 뒤를 졸졸 따라다니는 일도 없어졌고, 할머니가 내주는 다디단 과자를 달라고 조르는 일도, 살갑게 먼저 말을 거는 일도 줄어들었다. 할머니와 멀어진 거리에 죄책감을 느끼면서도 집을 나와 도쿄에서 취직하자 고향을 그리워할 여유조차 없었다.

신타의 탄생은 고향 집과 우리 가족한테는 커다란 전환점이었다.

“아 참, 이런 게 나왔는데…….”

내가 예전에 썼다는 도라에몽 그림이 인쇄된 장난감 자동차를 어머니가 안에서 내오셨다. 아버지가 얼굴을 찌푸리며 “이렇게 먼지투성이 장난감을 신타에게 주면 어쩌려고……”

하며 잔소리하자 할머니가 "뭐가 어때서. 아범이 쓰던 건데" 하며 눈살을 찌푸린다. 깨끗하게 물로 닦더니 아내한테서 "아가, 깨끗이 씻었으니 괜찮겠지!" 하고 다짐을 받는다.

　신타가 아직 불안한 걸음걸이로 아장아장 자동차를 민다. 얼룩덜룩 색이 벗겨진 도라에몽이 신타의 움직임에 맞추어 까딱까딱 움직이는 걸 보고 몇십 년 전의 기억을 떠올렸다. 우리 집에서는 만화 시청이 금지되었지만, 용케도 〈도라에몽〉을 보는 것만은 말리지 않으셨다.

　저녁 식사하기 전까지 툇마루가 붙은 다다미방에 누워 쉰다. 오늘 저녁은 '지라시스시'라고 했다. 수증기를 품은 초밥의 시큼한 냄새와 할머니가 매년 여름이 되면 만드시는 생강 초절임 냄새가 엄마와 아내가 선 주방 쪽에서 풍겨 왔다.

　꾸벅꾸벅 선잠을 자는 내 옆에서 신타가 할머니와 놀고 있다. 반쯤 잠이 든 내 앞에서 신타가 옹알옹알 무언가를 중얼거리다 넘어지자, 옆에서 지켜보던 할머니가 "아이고, 이를 어쩐데" 하고 달래며 신타를 어른다. "나비야 나비야"를 부르면 양팔을 펄럭이고 "이리 날아오너라"라는 부분에 맞춰 손뼉을 친다. 손수건으로 얼굴을 감췄다가 치우면서 '까꿍' 놀이하는 게 지금 신타가 부릴 수 있는 가장 큰 재롱이다. 집으로 돌아올 때마다 신타가 할 수 있는 재롱을 마음껏 선보인다.

조금 전까지 함께 신타를 어르던 아버지는 장난감을 가지고 오겠다며 자리를 떴다. 다들 손자에 푹 빠져 낮잠 자는 나를 내버려두는 건, 휴일을 맞은 직장인으로서 더없이 감사한 선물이다. 나는 신타를 할머니에게 맡긴 채 부스스 눈을 떴다가 다시 눈을 붙이고 까무룩 잠이 들기를 반복했다. 선풍기가 돌아가며 미적지근한 바람이 일정한 간격을 두고 나에게도 불어온다.

그때였다. 할머니가 신타의 귀에 슬쩍 입을 가져다 댄다. 그리고 다정하게 이렇게 말한다.

"기억하렴!"

기도하는 듯한 목소리였다.

나는 몸을 일으키고 신타와 할머니를 보았다. 신타는 아무 일도 없었다는 듯 뛰어놀았고, 할머니는 다시 신타를 뒤에서 포근하게 안아 준다. 내가 듣고 있다는 사실은 알아차리지 못한 듯했다.

내 시선을 깨달은 할머니가 "응?" 하며 고개를 든다. 그 얼굴이 살짝 웃고 있다. 방아쇠를 당기듯 기억이 돌아왔다. 나도 언젠가 이 목소리를 들은 기억이 있다. 기억하렴! 누군가 분명 내게 말해 주었다.

할아버지는 병실에서 찾아오는 나를 애타게 기다리셨다

고 한다. 병문안 선물로 받은 과자와 과일을 내 손에 잔뜩 들려 보냈다. 기억하지 못한다고 생각했다. 남아 있는 기억은 대부분 부모님과 할머니에게 전해 들은 뒤 나중에 주입된 기억이라고 여겼다.

〈도라에몽〉에서 진구의 할머니가 되어 행복하다고 했던 진구 할머니는 진구가 책가방을 메고 학교에 가는 모습이 보고 싶다고 말했다. 진구가 너무도 사랑스러워서 언제까지나 곁에서 돌봐 주고 싶지만 그럴 수 없다고 안타까워하며.

지금 신타가 노는 이 집에서 내가 태어났다. 그때는 아직 할아버지도 살아계셨다. 여름에 태어난 나를 위해 선풍기 바람이 바로 닿으면 안 좋다고 바람막이 삼아 병풍을 만들었다며 누덕누덕 기운 상자로 만든 병풍을 보여 준 적이 있다.

'기억하렴!' 하고 말했던 그 목소리는 누구의 것이었을까. 기억할 수 없지만, 분명히 내가 들은 목소리다. 백 퍼센트 언젠가 들어 본 기억이 있는 목소리다.

"아기한테 바람이 바로 닿으면 못 써."

안으로 장난감을 가지러 갔던 아버지가 빳빳한 새 상자를 손에 들고 툇마루로 돌아왔다. 신타를 감싸듯 선풍기를 향해 병풍처럼 세운다. 맞다, 라고 그 순간 깨달았다. 아마 내가 갓 태어났을 무렵의 광경이었을 것이다.

나는 지금 신타를 통해 내가 태어났던 그 무렵의 모습을 몇십 년의 시간을 거쳐 내 자식을 통해 보고 있는 셈이다. 나는 금이야 옥이야 사랑을 받았다. 여러 사람에게 성장하고 있다는 걸 보여 줄 수 있게 해 달라고, 그 소원이 이루어질 수 없다면 기억해 달라고, 기도하며 축복받으며 이 집의 중심에 자리하고 있었다.

아내에게 가르쳐 주고 싶다. '영혼 타임머신'은 분명히 존재한다. 그것도 우리의 현실에 생생히 존재한다. 아내도 아마 그걸 볼 수 있는 순간이 올 것이다. 내가 자란 집에서 나와 마찬가지로. 신타도 언젠가 이 집에서 보는 날이 오게 되리라!

할머니가 도라에몽 자동차를 가만히 민다. 바퀴가 달그락달그락 소리를 내자, 신타가 깔깔 웃음을 터트리고 양팔을 벌려 신나게 할머니를 향해 박수를 친다.

짧지만 긴 여운이 남는
일곱 개의 가족 단편!

어떤 시인은 자신을 키운 건 팔 할이 바람이라고 했다. 나를 키운 건 팔 할이 할머니의 등이었다.

나는 할머니 아이였다. 연년생으로 줄줄이 태어난 동생들을 돌보느라 바쁜 엄마를 대신해 나를 돌본 사람은 할머니셨다. 할머니 등에 업히면 천하무적, 세상 무서울 게 없었다. 할머니 등에서 밥을 받아먹고, 할머니 등에서 잠을 자고, 할머니 등에서 고모가 읽어주는 동화를 들었다. 집 안에서나 밖에서나 할머니 등이 내 보금자리였다. 업히지 않을 때는 할머니 치마꼬리를 붙들고 졸졸 따라다니고, 앉아 있을 때는 할머니 무릎이 내 지정석이었다.

나는 할머니 등에 업혀 세상구경을 했다. 할머니가 가는 곳이면 할머니 등에 업혀 어디든 따라갔다. 그래서일까. 책 속의 '기억하렴'이라는 목소리가 내 귀에는 할머니 목소리로 들렸다. 배앓이를 할 때마다 '할머니 손은 약속'을 되뇌며 따뜻한 손으로 배를 문질러 주셨을 때처럼 온몸을 따스하게 감싸는 그 목소리……. 지금도 악몽을 꾸고 나면 홀연히 할머니가 나타나 어릴 때처럼 나를 등에 업어 주시곤 한다.

이 책을 읽는 사람이라면 누구나 책 속에서 자신의 이야기를 발견할 수 있을 것이다. 세상의 수많은 가족의 이야기가 한 편의 영화처럼, 짧지만 긴 여운이 남는 단편으로 이 책 속에 알차게 담겨 있다.

어머니와 딸의 이야기든, 할아버지와 손녀의 이야기든, 누나와 남동생의 이야기든, 추억의 앨범을 넘겨보듯 내 이야기를 찾아볼 수 있다. 우리는 가족 속에서 맡은 소임을 다해야 한다. 때로는 딸이나 아들로, 때로는 손녀나 손자로, 때로는 누나나 언니, 오빠와 형의 역할이 우리에게 주어진다. 하지만 불완전한 인간으로 태어난 우리는 가족이라는 가장 작은 공동체 속에서도 맡은 소임을 완벽하게 해내지 못할 때가 더 많다. 가족에게 실망을 안겨 주기도 하고 상처를 주기도 한다. 책 속에 나오는 인물들도 현실을 사는 우리처럼 가족 구성원이라는 역할의 무게를 버거워하는 모습을 보인다.

우리네 삶과 닮아 있어 그 모습이 정겹기도 하고 그들의 모습에 공감하기도 하며 책을 읽어나가게 될 것이다.

　한 편 한 편 서로 다른 가족들의 이야기 속에는 서로 다른 감동과 깨달음이 숨겨져 있다. 책 곳곳에 숨은 감동을 느끼며 차갑게 식은 가슴이 다시 따뜻한 사랑으로 채워지는 행복을 맛볼 수 있으리라.

어쩌다 너랑 가족

1판 1쇄 발행 2017년 4월 20일
1판 2쇄 발행 2018년 5월 8일

지은이 츠지무라 미즈키
옮긴이 서수지
펴낸이 이재두
펴낸곳 사람과나무사이
출판등록 2014년 9월 23일(제2014-000177호)
주소 경기도 고양시 일산서구 강선로 141, 1602동 1504호
전화 (031)815-7176 팩스 (031)601-6181
이메일 jaedoori@hanmail.net

ISBN 979-11-955759-7-8 03830

이 도서의 국립중앙도서관 출판예정도서목록(CIP)은 서지정보유통지원시스템 홈페이지
(http://seoji.nl.go.kr)와 국가자료공동목록시스템(http://www.nl.go.kr/kolisnet)에서
이용하실 수 있습니다.(CIP제어번호 : CIP2017007257)

한국출판문화산업진흥원의 출판콘텐츠 창작자금을 지원받아 제작되었습니다.